**명문대 입학을 위해
반드시 읽어야 할**

생기부
고전
필독서
30

| 한국문학 편 |

명문대 입학을 위해 반드시 읽어야 할

생기부 고전

필독서

30

★ 한국문학 편 ★

배혜림 지음

데이스타
Daystar

《생기부 고전 필독서 30》
시리즈를 내며

우리는 빠른 속도로 변하는 사회에 살고 있습니다. 그 사이 정보는 폭발적으로 증가하고, 내용과 형식 면에서 더욱 다양해지고 있습니다. 이에 반해 정보의 생명력은 날이 갈수록 짧아지는 모습입니다. 이에 따라 우리 사회가 요구하는 인재상도 달라지고 있습니다.

현대 사회는 단순히 한 분야만을 전문으로 하는 인재보다는 다양한 능력과 가치를 동시에 지니며 공동체 내에서 활발히 소통하고 협력할 수 있는 전인적이며 통합적인 인재를 원합니다. 스스로 새로운 가치를 창출하고 이를 증명할 창의적이고 종합적인 사고력을 지닌 인재를 요구하는 것입니다. 이는 단순히 인지적 능력만이 아니라 정서적 능력, 실천 능력, 의사소통 능력, 창의적 능력 등 다방면의 능력과 공동체 역량까지 골고루 발달시켜야 한다는 의미이기도 합니다.

현대 사회가 요구하는 인재를 키우기 위해서는 무엇이 필요할까요? 의외로 다시 옛것으로 돌아가는 것이 요청됩니다. 변화하는 세상 속에서 변하지 않는 것을 찾는 일이지요. 바로 고전古典 읽기입니다. 고전은 시간과 공간을 초월하여 인류 문화의 보편적 가치를 담고 있습니다. 인류의 정수를 담은 보고와도 같습니다. 고전을 읽고 탐구하는 것은 단순히 지식을 습득하는 과정을 넘어서 그 시대의 문화, 사상, 가치는 물론 인간이 마주한 근본적인 질문과 답을 찾는 과정입니다. 고전은 시대를 대표하는 천재들의 사유를 포함하며, 이를 통해 학문의 발전에 기여하고 인류 발전의 원동력이 되어 왔습니다.

복잡다단한 현대 사회를 살아가며 우리가 맞닥뜨리는 문제를 해결하는 데에도 고전이 필요합니다. "나는 어떻게 살아야 하는가?", "내가 원하는 게 무엇인가?", "어떤 삶이 올바른 삶인가?", "어떤 선택을 하는 것이 도움이 되는가?"와 같이 본질적인 문제에 대해 고전이 훌륭한 조언을 줄 수 있습니다. 고전에는 시간이 흘러도 변치 않는 인류의 지혜와 통찰이 담겨 있기 때문입니다.

시대를 살아오며 많은 이들이 고민해 온 보편적인 문제들, 그 문제들을 바라보고 해결하는 과정, 그 속에서 나의 가치관을 세우는 시간. 고전을 읽다 보면 자연스럽게 경험할 수 있는 것들입니다. 이는 창의성과 비판적 사고력을 키울 수 있는 가장 좋은 방법입니다. 또한 고전을 읽다 보면 다양한 감정과 상황에 대한 이해를 넓혀 갈 수도 있습니다. 이는 자신과 타인에 대해 깊이 이해할 기회가 됩니다. 고전을 읽는 것은 단순히 책을 읽는 것이 아니라 인생을 읽고 삶의 의미를 탐구하는 일입니다.

최근 교육의 흐름도 바뀌고 있습니다. 통합적 전인적 인재 양성이 중요해짐에 따라 고교학점제가 도입되고, 문이과가 통합되었습니다. 이에 따라 학생들은 스스로 진로를 탐색하고 결정하여 교과목을 선택해야 합니다. 이번《생기부 고전 필독서 30》시리즈는 2022 개정 교육과정과 2028 대입 개편안에 따라 학교생활기록부에 교과 세부 능력 및 특기사항의 중요성이 커지고 있는 교육 현장의 변화를 반영하여 기획되었습니다.

고전의 중요성에 공감하는 현직 교사 6명이 한국문학, 외국문학, 경제, 과학, 역사, 철학 등 다양한 분야의 대표적인 고전 작품 180편을 엄선하여 소개합니다. 국내 굴지의 대학들이 제시하는 권장 도서 혹은 필독 도서를 중심으로 학생들이 반드시 살펴보아야 할 대표적인 작품을 담았습니다. 이렇듯 다양한 영역의 고전 독서는 학생들이 선택의 방향을 잡는 데 나침반이 되어 줄 것입니다.

이 책에는 고전에 대한 소개뿐 아니라 학생들의 학업 역량을 향상시킬 수 있는 내용, 심화 탐구 활동 가이드를 함께 제공함으로써 단순히 독서 활동에서 끝나지 않고 학업과 연계될 수 있도록 심혈을 기울였습니다. 핵심 내용을 통해 학생들이 고전 읽기에 대한 심리적 허들을 낮추고 한결 편안하게 고전을 받아들일 수 있도록 하였으며, 작품에 대한 꼼꼼한 해설로 내신 대비도 가능하도록 했습니다.

한 단계 더 나아가 교과별로 고전과 연계하여 찾아볼 탐구 주제와 방향 등을 제시하여 학생들이 고전 독서를 학교생활기록부 교과 세특과 연계하여 반영할 방법을 예시를 통해 안내하였습니다. 이는 독서를 통해 학생부종합전형을 대비할 수 있는 최고의 방법이 되어 줄 것입니다.

고등학교의 생활기록부는 그 학생의 명함이나 마찬가지입니다. 자신의 진로를 위해 준비해 나가는 모습을 고스란히 담은 것이 바로 학교생활기록부입니다. 현직 교사로서 학교생활기록부의 중요성을 크게 체감하고 있습니다. 진로가 확고하든 확고하지 않든 가장 안전하고 편안하게 접근할 수 있는 방법이 바로 독서입니다. 더구나 그것이 양질의 독서라면 더할 나위 없을 것입니다. 나만의 포트폴리오를 만드는 방법으로, 고전 독서를 통해 학교생활기록부의 로드맵을 그려 보길 추천합니다.

이 책을 통해 학생들이 독서의 즐거움과 삶의 가치를 배우고, 학부모님들은 자녀가 독서를 통해 풍부한 경험과 지식을 쌓도록 도울 방법을 찾길 바랍니다. 교사들 또한 학생들에게 독서를 장려하는 효과적인 방법을 찾을 수 있으면 더욱 좋겠습니다.

이 고전 시리즈가 여러분의 독서 여정을 돕고, 그 기록이 학교생활기록부를 통해 더욱 빛나기를 바랍니다. 그 과정에 이 시리즈가 도움이 되기를 기원합니다. 감사합니다.

《생기부 고전 필독서 30》
한국문학 편을 내며

학생들을 지도할 때마다 매번 느끼는 것이 문해력의 부족입니다. 이 문해력의 부족을 어떻게 해결할 수 있을지 여러 방법을 고민해 보지만 결론은 늘 독서로 귀결됩니다. 특히 인간의 보편적인 사고를 담은 고전 독서의 중요성은 두말하면 입이 아플 정도입니다.

학교 현장에서 학생들에게 늘 책을 읽으라고 지도하지만 그 말을 듣는 학생들은 많지 않습니다. 막상 책을 읽겠다고 결심한 학생들도 무슨 책을 읽어야 할지 우왕좌왕하는 경우가 많습니다. 그래서 고민했습니다. 우리 학생들에게 어떤 책을 어떻게 읽으면 좋을지 책을 선정해서 독서 가이드를 알려 주면 어떨까? 그 고민의 결실이 바로 이 책입니다.

국어 교사로서 우리 학생들이 한국문학에 대해서 잘 알았으면 좋겠다는 욕심을 책 속에 꾹꾹 눌러 담았습니다. 작품 자체의 유익함 뿐 아니라 한국 문학사에서 특별한 가치가 있는 작품들, 갈래의 가치가 있는 작품집, 또 한국 문학사에서 중요한 작가의 작품들까지. 우리 학생들이 꼭 알았으면 좋겠다고 생각하는 고전 작품들만을 직접 읽으며 고르고 골라 30권을 선정했습니다.

문학 작품은 입체적으로 읽어야 생명력을 얻습니다. 각 작품에서 반드시 알아야 할 내용을 최대한 반영하여 학생들이 작품을 최대한 입체적으로 읽을 수 있도록 심혈을 기울였습니다. 이 내용은 작품을 이해하는 데는 물론, 중고등학교 국어 내신 공부에도 도움을 줄 것입니다. 특히, 작품에 대한 설명 말미에 책과 관련된 과목, 관련된 학과까지 담아 진로 계획에도 도움이 되도록 애썼습니다.

단순히 책만 많이 읽는 것은 대입에서 소용이 없습니다. 그것을 어떻게 교과에 녹여 내는가가 더 중요합니다. 이를 위해서 생활기록부의 진로 활동 및 과목별 세부능력 특기사항 활용 예시도 제시하였습니다. 어떤 과목에서 어떤 독후 활동을 해야 할지 막막할 때 이 부분이 독후 활동의 가이드가 되면 좋겠습니다.

마지막으로 후속 활동으로 나아가기와 함께 읽으면 좋은 책을 제시해서 이 책이 단순한 독서 활동으로 끝나지 않고 연계 활동으로 이어지거나 학생들이 다양한 문학적 소양을 쌓을 수 있도록 고전 작품이나 현대 작품을 제시했습니다. 연계 활동을 하고 연계 도서를 읽으면서 독서의 즐거움과 삶의 가치를 함께 배우면 좋겠습니다.

책을 쓰는 내내 제가 가르치는 제자들, 저의 자녀들의 얼굴을 떠올렸습니다. 내가 쓰는 이 책이 이 아이들에게 조금이라도 도움이 되기를 간절히 바랐습니다. 원고가 완성된 뒤에도 아이들에게 조금이라도 더 도움이 될 것이 없을까 고민하며 원고를 다시 읽고 또 읽었습니다. 원고를 끝내는 날 생각했습니다. 이 정도면 내 제자들에게, 우리 아이에게 자신 있게 건넬 수 있는 책이 되었구나.

부디 아이들이 이 책을 통해 한국문학을 읽는 재미와 매력을 느끼면 좋겠습니다. 이 책을 통해 내신에 도움이 될 뿐 아니라 독서를 통한 묵직한 감동까지 느끼면 좋겠습니다. 그리고 그 감동이 생활기록부에 꼼꼼하게 기록되어 아이의 학업과 진로에 도움이 되면 좋겠습니다.

이 책 속에 담은 저의 진심이 책을 읽는 학생들에게 닿아서 학생들이 한국문학 작품을 어떻게 읽고 공부해야 할지 막막할 때 그 앞을 밝혀 주는 한 줄기의 밝은 빛이 되기를 바랍니다.

차례

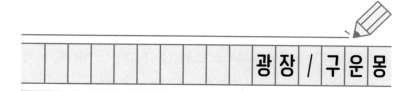

광장 / 구운몽

최인훈 ▸ 문학과지성사

《광장》은 6·25 전쟁 이후 남과 북의 이념과 체제가 대립하는 현실에 맞서 이상적인 삶을 갈망한 한 인물의 행로를 그리고 있는 소설로, 남북 분단의 비극을 이데올로기적 관점에서 본격적으로 다룬 작품입니다.

작가 최인훈(1936~2018)은 소설가이자 희곡 작가로, 1959년 〈그레이 구락부 전말기〉를 발표하면서 등단했습니다. 최인훈의 작품은 다채로운 기교를 사용하면서도 구성을 중시하는 경향을 띱니다. 소설뿐만 아니라 희곡, 비평, 에세이 등 다양한 장르의 작품을 쓰기도 했습니다. 주요 작품으로는 〈광장〉, 〈회색인〉 등의 소설과 〈어디서 무엇이 되어 다시 만나랴〉, 〈옛날 옛적에 훠어이 훠이〉 등의 희곡이 있습니다.

그의 소설 속 주인공들은 대부분 현실에 뿌리내리지 못하고 방황하는 모습을 보입니다. 그들은 처음에는 배척당한 현실에 적응하기 위해 노력하지만 결국 실패하고 소외감을 느낍니다. 이러한 소외 의식은 주로 이데올로기와 충돌하거나 가족과 사회의 보편적 윤리에서 배척되는 데서 비롯됩니다. 이로 인해 인물들은 고뇌를 행동으로 표현하기보다 내적으로 갈등합니다. 이렇게 최인훈 소설 속의 주인공들은 현실과 떨어져 있는 존재들입니다. 현실에 발붙이고 그 현실을 개척하고자 노력하기보다는 한 발짝 물러서서 바라보고 있는 것입니다.《광장》의 주인공 명준에게서도 그러한 모습이 보입니다. 어쩌면 그러한 거리 덕분에 현실을 냉철하게 바라보고, 지적인 대응을 할 수 있는지도 모릅니다.

"바다는, 크레파스보다 진한, 푸르고 육중한 비늘을 무겁게 뒤채면서, 숨을 쉰다."로 시작하는《광장》은 해방 이후부터 6·25 전쟁까지의 혼란스러운 시대를 배경으로 합니다. 해방 후 평범한 대학생이던 명준은 어머니가 죽고 홀로 서울에 남아 대학(철학과)에 다닙니다. 이데올로기에 무심한 그는 월북한 아버지 때문에 기관에 끌려가 고초를 겪고 풀려납니다. 그의 아버지가 북한에서 대남방송을 하는 어느 기관의 선전부장을 맡고 있었기 때문입니다. 이 사건을 계기로 그는 남한에서 개인의 밀실을 빼앗겼다고 생각하고 이상적인 삶을 찾아 월북합니다.

아버지는 그가 노동신문 편집부 기자로 일할 수 있도록 주선합니다. 그러나 그는 북한 사회 역시 이념이 현실 속에서 왜곡되어 개인의 밀실은 사라지고 사회적 광장만 존재하는 곳이라는 사실을 깨닫습니다. 그는 아버지와 북한에 크게 실망합니다. 은혜와의 사랑으로 돌파구를 찾으려 하지만 은혜가 모스크바로 유학을 떠나며 이마저도 좌절됩니다. 6·25 전쟁이 일어나자, 명준은 인민군 장교로 전쟁에 참전하여 서울로 옵니다. 명준은 남한 사람들을 고문하는 역할을 맡게 되고, 한때 가장 친한 친구였던 태식을 마주합니다.

명준은 전쟁 중에 자신만의 밀실인 동굴을 찾습니다. 우연찮게 간호병으로 활동하던 은혜를 만나고 은혜가 임신한 사실을 알게 됩니다. 그러나 얼마 지나지 않아 은혜는 전쟁 중 폭격으로 죽고 명준은 포로가 됩니다. 지식인인 명준에게 남한과 북한은 모두 자신들의 지도층이 되어 달라고 부탁하지만 명준은 중립국을 선택합니다. 중립국으로 향하는 배에서 명준은 갈매기의 환각을 봅니다. 갈매기가 은혜와 딸이라고 생각한 명준은 뭐라 정의할 수 없는 감정을 느낀 채 결국 바다에 투신하여 자살합니다.

이 작품은 1960년 중편 형태로 발표되어 네 차례에 걸쳐 개작되었습니다. 그만큼 사회의 변화를 긴밀하게 포착한 작품이라 할 수 있습니다. 《광장》 이전에도 남북 분단 문제를 다룬 작품은 있었으나 대부분 전쟁으로 인한 개인과 사회의 상처에 초점을 맞추고 있었을 뿐 이데올로기의 대립을 직접적으로 다룬 작품은 없었습니다.《광장》은 이데올로기 대립 문제를 객관적인 시선으로, 적극적으로 다룬 최초의 작품입니다. 특히 남과 북의 이데올로기와 정치 체제를 모두 비판함으로써 분단에 대한 새로운 시각을 보여주었습니다. 주인공 명준이 남과 북의 문제점을 직접 확인하고 결국 중립국을 선택한다는 결론은 당시 자신들의 이데올로기만이 정당하다고 주장하던 남과 북에 경종을 울렸습니다.

소설《광장》은 이데올로기라는 추상적 개념을 '밀실'과 '광장'이라는 친근한 소재로 표현하여 대립시켜 보여줍니다. 남한의 개인적인 삶, 실존적 삶의 상징이 밀실이라면, 반대로 북한의 집단적인 삶, 사회적 삶의 상징이 광장입니다. 명준은 타락한 밀실 위주의 남한 사회와 광장 위주의 북한 사회에 실망합니다. 그러나 그에게 갈 길은 없습니다. 결국 그는 제3의 길인 중립국을 선택하지만 그 역시 현실적인 대안은 아니었습니다. 당시 그 어디에도 자본주의와 공산주의를 넘어서는 제3의 이데올로기는 존재하지 않았기 때문입니다. 그러한 명준의 앞에 바다 위를 나는 두 마리의 갈매기가 보입니다. 그는 그 갈매기를 보며 은혜와 배 속의 아이를 떠올리고, 그곳이 이념의 대립에서 벗어난 공간이라 생각한 채 바닷속으로 뛰어듭니다.

《광장》이 꾸준히 읽히는 이유는 비판적 사실주의 관점에서 순수하게 이데올로기를 전면으로 다룬 작품이 많지 않기 때문입니다. 《광장》은 이데올로기에 대한 비판적 지평을 확대하였으며, 1960년대 전후 소설의 비약적 변화를 이끌었습니다.

인간에게는 이데올로기 이전에 개인적인 밀실과 타인과 교류할 수 있는 광장이 모두 필요합니다. 어떤 제도도 인간의 존재를 넘어서는 초월적인 것이 될 수 없습니다. 작가가 《광장》을 통해 이야기하고자 하는 것도 바로 그런 점입니다.

이념은 인간의 삶에 도움이 되어야 합니다. 이념이 인간의 삶을 좌지우지해서는 안 됩니다. 이 책을 읽으며 인간의 삶과 이념의 관계가 어떠해야 하는지 고민해 보고, 더 나아가 어떤 이념이 인간의 삶에 도움이 될지 성찰해 보면 좋겠습니다.

도서 분야	현대 소설	관련 과목	문학, 사회와 문화, 현대 사회와 윤리	관련 학과	국어국문과, 교육학과, 사회학과, 정치외교학과, 행정학과, 국제관계학과

고전 필독서 심화 탐구하기

▶ **소재의 상징적 의미 살펴보기**

소재	상징적 의미	
밀실	– 내밀한 공간, 개인적 삶의 공간 – 개인이 삶의 행복을 추구하고 사랑을 나누며 자신의 역량을 키우는 공간	**남한의 현실** : 겉으로는 자유가 넘치는 듯하나 사회적 소통 결여(광장의 부재)
광장	– 공공의 장소, 사회적 삶의 공간 – 공동의 이념을 추구하면서 바람직한 사회를 건설하는 공간	**북한의 현실** : 겉으로는 모든 의사 결정이 사회적 소통을 통해 이루어지지만 개인의 자유 부재(밀실의 부재)
푸른 바다	– 그동안 찾으려 했던 이상적 공간 – 광장과 밀실이 조화롭게 공존하는 사회	**투신 자살** : 현실 어디에도 자신이 살고자 하는 이상적 사회가 없음을 깨달음

▸ 시대적 배경 및 사회적 배경 살펴보기

'광장'이 처음 나온 것은 1960년이었으나 이후 몇 차례 개작되어 현재 우리가 읽는 작품은 1970년대 최종 개작된 작품이다. '광장'은 4·19 혁명이 성공을 거두고 새로운 민주화가 시도되던 때 출간되었다. 대중들의 인식에도 변화가 생긴 시기로, 고무적인 시대 분위기 덕분에 그 이전에는 금기시되던 남북문제를 어느 정도 객관화하여 접근할 수 있었다.

전쟁이 끝난 지 얼마 지나지 않은 1950년대와 달리 1960년대는 전쟁의 외상이 아닌 내면의 상처를 형상화할 수 있던 시기였다. 또한 이 시기는 정치적 격변기이자 현대 문학이 성숙해진 시기이기도 했다. 여기엔 분단에 대한 이론적 인식과 내면화, 성장기적 각성 등이 포함되었다. 이 시기 문학 작품들은 전쟁 자체의 비극성을 넘어 분단 극복의 문제나 냉전의 논리까지 문제 삼기 시작했다.

현재에 적용하기

한반도는 아직도 분단국가이다. 남북 분단의 역사적 배경과 현 상황에 대해 알아보고, 한반도의 미래를 위해 할 일을 생각해 보자.

생기부 진로 활동 및 과세특 활용 예시

▶ **책의 내용을 진로 활동과 연관 지은 경우**(희망 진로: 정치외교학과)

'광장(최인훈)'을 읽고 작가가 이 작품을 쓰게 된 배경과 한 시대의 지식인이 죽음을 택할 수밖에 없었던 이유를 찾기 위해 당시의 신문 평론을 비롯한 다양한 자료를 찾아 정치적인 면에 초점을 맞추어 보고서를 작성함. 한반도 분단 과정을 지역적 분단, 이데올로기적 분단, 정부 수립에 의한 분단 세 가지로 나누어서 분석함. 분단의 역사적 배경과 현재 분단 상황을 설명하는 과정에서 비통한 감정을 드러내며 학급 친구들의 공감을 불러일으킴. 또한 최근에 발생한 러시아와 우크라이나 전쟁 등 국가 간 갈등 이슈와 연결하여 남북 분단 문제와 통일에 대한 자신만의 정치적 관점을 제시하고, 우리나라를 둘러싼 국제 정세를 파악하기 위해 신문이나 뉴스 등 다양한 매체를 통해 정치에 꾸준히 관심을 가져야한다고 강조하며 마무리함. 북한 및 주변 강대국을 비롯해, 우리나라의 국제적 위치에 대한 진지한 고민이 느껴짐. 정치에 관심을 두고 국제 정세를 살피며, 오늘날 미국과 중국, 북한과의 관계에서 어떻게 하는 것이 현명한 것인지 자기 나름의 결론을 내림. 이러한 관심으로 EU 등의 국제 기구에서 우리나라를 위해 일하고 싶다는 포부를 드러냄.

▸ 책의 내용을 사회 교과와 연관 지은 경우

사회에서 일어나는 다양한 현상과 그 이면에 관심이 많은 학생으로, '광장(최인훈)'을 읽고 그 당시 지식인들이 사회의 불평등 문제에 대해 어떻게 생각하고, 이 불평등의 원인과 해결 방법을 찾기 위해 어떤 노력을 했는지 알아보는 활동을 함. 사회 불평등 문제의 해결 방법으로 이상적인 사회에서 해답을 찾으려 노력하였으나 결국 좌절하는 명준의 모습을 통해 우리 사회에서 불평등한 현실을 찾아보고 이를 해결하기 위한 가장 좋은 방법이 무엇일지 함께 책을 찾고 토론함. 제도적으로 주어지는 교육 기회와 개인이 획득하는 교육 수준이 사회 경제적 불평등을 획득하는 가장 중요한 변수라며 이 점을 고려해서 사회 불평등 문제에 접근해야 함을 주장함. 이러한 불평등을 타파할 수 있는 유일한 방법은 교육이라고 결론지으며, 학교 교육의 중요성에 대해 역설함. 사회 문제를 지나치지 않고, 책에서 답을 찾으려 독서에 매진하는 모습이 눈에 띔.

후속 활동으로 나아가기

▸ 소설에서 '밀실'과 '광장'이 의미하는 것이 무엇인지 토론하고, 그것을 바탕으로 작가가 무엇을 말하고자 하는지 분석하여 서평을 작성해 보자.

▸ 명준에게 죽음은 과연 올바른 해결책이었을까? 찬성 혹은 반대 입장을 정해 구체적인 근거를 들어 주장하는 글을 작성해 보자.

▸ '광장'에 나타난 정치 현실과 지금의 정치 현실을 비교하고, 이에 대한 보고서를 작성해 보자.

▸ 지금까지 살면서 두 가지 중 하나를 선택해야 하는 일이 있었는지 떠올려 보고, 그 당시를 회상하며 자신의 경험과 생각이 드러난 짧은 글을 써 보자.

함께 읽으면 좋은 책

윤흥길 《장마》 민음사, 2005.

조정래 《태백산맥》 해냄, 2020.

조지 오웰 《동물농장》 민음사, 2001.

제롬 데이비드 샐린저 《호밀밭의 파수꾼》 문예출판사, 1998.

밀란 쿤데라 《참을 수 없는 존재의 가벼움》 민음사, 2018.

평화·통일비전 사회적 대화 전국 시민회의 《더 나은 통일을 위한 대화》 열린책들, 2019.

난장이가 쏘아올린 작은 공

조세희 ▸ 이성과 힘

　《난장이가 쏘아올린 작은 공》은 소외 계층을 대표하는 난쟁이 일가의 삶을 통해 화려한 도시 재개발 뒤에 숨은 소시민의 아픔을 그리고 있는 소설이자, 이러한 아픔의 바탕에는 현대 사회의 구조적 모순이 있음을 비판적으로 제시하고 있는 작품입니다.

　작가 조세희(1942∼2022)는 1965년 《경향신문》 신춘문예에 소설 〈돛대 없는 장선〉이 당선되며 등단했습니다. 1975년부터 〈칼날〉, 〈뫼비우스의 띠〉 등으로 이어지는 연작 소설을 발표하며 주목받았고, 사회의 소외된 계층을 애정 어린 시선으로 바라보는 작품들을 연달아 발표하였습니다. 주요 작품으로는 연작 소설을 엮은 소설집 《난장이가 쏘아올린 작은 공》, 《시간여행》 등이 있습니다.

《난장이가 쏘아올린 작은 공》의 줄거리는 다음과 같습니다. 난장이의 이름은 김불이, 2남 1녀의 아버지입니다. 그는 키 117센티미터, 체중은 32킬로그램으로, 아이들은 중학교를 중퇴했고, 살고 있는 집마저 철거를 앞두고 있습니다. 행복동에 거주하는 난장이 가족은 철거 계고장을 받은 상태입니다. 그들은 돈이 없어 입주권을 팔고 떠나야 합니다. 난장이는 서커스단에 들어가서 돈을 벌려 하지만 가족의 반대로 단념합니다. 난장이의 꿈은 달에 가서 천문대 망원경을 지키는 일을 하는 것입니다.

난장이는 지섭의 도움으로 미국 존슨 우주 센터에 편지를 보내고, 답장을 받으면 달에 갈 거라는 희망을 품고 있습니다. 난장이는 달에 가고 싶은 마음에 벽돌 공장 굴뚝에서 종이비행기를 날립니다. 돈이 없던 난장이 가족은 결국 25만 원을 받고 브로커에게 입주권을 팝니다. 그날 막내딸 영희가 사라집니다. 입주권을 되찾기 위해 브로커를 따라간 것입니다. 영희가 입주권을 찾아왔을 때, 가족은 이사하고 난장이는 벽돌 공장 굴뚝에서 사망했다는 소식을 듣습니다.

난장이 가족은 은강 그룹의 회사가 밀집한 은강시로 이사합니다. 은강 그룹은 국가 세금의 4%를 내는 큰 기업이지만 저임금, 부당해고 등 자본가의 욕망만 채우는 거인 같은 기업입니다. 난장이 삼 남매는 은강 그룹 공장에 훈련공으로 들어가 피로와 잠을 쫓으며 강도 높게 일합니다. 그러나 턱없이 싼 임금으로 생활비와 월세를 내고 나면 남는 게 없습니다. 영수는 노동자 임금 문제를 제기했다가 회사에서 쫓겨나 은강 방직으로 옮깁니다. 그곳에서 노동자 교회의 목사님을 만나고, 그를 통해 노동법을 배우면서 노동자의 권리와 노사문제에 관심을 가집니다. 엄마는 아들의 이런 모습에 불안해합니다. 노동자의 편이 되어야 할 노조는 사측의 편이고, 노동자의 권리를 찾기 위해 목소리를 낸 사람들은 폭행당하거나 해고됩니다. 노사 협상이 결렬되고, 영수와 그의 동료들은 곤경에 처합니다. 좌절한 영수는 은강 그룹 회장에게 칼을 휘두르고 회장이 아닌 회장의 동생을 죽이게 됩니다. 영수는 살인죄로 사형 선고를 받고 교도소에서 죽습니다.

《난장이가 쏘아올린 작은 공》은 1970년대의 급격한 산업화 물결 속에서 삶의 기반을 빼앗기고 몰락해 가는 도시 빈민들의 삶을 다룬 작품입니다. 노동자를 착취하고 투기를 일삼는 부도덕한 부유층과 최저 생활비에도 미치지 못하는 임금을 받으며 살아가는 빈민층의 삶을 대립적으로 그리고 있습니다.

이 작품은 동화적 분위기를 자아내는 요소를 갖추고 있습니다. 첫째, '난장이'로 설정된 주인공을 통해 선과 악의 대결이라는 동화적 모티브를 사용합니다. 둘째, 사건이 진행되는 공간적 배경이 현실적이라기보다 환상적인 성격을 지닌 공간에 가깝습니다. 셋째,

단문을 주로 사용함으로써 독자들의 해석 여지를 넓혀, 시적인 여운을 줍니다. 그러나 이러한 동화적인 느낌과는 달리 주인공의 패배로 끝남으로써 동화의 일반성을 벗어납니다. 절망적인 삶과 동화적인 분위기의 부조화가 바로 이 작품이 갖고 있는 묘미라고 할 수 있습니다.

이 작품에 등장하는 인물들은 하나같이 현실에서 상처 입고 패배에 이르는 과정을 밟습니다. 특히 주인공이 '난장이'로 설정된 것은 작가가 의도적으로 등장인물의 상처와 패배를 강조하기 위해 마련한 상징적 장치라고 볼 수 있습니다.

난쟁이		거인
· 경제적으로 빈곤한 자 · 소외된 사람	↔	· 가진 자 · 거대 자본

이들이 살고 있는 '낙원구 행복동'이라는 지명에도 작가의 의도가 숨어 있습니다. 난장이 가족이 살고 있는 동네는 낙원도 아니고 행복과도 거리가 먼 곳입니다. '낙원구 행복동'이라는 지명은 난장이 가족이 처한 현실과 대조되는 지명으로 도시 빈민 계층의 소외되고 절망적인 삶을 강조하는, 일종의 반어적 표현으로 볼 수 있는 것입니다.

결론적으로 이 작품은 '가진 자'와 '못 가진 자'의 이분법적인 대립 구조를 통해 현대 사회의 구조적 모순을 강조해, 1970년대에 들어 더욱 심해진 산업화의 폐해를 고발합니다. 도시 변두리의 철거민촌을 배경으로 노동 계층의 비참한 상황과 잘사는 계층의 화려하고 타락한 생활을 대조적으로 제시하고, 못 가진 자의 고달픈 삶과 방황, 의식 구조의 변화에 초점을 맞춥니다. 이와 같은 대립 구조는 작가가 1970년대 한국의 사회상을 착취와 피착취의 이분법으로 파악하고 있음을 보여줍니다.

　2017년《난장이가 쏘아올린 작은 공》은 300쇄를 찍었습니다. 오늘날까지《난장이가 쏘아올린 작은 공》이 꾸준히 읽히고 있다는 것은 아직도 우리 사회가 양극화, 불평등, 불공정이라는 현실에서 벗어나지 못했다는 반증이기도 할 것입니다.

　이 책을 통해 우리 사회의 보이지 않는 불평등과 불공정에 대해 고민해 보고, 나아가 이러한 사회 현실을 어떻게 해결해 나갈 수 있을지 자신만의 방법을 찾아 대안을 제시해 보면 좋겠습니다.

도서 분야	현대 소설	관련 과목	사회, 문학, 법과 사회, 사회와 문화	관련 학과	사회학과, 경제학과, 도시계획부동산학과, 국어국문과, 도시공학과, 사회복지학과

▸ 제목의 상징적 의미 살펴보기

'난장이가 쏘아올린 작은 공'이라는 제목은 동화 같은 느낌을 준다. 제목과 표지 때문에 사람들이 동화로 오인하는 경우도 많았다고 한다. 하지만 정작 그 내용은 제목이나 표지 와는 반대로 강자가 약자를 억압하는 절망적인 현실을 사실적으로 그려내는 내용이다. 제목과 내용의 대비로 산업화 사회의 부정적인 면이 더욱 부각되었다고 볼 수 있다. 또 '난장이'의 꿈과 소망인 '공'은 '쏘아올린' 뒤 떨어질 수밖에 없다. 이는 제목에서 이미 '난장이'의 절망과 좌절을 암시하고 있다고 볼 수 있다.

또한 '난장이' 가족의 집에 대한 열망은 자신들이 원하는 곳에 정착하고자 하는 마음 을 드러낸 행위라 볼 수 있다. 열망을 갖고 있는 것만으로는 그들이 원하는 것을 쉽게 얻 을 수 없다. 집에 대한 주권을 갖고 있어야 그들이 바라는 환경의 변화가 오기 때문이 다. 또 각각의 이야기마다 서술자의 관점 이동이 나타나는데, 이는 하나의 상황을 각기 다른 시각을 통해 바라보게 함으로써 다양한 해석을 가능하게 한다.

▸ 시대적 배경 및 사회적 배경 살펴보기

이 소설은 1971년 경기도 광주군(지금의 경기도 성남시)에서 주민 수만여 명이 정부의 무 계획적인 도시 정책과 졸속 행정에 반발하여 도시를 점유했던 광주대단지사건을 배경 으로 한다. 일회성으로 끝난 사건이긴 하나 급속한 산업화 과정에서 생성된 도시 빈민 층의 생존 위협을 여실히 드러냈으며, 빈민 운동의 시발점으로 평가되었다.

이 소설은 1970년대 한국 사회가 산업화 과정을 겪으면서 직면했던 계층적인 갈등과 모순에 정면으로 접근한다. '난장이'는 빈부와 노사의 대립 과정에서 억압당하고 소외된 사회적 존재를 상징하며, '난장이' 일가의 삶을 통해 작가는 빈부의 갈등과 노사의 대립이 화해 불가능하게 된 과정을 치밀하게 보여준다. 이를 통해 1970년대 사회의 가장 핵심적인 문제였던 노동 현실을 문학적으로 형상화하여 큰 사회적 반향을 불러일으킨다.

현재에 적용하기

이 책에서 드러난 도시 노동자들의 빈민 문제와 비슷한 문제가 더 있는지 조사해 보고, 이를 해결하기 위한 방법을 찾아보자.

▸ **책의 내용을 진로 활동과 연관 지은 경우**(희망 진로: 사회복지학과)

'난장이가 쏘아올린 작은 공(조세희)'을 읽고 도시 소외 계층인 '난장이 가족'의 삶을 간접 체험하며 느낀 점에 대해 소감문을 작성하고 문제 해결을 위한 후속 프로젝트를 기획함. 행복한 삶을 실현하기 위한 여러 요소 중 기본적인 생계를 유지하고 자신의 필요를 충족할 수 있는 경제적 안정이 보장되어야 한다는 점에 관심을 갖고. 사회 구조적인 문제로 인해 자신들의 노력만으로 가난을 벗어날 수 없는 이들에게 사회복지 제도와 최저 임금제, 비정규직 보호법과 같은 법 제도 시행 등 사회적 차원의 도움이 절실하다는 점을 강조함. 그러나 이것이 한 개인의 노력으로 바꿀 수 있는 것이 아니라 사회 전체의 인식이 변화해야 바꿀 수 있다며, 이러한 내용을 광고 프로젝트를 통해 학생들과 지역 사회에 알리고자 계획함. 광고를 제작하는 과정에서 '난장이 가족'처럼 사회에서 차별받는 소수자들의 불평등한 현실을 살펴보고, 이를 효과적으로 해결하고 적절한 방법을 찾기 위해 고민하며 학교 내에서 홍보 활동을 하고, 이와 관련된 사연을 라디오나 티비 프로그램에 제보하는 등 여러 방면으로 그들을 돕기 위해 노력하는 모습을 보임. 이런 여러 경험을 바탕으로 구체적인 해결 방안을 찾아 근거와 함께 제시함으로써 우수한 평가를 받음.

▶ 책의 내용을 사회 교과와 연관 지은 경우

'난장이가 쏘아올린 작은 공(조세희)'를 읽고 1970년대 후반 산업화와 도시화로 인한 달동네 재개발 열풍이 오히려 가난한 원주민들에게 깊은 상흔을 남기는 과정을 주인공의 시각으로 접근하여 작품을 해석함. 1960년대 이후 경제 개발 정책으로 이루어진 산업화와 도시화로 도시 거주 공간과 생태 환경이 크게 변화하였으나 사회적 약자들에게는 그러한 변화가 오히려 폭력적이었으며 그 과정에서 인간으로서 가장 중요하고 기본적인 권리인 인권도 제대로 존중받지 못했음을 발견함. 당시 사회 상황을 다룬 여러 자료를 찾고, 도시화 과정에서 심화되는 지역 격차 문제에 대한 궁금함을 해결하기 위해 우리나라 국토종합개발계획에 대해 조사하고 이를 산업화와 도시화의 문제점과 연결해서 살펴보겠다는 계획을 세움. 우리나라 국토 개발 역사와 연결하여 국토종합개발계획의 시기별 개발 방식에 따라 지역 격차가 얼마나 심화되었는지 조사하고 그 원인을 찾아 지역 격차의 현주소를 공업 도시별, 자치 시도별, 권역별 GRDP(지역내총생산)로 구분하여 지도에 표시해서 한눈에 알아보기 쉽게 정리함.

후속 활동으로 나아가기

- ▸ '난장이가 쏘아올린 작은 공'만의 독특한 문체가 어떤 문학적 효과를 주는지 분석하여 감상문을 작성해 보자.

- ▸ 책 내용 중 인상 깊은 부분을 쓰고, 그 이유를 이야기해 보자.

- ▸ 이 소설의 배경이 된 1970년대의 사회 상황을 찾아보고, '모든 인간은 평등하고 존엄 하다'는 민주주의의 기본 가치에도 불구하고 사회 불평등이 어떤 형태로 존재했는지 생각해 보자. 그리고 이를 해결하기 위한 방안이 무엇인지에 대해 토론해 보자.

- ▸ 이 책은 2007년 발행 부수 100만을 넘어섰으며, 2017년 문학 작품으로는 처음으로 300쇄를 찍었다. 이 책이 꾸준히 사랑받고 있는 이유가 무엇일지에 대해 짝과 토론 하고 보고서를 작성해 보자.

함께 읽으면 좋은 책

천현우 《쇳밥일지》 문학동네, 2022.

황정은 《백의 그림자》 창비, 2022.

마이클 샌델 《공정하다는 착각》 와이즈베리, 2020.

마이클 샌델 《정의란 무엇인가》 와이즈베리, 2014.

강경애 《인간 문제》 문학과지성사, 2006.

존 스타인벡 《분노의 포도》 홍신문화사, 2012.

이문구 《장한몽》 랜덤하우스코리아, 2004.

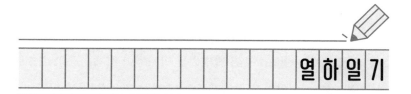

열하일기

박지원 ▸ 보리

《열하일기》는 조선 후기 실학자인 박지원이 청나라에 다녀온 후 쓴 연행록입니다. 여행기의 형식을 띠면서도 이용후생利用厚生을 비롯한 당시 북학파의 사상을 역설하고 동시에 구태의연한 명분론에 사로잡혀 있던 조선의 사고방식을 비판적으로 풍자하고 있는 작품입니다.

박지원(1797~1805)은 조선 후기의 문신으로, 실학자이자 사상가, 소설가입니다. 실학사상을 바탕으로 박지원은 청나라의 신문물에 관심을 두고 청나라와 서구의 문물을 적극 받아들일 것을 주장하였습니다. 무역항 개설과 화폐 이용을 권고하며 상행위와 무역을 적극 장려하였으며, 신분에 따른 차별 없이 능력과 실력에 따른 균등

한 인재 등용도 강조하였습니다. 주요 작품으로는 〈열하일기〉, 〈허생전〉, 〈호질〉 등이 있습니다.

《열하일기》는 1780년에 청나라 고종 건륭제의 칠순 잔치를 축하하는 사절에 삼종형(8촌 지간) 박명원을 박지원이 자제군관(개인 수행원) 자격으로 수행하면서 청나라 곳곳에서 보고 들은 것을 남긴 기록입니다. 본디 목적지는 연경이었으나 당시 건륭제가 열하의 피서산장에 있었기 때문에 열하까지의 여정이 담기게 되었습니다. 그 덕에 '열하일기'라는 제목이 붙었습니다. 조선으로 돌아온 뒤, 여행하면서 보고 듣고 느낀 것들을 3년 동안 정성 들여 기록한 것이 바로 연행록 《열하일기》입니다.

《열하일기》는 26권 10책으로 구성되어 있습니다. 1~7권은 여행 경로를, 8~26권은 보고 들은 것을 하나씩 자세히 기록하고 있습니다. 〈도강록〉, 〈성경잡지〉, 〈일신수필〉, 〈관내정사〉, 〈막북행정록〉, 〈태학유관록〉, 〈구외이문〉 등 각 권이 다른 제목으로 구성되어 있는데, 예를 들어 〈도강록〉은 압록강에서부터 랴오양에 이르는 15일간의 기록으로 성제와 벽돌 사용 등 이용후생에 관심을 둔 내용이 기록되어 있습니다. 〈일신수필〉은 신광녕부터 산하이관에 이르는 병참지를 중심으로 여행기를 전하며, 〈관내정사〉는 산하이관에서 연경에 이르는 기록으로, 어디를 어떻게 여행했는지 그 경로가 자세히 드러납니다.

박지원은 여행 초반에는 청을 오랑캐로 인식하여 멸시하였으나 여정이 거듭됨에 따라 청의 선진문물을 보고 달라진 현실을 인정할 수밖에 없었습니다.

청의 선진문물을 받아들여야만 진정한 북벌을 이룰 수 있을 것이라 판단한 박지원은 여행하는 곳마다 백성들의 모습을 눈여겨보고 이를 꼼꼼하게 기록했습니다. 자신의 경험을 비롯하여 현지 학자들과 토론한 대화도 기록하였으며, 청나라의 교통, 의술, 문물, 천문, 예술, 제도 등 여행하며 보고 듣고 느낀 전 영역을 《열하일기》에 빠짐없이 담았습니다. 청나라 여행에 나선 사절들을 돕는 하인들의 농담까지도 기록되어 있을 정도입니다. 이를 통해 그는 청과 조선의 현실을 객관적으로 비교하고, 조선의 현실을 개선하기 위한 여러 대안을 모색하였습니다.

《열하일기》에서 박지원은 청나라 여행 기록을 바탕으로 당시 조선의 사회 제도와 양반 사회의 모순을 신랄하게 비판하기도 합니다. 조선의 양반 사회를 비판한 그의 한문 소설 〈호질〉과 〈허생전〉도 모두 이 책에 실린 글입니다. 《열하일기》에서 그가 보여준 독창적이고 사실적인 문체는 당대의 상투적인 글과는 전혀 다른 문체였고, 특유의 해학과 풍자가 가미되어 책이 완성되기도 전부터 선비들이 돌려가며 읽었을 정도로 당시 엄청난 인기를 끌었습니다. 그러나 그 파격적인 면으로 인해 당대에는 비난의 대상이 되기도 했습니다. 정조 당시 패관잡기를 불온하게 여기며 전통적인 옛 문체인 순정문(부드럽고 바르게 고친 글)으로 돌아가자는 문체반정文體反正이 일었는데, 그 중심에 《열하일기》가 있었습니다.

연행록의 새로운 경지를 개척한 박지원의 《열하일기》는 뛰어난 문장력을 바탕으로 여러 방면에 걸쳐 당시의 사회 문제를 예리하게 비판하고 풍자한 조선 후기 문학과 사상을 대표하는 중요한 작품으로 평가받습니다. 이 책을 통해 우리 사회가 다른 사람의 생각이나 새로운 문화를 받아들일 때 고정관념이나 편견으로 대하고 있지 않은지 고민해 보고, 더 나아가 주어진 현실에 안주하지 않고 어떻게 현실을 변화시킬지 성찰하는 시간을 가지면 좋겠습니다.

도서 분야	고전 문학	관련 과목	사회, 독서와 작문, 동아시아 역사기행, 한국사	관련 학과	사회학과, 국어국문과, 교육학과, 사학과, 행정학과, 문화인류학과, 문화콘텐츠학과

▸ '연행록' 살펴보기

조선시대에 사신이나 그 수행원이 청나라를 다녀와 보고 느낀 것을 쓴 기행문을 '연행록 (燕行錄)'이라 한다. 연행록에는 두 가지 유형이 있다. 첫째는 일기 형식으로 여행 체험을 날짜순으로 기록하는 유형으로, 대부분 연행록이 여기에 속한다. 김창업의 '연행일기'가 대표적이다. 이는 여행의 전 과정을 충실히 기록할 수 있다는 장점이 있으나, 중요한 사항을 집중적으로 서술하기 어려우며 중복되는 내용이 많아 산만하고 지루한 느낌을 줄 수 있다. 둘째는 비교적 드물지만, 인물·사건·명승고적 등의 견문을 주제별로 나누어 기록하는 유형이다. 홍대용의 '연기'가 대표적이다. 주제에 따라 집중적인 논의를 할 수 있지만 대신 여행의 전 과정을 제대로 전달하기는 어렵다. 두 유형 모두 중국과의 교류 상황과 조선의 문명 발전 과정을 담고 있으며, 특히 동아시아의 문화적 교류를 보여준다는 점에서 의미가 있다. '열하일기'는 두 가지 연행록의 장점을 종합하고 여기에 박지원의 창의성을 가미하여 그만의 고유한 구성을 갖추었다.

▸ 시대적 배경 및 사회적 배경 살펴보기

조선 후기 임진왜란과 병자호란 등의 거듭된 혼란 속에 전 국토가 황폐해지고 정치, 사회, 경제 전반에 걸친 급격한 변동이 일어났다. 농사를 지을 인구가 줄고, 상공업이 발달했으며, 이는 도시 인구 증가, 시장경제 발달, 신분제와 토지제도의 붕괴 등으로 이어져 양반층의 기존 질서를 크게 흔들었다. 지도층의 지배는 약해지고 국가 재정은 바닥을 드러냈으나 집권층은 사회 변화를 수용하지 못하고 현실과 동떨어진 이론만을 강조했다.

이 문제에 대한 내재적 비판과 반발로 실학사상이 나타났다.

실학은 '실사구시'의 학문으로, 학문의 연구가 현실에 바탕을 두고 있다. 조선 후기 실학사상가들은 현실과 동떨어진 성리학을 비판하고 실용적인 지식을 실증적 태도로 연구하려는 태도를 견지했다. 그동안 이어졌던 폐쇄적인 사대주의를 반대하며 서구의 선진 문물을 비판적으로 받아들여 조선의 여러 학문과 기술 수준을 개혁해 부강한 나라를 건설하자는 주장을 펼쳤다.

현재에 적용하기

이 책에서 적용되는 실학사상을 우리 사회에 어떻게 적용할 수 있을지 구체적인 사례를 찾아보자.

생기부 진로 활동 및 과세특 활용 예시

‣ 책의 내용을 진로 활동과 연관 지은 경우(희망 진로: 문화콘텐츠학과)

다양한 문화, 특히 역사와 인간의 삶에 관심이 많은 학생임. '열하일기(박지원)'를 읽고 책 속에 등장하는 중국의 문화와 역사, 그리고 조선과의 비교 평가 부분에 관심을 가짐. 역사적인 관점에서 중국이 어떤 차별점 때문에 강대국이 되었는지 보고서를 작성하여 발표함. 여기서 그치지 않고, 같은 시기 조선의 문화를 찾아 함께 발표함. 중국의 문화를 보고 우리나라의 문화와 연계하는 박지원의 모습에서 문화가 하나의 문화 코드로 정착되고 그것이 의미 있는 문화가 되기 위해서는 그 문화를 읽어내는 힘이 있어야 하고, 그것을 우리의 문화와 연계할 수 있는 문화적 안목이 있어야 한다고 주장함. 같은 시기, 여러 나라의 문화와 역사를 비교하여 각 나라의 차이와 유사점을 명확히 파악하고 우리 문화만의 특징을 정확하게 찾아내 정리함. 다양한 자료를 근거로 자신만의 비판적인 관점을 갖고 문화와 역사를 비교하는 모습이 인상적임.

▶책의 내용을 사회 교과와 연관 지은 경우

선조들의 지혜를 탐구하기 위하여 박지원의 '열하일기'를 주제 도서로 선정함. 청나라에서 생활한 모습을 보며 박지원의 도전에 감명받고, 행재잡록에 나온 청의 회유정책을 보며 선진국이 어떤 것인지에 대한 자신의 견해를 발표함. 각 사회의 문화는 그 사회의 특수한 환경과 역사적 상황 및 사회적 맥락에서 나온 것으로 고유한 가치가 있으며, 어느 것이 우월하거나 열등한 것이 없고 자신의 문화에 도움이 되면 적극 수용해야 한다고 주장함. 다른 나라의 문화를 경험함으로써 문화의 다양성이 증진되어 수준 높은 문화를 향유할 수 있으며, 박지원의 이러한 외국 문화에 대한 호기심이 적극적으로 수용되었다면 조선의 문화가 더욱 발달했을 것이라는 자신의 견해를 드러냄. 다양한 시청각 자료를 활용해 발표하는 동안 학급 친구들의 시선을 붙잡음. 수준 높은 자료 준비와 비판적 사고 의식이 돋보인 발표로, 학급 친구들에게 하나라도 더 알려주려는 모습이 인상적임. 이 책을 통해 치우치지 않고 편견 없이 바른 시선으로 세상을 바라보는 것의 중요성을 깨달았다는 소감으로 마무리함.

후속 활동으로 나아가기

▶ '열하일기'의 각 부분을 학급 친구들과 분배하여 읽고, 각자 자신이 이해한 내용을 앞에서 발표해 보자.

▶ '열하일기'가 작성된 시기의 역사적 배경을 조사해 보고, 당시의 사회, 문화, 정치적 상황이 박지원의 여행과 생각에 어떤 영향을 미쳤는지 탐구 보고서를 작성해 보자.

▶ 박지원의 실학사상을 알아보고, '열하일기'에 그의 사상이 어떻게 표현되었는지 토의해 보자.

▶ '열하일기'의 내용 중 오늘날 우리의 삶에 반영할 부분으로 무엇이 있는지 찾아보고, 그에 대해 친구들과 함께 토의해 보자.

▶ 긴 여행을 한 경험이 있다면, 그때의 경험을 바탕으로 '열하일기'와 같은 여행기를 써 보자.

함께 읽으면 좋은 책

박지원 《박지원 소설집》 서해문집, 2022.

박종채 《나의 아버지 박지원》 돌베개, 1998.

알베르 카뮈 《시시포스 신화》 연암서가, 2014.

유몽인 《어우야담》 돌베개, 2006.

박지원 《호질 양반전 허생전》 범우사, 2014.

강민경 《장복이, 창대와 함께하는 열하일기》 현암주니어, 2020.

하늘과 바람과 별과 시

윤동주 ▶ 열린책들

《하늘과 바람과 별과 시》는 '한국인이 가장 사랑하는 시인' 윤동주의 유고 시집입니다. 시집의 문을 여는 〈서시〉에는 암울한 시대 상황에서도 양심을 지키며 현실에 타협하지 않는 삶, 즉 부끄러움이 없는 삶을 추구하는 시인의 마음이 담겨 있습니다. 일제에 나라를 빼앗긴 현실에 괴로워하면서도 '별'과 같이 이상적인 삶, 순결한 삶을 살기를 소망하며 민족을 위한 고난과 시련의 삶을 피하지 않고 꿋꿋하게 헤쳐 나갈 것을 다짐하는 내용으로, 일제 강점기의 어두운 시대에도 타협하지 않고 도덕적 순결과 양심을 지켜 나가겠다는 시인의 의지를 엿볼 수 있는 시집입니다.

윤동주(1917~1945)는 15살 때부터 시를 쓰기 시작했습니다.

1941년 연희전문학교를 졸업하고 대학 시절 틈틈이 썼던 19편의 시를 묶은 자선 시집을 발간하려 했으나 한국어 사용과 창작이 금지되는 등 일제의 탄압이 극에 달해 뜻을 이루지 못했습니다. 이후 일본으로 건너가 도시샤대학 영문과에 다니던 윤동주는 당시 요시찰인으로 주목을 받던 연희전문학교 동창 송몽규와 함께 1943년에 사상범으로 체포됩니다. 그리고 이듬해 후쿠오카 형무소에서 28살의 젊은 나이로 옥사합니다. 광복을 불과 몇 개월 남긴 때였습니다. 윤동주의 시는 사후에 빛을 보게 됩니다. 1948년 그의 유작 31편이 실린《하늘과 바람과 별과 시》가 출간된 것입니다.

윤동주는 식민지 지식인의 정신적 고통을 섬세한 서정과 투명한 시심으로 노래했습니다. 일제 강점기에 끊임없는 자기 성찰을 통해 어떻게 살아야 할지 고민했으며, 이와 같은 자기 성찰은 항상 '부끄러움'을 수반했습니다. 이 '부끄러움'은 자신이 사회 문제를 직시해야 하는 지식인임에도 불구하고 실천적인 행동에 나서지 못하고 있다는 자각에서 비롯된 것이었습니다. 일제에 저항해 적극적으로 나선 독립운동가들을 보며, 윤동주 시인은 그렇게 나서지 못하는 자신의 괴로움을 '부끄러움'으로 드러냈습니다.

그러나 그는 '부끄러움'에 머무르지 않았습니다. 절대적인 윤리의 표상인 '하늘을 우러러 한 점 부끄럼이 없기를' 소망하면서 부단히 자신의 삶을 채찍질하였습니다. 윤동주 시 전반에 나타나는 '부끄러움'은 시인의 삶과 시를 지탱해 주는 근원적인 동력이라 할 수 있습니다. 그는 민족의 해방을 기다리며 부끄러움이 없는 삶을 위해 죽을 때까지 시대적 양심을 잃지 않으려 노력했습니다. 소극적으로 보일지는 모르나 그는 분명 저항 시인이었습니다.

《하늘과 바람과 별과 시》는 윤동주의 정신적 스승이자 당시 경향신문 주필이었던 정지용이 서문을 쓰고, 윤동주의 친구 중 하나이자 당시 《경향신문》 기자였던 강처중이 발문을 썼습니다. 처음 시집을 발간할 때는 30여 수의 시밖에 없었습니다. 그런데 윤동주의 여동생 윤혜원과 그의 남편 오형범이 월남하면서 위험을 무릅쓰고 윤동주의 육필 시집, 스크랩 철, 사진 등을 가져온 덕에 1977년 5판 본에 와서 112여 수에 이르는 시와 네 편의 산문까지 담겨 시집의 내용이 풍성하게 되었습니다.

윤동주의 후배이자 친구인 정병욱의 회고에 의하면 본래 이 시집의 제목은 병든 사회를 치유한다는 상징적인 의미로 '병원病院'으로 붙일 예정이었다고 합니다. '당시의 세상이 온통 환자투성이'였기 때문입니다. 그러나 〈서시〉를 쓴 후 시집의 제목은 《하늘과 바람과 별과 시》로 바뀌었습니다. 〈서시〉는 식민지 지식인의 고뇌와 현실 극복 의지를 노래하는 작품으로, 시의 화자가 과거부터 자신의 양심에 따라 부끄럽지 않은 삶을 살기 위해 괴로워했다고 고백하며 앞으로도 그렇게 부끄럽지 않은 삶을 살아가야겠다고 의지를 다지는 내용입니다.

〈서시〉의 내용을 구체적으로 살펴보겠습니다. 화자는 일제 강점하에서 죽는 날까지도 부끄럽지 않게 살려 했지만 '잎새'와 같이 작고 연약한 것이 흔들릴 정도의 작은 '바람'에도 심리적 갈등을 일으키며 괴로워합니다. 하지만 괴로워하고만 있지 않습니다. 화자는 자신이 추구하는 이상적인 가치인 '별'을 노래하는 마음으로 모든 생명체, 즉 우리 민족을 사랑하겠다고 결심합니다. 결심에서 끝내지 않습니다. '나한테 주어진 길을 가야겠다'며 자신이 해야 할 일, 또는 나라와 민족을 위해 해야 할 일을 하겠다는 의지를 드러냅니다. 하지만 그것이 쉬운 것만은 아닙니다. 오늘 밤에도 그의 결심은 '밤'과 '바람'에 스칩니다. 그가 처한 암울한 현실은 달라지지 않았으나 그는 이제 더 이상 흔들리지 않을 겁니다. 결심했으니 그것을 행동으로 옮길 테지요. 윤동주 시인의 〈서시〉를 읽으면 그의 고뇌와 떳떳한 삶을 살고자 하는 의지가 고스란히 느껴집니다.

《하늘과 바람과 별과 시》에 실린 작품들은 그리움의 정서, 어둠으로 나타난 죽음에 대한 강박 관념, 인간애의 지향, 부정적 현실에 대한 비극적 세계관, 속죄 의식, 일제에 대한 저항 의식 등으로 집약되는 윤동주의 시 세계를 잘 보여줍니다. 어둠과 밤의 이미지로 가득 차 있는 윤동주의 작품 속 상황은 윤동주의 비극적 현실 인식을 드러낸다고 볼 수 있습니다. 그와 동시에 불변하는 것에 대한 간절한 염원은 일제 강점기의 암흑기를 이겨내려는 시인의 의지를 느낄 수 있게 합니다. 윤동주의 시는 대부분 고유어로 이루어져 있어, 시어를 통해 우리말의 아름다움도 느낄 수 있습니다.

이 책을 통해 일제 강점기의 비극적인 현실 속에서도 끊임없는 자아 성찰을 통해 죽을 때까지 시대적 양심을 잃지 않기 위해 노력한 윤동주의 시 세계를 살펴보고, 나아가 지금 시대에 우리가 부끄러움이 없는 삶을 살기 위해서는 어떻게 해야 할지에 대해 성찰하고 자신만의 방법을 제시해 보면 좋겠습니다.

도서 분야	현대 시	관련 과목	문학, 주제 탐구 독서, 윤리와 사상, 인문학과 윤리	관련 학과	국어국문학과, 교육학과, 사회학과, 천문학과

▶ '부끄러움'의 의미 살펴보기

일제 강점기는 치욕스러운 역사적 시기로, 그 시대에는 앞장서서 목소리를 내고 희생했던 수많은 독립운동가가 있었다. 윤동주는 그런 시대에 당당하게 목소리를 내지 못하는 자신을 부끄러워하며 괴로워했다. 그리고 시를 통해 그런 마음을 표현했다. 자신의 부끄러움을 끊임없이 상기하며 괴로워하는 일을 반복한 것이다.

부끄러움을 내보이는 것은 약점을 드러내는 것이지만 윤동주는 이를 솔직하게 말한다. 이를 통해 침묵하지 않고 가슴 아픈 역사를 아프게 반성하고 참회한다. 이는 결국 무엇이 옳은 것인지, 그른 것인지 생각하게 만든다. 시를 읽는 독자에게도 마찬가지다. 부정적인 현실을 목도하면서도 스스로 행동하지 않거나 반성하지 않을 때 부끄러워하며 성찰할 수 있게 만든다. 부끄러움을 아는 것은 부끄러운 것이 아니다. 부끄러움을 모르는 것이 진정으로 부끄러운 것이다.

▶ 시대적 배경 및 사회적 배경 살펴보기

'하늘과 바람과 별과 시'에 실린 시들이 쓰인 시기는 일제강점기로 일본의 식민 지배를 받던 때이다. 한일병합조약을 시작으로 일본은 한반도를 자국의 경제적 이익을 위한 원자재 공급처 및 시장으로 활용했다. 일본어 사용을 강요하고, 일본식 이름을 사용하도록 하는 등 한국 문화와 정체성을 말살하려 했다. 1930년대부터 탄압이 더욱 심해졌다. 많은 한국인이 강제노동에 동원되었고, '위안부'로 강제 동원된 여성의 인권은 유린되었다. 수많은 독립운동가가 목숨을 잃고 탄압받으면서도 국권 회복과 독립을 위해 끊임없이 저항했다. 1919년 3월 1일에 전국적으로 만세 운동이 일어나 일제에 맞선 대규모 평화 시위가 전개되었고 이는 일제에 대한 한국인의 저항 의지를 전 세계에 알리는 계기가 되었다. 1945년 제2차 세계대전이 끝나고 일본이 패망하며 한반도는 해방되었다. 하지만 해방 후에도 한반도는 남북으로 분단되는 아픔을 겪으며, 일제 강점의 여파는 오늘날까지 한국 사회와 국제 관계에 깊은 영향을 끼치고 있다.

현재에 적용하기

윤동주 시인의 시에서 우리말의 아름다움을 살펴보고, 우리 언어생활에서 우리말의 아름다움을 어떻게 살릴 것인지 생각해 보자.

생기부 진로 활동 및 과세특 활용 예시

▸ 책의 내용을 진로 활동과 연관 지은 경우(희망 진로: 천문학과)

윤동주의 '별 헤는 밤'을 읽고 천문학자의 시각에서 별을 바라본다는 가정하에 보고서를 작성하고 발표함. 천문학자인 시적 화자가 어두운 밤하늘을 보며 별을 하나하나 세고 각각의 별의 밝기와 별까지의 거리를 측정하면서 이에 대한 감상을 시로 표현하는 것으로 시의 내용을 재구성함. 별빛은 핵융합을 통해 엄청난 에너지가 방출된 것이며, 지금 보는 별빛이 현재의 빛이 아니라 최소 몇 만 년 이전의 빛이라는 내용을 천문학적 관점으로 설명함. 별까지의 거리는 직접 측정할 수 없지만 연주 시차를 통해 계산할 수 있고, 별의 밝기는 별과의 거리의 제곱에 반비례한다고 설명하며, 밝기도 색도 모두 다른 별을 보고 있으면 현재와 다른 새로운 세계에 온 것 같다는 감상을 표현함. 시를 발표한 뒤 자신이 천문학자가 되면 별에 대해 더 많이 알려주고 싶다고 하여 학급 친구들에게 격려의 박수를 받음.

‣ 책의 내용을 국어 교과와 연관 지은 경우

'별 헤는 밤(윤동주)'을 감상하고 윤동주의 작품에 나타난 '자아 성찰'에 대한 자신의 생각을 담은 소감문을 발표함. 일제 강점기의 부정적인 현실과 그 속에서 무기력하게 살아가는 자신의 모습을 반성하지만 그럼에도 별 하나하나에 의미를 담으며 희망을 잃지 않는 화자의 모습에 초점을 두어 소감문을 작성함. 절망적인 상황에서도 포기하거나 절망하지 않는 시인의 태도에 큰 감명을 받았으며 자신도 '겨울이 지나고 나의 별에도 봄이 오면 무덤 위에 파란 잔디가 피어나듯이' 비록 지금 힘든 일이 있더라도 희망을 갖고 좌절하지 않는 사람이 되고 싶다고 작품에 대한 감상을 씀. 후속 활동으로 자신의 지난 행동을 반성하는 내용의 시를 국어 시간에 배운 비유적 표현을 활용하여 씀. 문학적 감수성이 풍부하고 개성과 창의력이 있어 학급에서 가장 인상 깊은 시로 주목을 받음.

후속 활동으로 나아가기

▸ 윤동주의 시 중 한 편을 골라 주제를 찾고 분석해 보자.

▸ 윤동주의 시와 생애, 작품의 시대적 배경에 대해 자세히 찾아보고, 이를 분석하는 탐구 보고서를 작성해 보자.

▸ 윤동주의 시 중 한 편을 골라 분석하고, 그 내용을 모둠 친구들과 함께 이야기해 보자.

▸ 윤동주 시를 활용하여 노래를 만들고 영상을 촬영해 보자.

▸ 마음에 드는 시 하나를 골라 그 내용을 바탕으로 에세이를 써 보자.

함께 읽으면 좋은 책

박완서 《부끄러움을 가르칩니다》 문학동네, 2006.

송우혜 《윤동주 평전》 서정시학, 2014.

왕신영, 심원섭 《윤동주 자필 시고 전집》 민음사, 1999.

전국국어교사모임 《윤동주를 읽다》 휴머니스트, 2020.

김응교 《나무가 있다》 아르테, 2019.

안소영 《시인 동주》 창비, 2015.

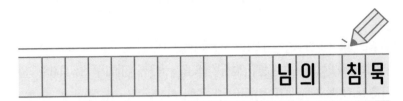

님의 침묵

한용운 ▸ 범우사

《님의 침묵》은 한용운이 옥고를 치른 뒤, 1925년 내설악 백담사에서 완성한 시집입니다. 총 88편의 시가 수록되어 있으며, 이 중에서 '님' 또는 '당신'이라는 표현을 사용한 작품이 무려 64편에 달합니다. 한용운의 시에서 '님'의 의미는 그만큼 특별하며, 특히 자유와 독립을 빼앗긴 조국과 민족을 상징하는 것으로 유명합니다.

한용운(1897~1944)의 본명은 한정옥, 호는 만해로, 시인이며 승려, 독립운동가입니다. 3·1 만세 운동 당시 민족 대표 33인의 한 사람이자 옥중에서 〈조선 독립의 서〉를 지을 정도로 독립에 대한 의지가 강했던 인물이기도 합니다. 집을 지을 때, 남쪽에 조선 총독부가 있어서 북향으로 집을 지었다는 일화는 유명합니다. 호적도 만들지 않고, 일본어로 글을 쓰지 않은 철저한 민족주의자이기도 했습니다. 1918년 불교 잡지 《유심》에 시 〈심〉이 실리며 등단하였으며, 불교 사상이 기반이 된 철학적 사색과 명상 세계를 형상화한 철학적, 종교적 연가풍의 시를 주로 썼습니다. 저서로는 시집 《님의 침묵》과 함께 《조선 불교 유신론》, 《불교 대전》 등이 있습니다.

한용운의 '님'은 단순히 사랑하는 사람으로 해석해서는 안 됩니다. 한용운은 《님의 침묵》의 서문 격인 〈군말〉을 통해 '님'에 대해 이야기합니다. 여기에 '기룬(찬양하는) 것은 다 님'이라는 표현이 등장하는데, 그러니 그 '님'은 그 누구도 될 수 있는 것입니다. 예를 들어 칸트에게는 철학이 '님'이고, 장미꽃에게는 봄비가 '님'이 될 수 있습니다. 이렇게 한용운은 '님'이 한 가지 의미로 해석되는 것을 경계했던 듯합니다.

《님의 침묵》에 등장하는 '님'은 우리가 생각하는 일반적인 '님'이 아닙니다. 그의 작품 속 '님'의 존재와 그 의미에 대한 해석은 다음과 같이 매우 다양합니다.

첫 번째로 '님'은 자유와 독립을 빼앗긴 조국이나 민족을 뜻합니다. '님'은 우리의 마음, 중생의 마음이며, 그 마음의 실체가 바로 우리의 조국과 민족이라는 것입니다.

두 번째로 '님'은 불교에서 말하는 중생, 모든 생명체로 스님이라는 그의 신분을 생각할 때 불교적 진리를 '님'으로 드러낸 것으로 볼 수 있습니다. 이 '님'은 '참된 나' 또는 '무아無我'를 의미합니다.

　세 번째로, '님'은 우리가 일반적으로 '님'이라고 할 때 떠올리는 대상인 '사랑하는 사람'을 의미합니다. 이성적 존재로서의 '님'인 것입니다.

　한용운의 대표 시 중 하나인 〈님의 침묵〉을 살펴볼까요? 이 시의 화자는 시의 첫머리부터 '님은 갔습니다'라고 말합니다. 그리고 임이 떠난 뒤의 상황이 시의 내용이 됩니다. 1~6행에는 임과의 이별을 이야기하며 이별의 슬픔을 노래합니다. 사랑하는 임과 헤어진 부정적인 현실에 대한 허무와 좌절감을 영탄적인 어조와 반복, 대조적인 이미지를 통해서 드러냅니다. 사랑의 약속은 '황금의 꽃'과 같이 굳고 아름다웠지만 이제 그것은 '차디찬 티끌'이 되어버렸다며 이별의 슬픔을 드러냅니다. '날카로운 첫 키스'를 통해 화자는 '님'의 말소리에 귀먹고, '님'의 얼굴에 눈멀 만큼 사랑했으나 '님'과 헤어진 지금, 그 모두가 추억이 되어 버렸습니다. 헤어지지 않을 거라 생각했던 것은 아니지만 이렇게 헤어질 줄은 몰랐다고 고백합니다.

　그렇지만 7~8행에서 그는 이별의 슬픔에 절망하지 않는 모습을 보입니다. '그러나'로 시작하는 행을 통해 화자는 그것을 새로운 만남의 희망으로 역전시킵니다. 만남은 곧 헤어짐이요, 헤어짐은 곧 만남이라는 불교적 역설의 진리를 깨닫고, 이 역설적 진리를 통해 이별의 슬픔을 극복하고 언젠가 임과 재회할 것이라는 믿음을 갖게 됩니다.

화자는 9~10행을 통해 실제로는 '님'이 떠났지만 새로운 만남의 의지와 확신이 자신의 마음에 있는 한 '님'은 반드시 돌아올 것이라는 믿음을 보입니다. 비록 지금은 '님'이 갔지만 언젠가 '님'을 다시 만날 것이라는 확신을 갖고 있습니다. 결국 '님'은 갔지만 나는 '님'을 보내지 않은 셈입니다. 그것은 님과 헤어졌다기보다 잠깐 대화를 멈춘 것과 다를 바 없기에 '님'이 침묵했다고 표현합니다.

〈님의 침묵〉에서도 그렇지만 한용운 시의 시적 화자는 대부분 여성입니다. 그리고 남성인 '님'에 대한 그리움을 노래합니다. 그러나 이는 실제와 정반대입니다. 한용운은 남성이며, 사랑과 거리가 먼 스님 신분입니다. 한용운은 왜 굳이 자신과 정반대의 인물을 시적 화자로 설정한 것일까요? 이것은 시대적 상황을 고려해야 이해가 수월합니다. 일제 강점기 요주의 인물인 한용운이 독립운동에 관한 시를 썼다면 그 시집은 출간될 가능성이 없었을 겁니다. 우회의 방법으로 자신과 정반대의 화자를 설정하여 일제의 검열을 피한 것으로 짐작할 수 있습니다. 그 덕에 오늘날 우리가 〈님의 침묵〉을 읽을 수 있는 것입니다.

또한 〈님의 침묵〉에서 가장 두드러진 표현은 '역설'입니다. 시적 화자는 삶에서의 만남과 헤어짐의 실상을 역설적인 불교적 시각으로 깨닫고 자신이 처한 이별의 슬픔을 새로운 만남의 희망으로 전환시킵니다. '우리는 만날 때에 떠날 것을 염려하는 것과 같이, 떠날 때에 다시 만날 것을 믿습니다.'라는 구절에서 볼 수 있듯이, 만남은 헤어짐을, 헤어짐은 만남을 전제한다는 불교적인 가치관이 드러납니다. 떠났다고 생각했던 임은 사실은 떠난 것이 아니라 내 주위에서 단지 '침묵'하고 있는 것과 다를 바 없음을 알게 되고, '나'는 그 침묵하고 있는 임을 위해 '벅찬 사랑의 노래'를 부르는 것입니다.

〈님의 침묵〉에서 사용된 시어들은 단순 명료하고, 익숙한 일상어로 구성되어 있습니다. 시라는 느낌이 들지 않는 긴 산문시이기도 합니다. 그럼에도 시어들이 함께 어우러지는 경이로움이 있습니다. 그것이 한용운 시가 갖고 있는 매력입니다.

이 책을 통해 '님'이 갖고 있는 의미가 무엇인지 생각해 보고, 나에게는 어떤 존재가 '님'이 될 수 있는지 생각해 보면 좋겠습니다. 만일 내가 그 '님'과 헤어진다면 어떻게 할 것인지 성찰하고 친구와 이야기를 나누어 보기를 권합니다.

도서 분야	현대 시	관련 과목	문학, 사회와 문화, 주제 탐구 독서	관련 학과	국어국문학과, 교육학과, 사회학과, 역사학과, 사회복지학과, 철학과

고전 필독서 심화 탐구하기

▸ **'님'의 상징적 의미 살펴보기**

상징	해석	
	시인	시의 내용
조국	독립운동가	조국 광복에 대한 의지와 신념을 노래
부처 (절대자)	승려	종교적 깨달음을 얻는 과정을 노래
사랑하는 여인	평범한 사람	사랑하는 대상에 대한 사랑을 노래

한용운 시에서 '님'은 표면적 의미에서는 사랑하는 연인이면서 종교적으로는 우주 만물의 원리이기도 하고 역사적 의미로는 조국이거나 민족이기도 하다. 포괄적으로 그의 '님'이란 사람의 삶을 삶답게 하는 모든 가치를 의인화한 것이다. 시인은 비록 지금 '님'이 여기 없다 해도 언젠가 다시 돌아올 것이며 반드시 돌아올 것이라는 믿음을 노래한다. 그렇기에 '님'의 부재에도 절망하기보다 '님'에 대한 사랑과 희망을 드러낸다.

님의 침묵 · 한용운

▸ 시대적 배경 및 사회적 배경 살펴보기

한용운이 살았던 일제 강점기는 일본에 나라를 뺏기고 식민지로 전락한 시기이다. 일제는 경제적, 사회적, 정치적으로 우리를 수탈했으나 우리 민족은 끊임없이 이에 저항했다. 3·1 운동을 계기로 일본 식민정책에 대한 저항 운동이 전국적으로 확대되었고, 우리 민족의 독립 의지는 더욱 강해졌다. 만해 한용운은 출가 이후 불교를 통한 청년 운동과 불교 개혁, 불교의 현실참여를 주장하였다. 그리고 일제 식민지 정책의 허상을 비판하며 3·1 운동을 이끌기도 했다. 한용운은 3·1 운동 때 기미독립선언서에 서명한 33인의 민족 대표 중 한 명이기도 하다. 이런 시대적 배경 속에 한용운은 《님의 침묵》을 발표하여 저항 문학에 앞장서고 독립에의 의지를 다졌다.

현재에 적용하기

이 책에서 많이 사용되는 '침묵'의 의미를 생각해 보고, 우리 주변에서 '침묵'하고 있는 상황이 있다면 그 상황은 무엇인지, 그 침묵의 상황을 변화시킬 수 있는 실천 방법이 무엇이 있을지 찾아보자.

생기부 진로 활동 및 과세특 활용 예시

▶ 책의 내용을 진로 활동과 연관 지은 경우(희망 진로: 정치외교학과)

'님의 침묵(한용운)'을 읽고 독립운동가였던 한용운의 투쟁이 개인적인 자유를 위한 것이 아니라 우리 사회, 민족의 자유와 독립을 위한 것이라는 내용의 보고서를 작성함. 공동체를 위해 자신을 헌신한 한용운의 모습을 통해 리더의 자격이 무엇인지 탐구함. 자신이 하는 행동이 개인적인 결과를 가져올 뿐만 아니라 나아가 국가 및 주변 사회에도 영향을 미친다는 점을 인식하고 사회적 책임감을 가져야 한다고 생각하는 부분이 돋보임. 사회에 대한 책임감은 자신의 일에 대한 책임감에서 출발한다며 앞으로 꾸준히 국내외 정세를 살피고 이와 관련하여 자신이 할 수 있는 일과 자신에게 주어진 역할을 책임감 있게 수행할 것이라고 다짐함. 마지막으로 '펜은 칼보다 강하다'는 말과 연결하여 설득력 있게 보고서 내용을 마무리함.

‣ 책의 내용을 사회 교과와 연관 지은 경우

수업 시간마다 항상 맨 앞자리에 앉아 집중하는 태도를 보이는 학생으로, '님의 침묵'을 쓴 한용운과 비슷한 의식을 가지고 시를 쓴 이육사, 심훈, 이상화의 작품 등 일제 강점기 당시 저항 의식이 담긴 작품들을 찾아, 역사적 배경을 조사하여 발표함. 저항 시인들의 시에서 시작해 정치, 사회, 문화 등 일제 강점기에 대한 깊이 있는 고찰을 통해 시대와 문화의 관계에 대해 의미를 부여함. 그리고 이러한 문학 경향이 의열투쟁, 실력양성 운동, 학생 항일 운동 등 당시의 여러 독립운동과 만나 독립운동에 더욱 힘을 실었음을 강한 어조로 말함. 시대적 배경과 작품 사이의 연관성을 찾아내는 과정에서 자신만의 생각으로 역사를 읽어내고 해석하려는 참신함이 돋보임. 역사적 지식 습득을 넘어서 역사적 사실과 문학 작품 사이의 연결고리를 찾아서 탐구하는 과정이 인상 깊음.

후속 활동으로 나아가기

▸ 한용운의 시 중 한 편을 골라 주제를 찾고 분석해 보자.

▸ 한용운의 시와 생애, 작품의 시대적 배경에 대해 자세히 찾아보고, 이를 분석하는 탐구 보고서를 작성해 보자.

▸ '님의 침묵'을 읽고 주요 키워드를 찾아내고, 그 키워드가 전달하는 것을 한용운이 살았던 시대와 연계하여 분석해 보자.

▸ 한용운 시에 드러난 '님'의 의미와 김소월의 시에서 드러난 '님'의 의미를 비교, 분석하여 탐구 보고서를 작성해 보자.

▸ '님의 침묵' 중 마음에 드는 시 하나를 골라 그 내용을 바탕으로 에세이를 작성해 보자.

함께 읽으면 좋은 책

한수산 《군함도》 창비, 2016.
김숨 《한 명》 현대문학, 2016.
김영하 《검은 꽃》 문학동네, 2020.
조정래 《아리랑 청소년판》 해냄, 2015.
김소월 《김소월 시집》 범우사, 2002.

						정	지	용	전	집

정지용 ▸ 권영민 편 ▸ 민음사

《정지용 전집》은 정지용이 생전에 발간했던 작품을 모은 작품집으로, 정지용의 모든 작품이 총망라되어 그의 작품을 면밀하게 살펴볼 수 있는 책입니다. 정지용이 생전에 발간했던 세 권의 시집은 《정지용 전집 1 시》로 묶었으며, 정지용이 광복 직후 펴낸 두 권의 산문집은 《정지용 전집 2 산문》에 담겼습니다. 《정지용 전집 3 미수록 작품》은 세 권의 시집과 두 권의 산문집에 수록되지 못한 작품을 모아 구성되었습니다. 미수록 시 작품은 대부분 일본 유학 시절에 발표했던 일본어 시인데, 상당수가 한국어로 개작되어 국내 잡지와 신문에 다시 발표된 것입니다.

정지용(1902~1950)은 섬세한 이미지와 세련된 시어를 특징으로

하는 1930년대를 대표하는 시인입니다. 초기에는 이미지즘* 계열의 작품을 썼으나 후기에는 동양적 관조의 세계를 주로 형상화하였습니다. 시집으로《정지용 시집》,《백록담》등이 있습니다.

그는 휘문고등보통학교 시절 동인지《요람》을 발간하는 등 일찍부터 시에 깊은 관심을 기울였습니다. 그의 시가 문학사적으로 중요한 의미를 지니게 된 것은 1930년대 이후입니다. 1930년대부터 〈시문학〉의 동인으로 참여하여, 순수 서정시 개척에 힘을 썼습니다. 김영랑이 언어의 조탁과 시의 음악성을 고조시키는 일에 앞장섰다면 정지용은 선명한 시각적 이미지의 구축, 간결하고 정확한 언어 구사로 새로운 표현 방법을 개척하는 데 힘을 쏟았습니다.

그의 시는 감각적 이미지즘에서 출발해 점차 가톨릭 신앙을 바탕으로 한 종교적인 시, 동양적인 정서의 산수 시나 향토적 색채를 지닌 시 등으로 변모하였습니다. 참신한 이미지와 절제된 시어로 한국 현대 시의 성숙에 결정적인 기틀을 마련했다고 평가받고 있습니다.

한국 전쟁 당시 녹번리 초당에서 정치보위부에 나가 자수 형식으로 납북된 것이 자진 월북으로 오인돼 출간조차 하지 못하는 등 그의 작품은 작품의 아름다움에도 불구하고 우리 문학사에서 오랫동

• 1910년대 영국과 미국에서 시작된 시 문학 경향으로, 회화적이고 쉬운 일상 언어를 사용해서 대상을 표현하고, 시각적으로 명확하게 표현하는 특징이 있다. 우리나라에서는 1930년대 모더니즘과 함께 등장하였다.

안 제대로 평가받지 못했습니다. 다행히 1988년 월북 문인 해금 조치와 함께 그의 모든 작품이 공개되었습니다.

'넓은 벌 동쪽 끝으로~'로 시작하는 〈향수〉는 정지용의 대표작 중 하나로 일본에서 유학 생활을 할 때, 고향을 그리워하며 쓴 시입니다. 이 작품은 20세기부터 오늘날까지 우리나라에서 가장 많이 사랑받은 시라고 해도 과언이 아닙니다.

이 시의 특징으로 다음 몇 가지를 살펴볼 수 있습니다. 첫째, 다양한 감각적 이미지가 드러납니다. '파아란 하늘 빛', '검은 귀밑머리 날리는', '석근 별', '흐릿한 불빛' 등 시각적 이미지와 '밤바람 소리', '서리 까마귀 우지짖고', '도란도란거리는' 등 청각적 이미지, '재가 식어지면', '따가운 햇살' 등 촉각적 이미지, '금빛 게으른 울음(청각의 시각화)', '밤바람 소리 말을 달리고(청각의 시각화)' 등 공감각적 이미지가 다양하게 드러납니다. 이런 여러 이미지 덕분에 시인이 그리워했던 고향의 이미지가 더욱 선명하게 느껴집니다.

둘째, 제목에서 느낄 수 있듯이 '향수'를 불러일으키는 토속적인 소재를 사용하고 있습니다. '실개천', '얼룩백이 황소', '질화로', '짚 베개' 등 고향을 떠올리는 토속적인 시어를 사용하여 고향에 대한 그리움을 더욱 두드러지게 표현합니다.

셋째, 각 연마다 '그곳이 참하 꿈엔들 잊힐 리야'라는 후렴구를 사용하여 형태적 안정감뿐 아니라 이미지를 통일시키고, 그리움이라는 정서를 강조하며, 운율감을 형성하고 있습니다. 그래서 이 시에 곡을 붙여 만든 노래 〈향수〉가 대중적으로 사랑을 받으며 불리기도 했습니다.

● 대상에 따른 시적 화자의 정서

	대상	배경	화자의 정서
1연	실개천, 얼룩백이 황소	넓은 벌	평화롭고 한가한 고향 마을에 대한 그리움
2연	늙은 아버지	겨울밤, 방 안	밤바람 소리 들려오던 겨울밤 풍경과 아버지에 대한 그리움
3연	어린 시절의 나	풀섶	순수하고 맑은 동심을 지녔던 어린 시절에 대한 그리움
4연	어린 누이와 아내	들판	소박하고 정겨운 누이와 아내에 대한 그리움
5연	가족들	늦가을, 방 안	단란하고 정겨운 고향집에 대한 그리움

정지용의 시 세계는 〈향수〉가 보여주는 특징을 고스란히 담고 있습니다. 시각적 이미지의 치밀한 구축을 통해 동적이고 이국적인 정서를 드러냅니다. 그리고 소박한 향토 정서를 기반으로 삼고 있습니다. 그뿐 아니라 그의 시에는 가족에 대한 애착과 자연에 대한 친화감이 드러납니다. 이는 고향에 대한 그리움으로 이어집니다. 이 그리움은 오랜 객지 생활과 유학 시절의 고립감, 국권 상실에 따른 정신적 박탈감, 가족 구성원 간의 사랑에서 비롯된 정서로, 그의

작품에는 유독 실향 의식이 많이 드러납니다.

또한 정지용은 시어 구사에 탁월한 감각과 개성을 드러낸 언어 변형의 대가였습니다. 시어를 고르고 다듬는 데 세심하게 공을 들여, 일상에서 흔히 사용되지 않는 고어나 방언을 시어로 폭넓게 활용했을 뿐 아니라 언어를 독특하게 변형해, 자신만의 시어로 만들었습니다. 탁월한 조어 능력으로 그의 시를 읽다 보면 신선한 감칠맛이 느껴지기까지 합니다.

그는 화자를 묘사 뒤에 숨겨 시인의 감정이 시에 노출되는 것을 배제한 채 대상을 묘사하는 이미지즘 시 세계를 보입니다. 감정을 표출하기보다 대상 묘사에 치중하여 대상을 적확하게 그려내는 데 집중한 것입니다. 감정의 절제와 이미지즘의 조형성을 통해 자신만의 시적 개성을 보여준 정지용의 시 세계는 우리 시가 근대 시에서 현대 시로 한 단계 전진하는 계기가 되었습니다.

정지용의 시와 산문을 읽으며 그가 우리말을 얼마나 아름답게 조탁했는지 살펴보고, 언어의 아름다움을 충분히 감상하면 좋겠습니다.

도서 분야	현대 시	관련 과목	문학, 사회와 문화, 문학과 영상	관련 학과	국어국문학과, 교육학과, 사회학과, 문학과, 문화학과, 역사학과, 예술학과

고전 필독서 심화 탐구하기

▸ 한국 문학의 모더니즘 살펴보기

모더니즘은 19세기 말~20세기 초에 철학과 미술 분야에서 먼저 나타난 사상적, 예술적 흐름이다. 근대 산업 문명의 발달과 시기를 같이 하는데, 주로 현대 도시 문명을 비판적, 관조적으로 형상화하였다. 모더니즘은 주관성과 개인주의를 원칙으로 삼는다. 한국에는 1930년대 식민지 공업화가 본격적으로 진행되어 급속한 도시화가 이루어지며 모더니즘이 도입되었다.

문학 영역을 중심으로 살펴보면 영미 모더니즘의 영향을 받은 한국 문학은 감정보다 지성과 이성을 중시하며 이미지, 시각적 심상 등에 집중하였다. 또 근대 문명적 요소와 소외된 도시 현대인의 모습을 형상화하는 모습을 보였으나 회화성에 치중하며 음악성이 부족하다는 한계가 있었다. 모더니즘을 도입한 최재서, 최초의 모더니스트라 불리는 김기림, 작품화에 성공한 김광균과 이상 등이 대표적 모더니즘 작가이다.

▸ 시대적 배경 및 사회적 배경 살펴보기

1940년대가 되자 일제의 압박은 더욱 가중되었다. 1945년 8월 광복 이전까지 일제 치하 문인들은 친일을 강요당하거나 침묵을 지키는 암흑기를 보냈다. 당시 문학은 모두 일제 총독부에 의한 관리문학이었다. 출판 전 원고를 검열하고, 출판 후 납본을 의무화하는 이중 검열 속에서 항일이나 배일 감정을 담은 출판물의 출간은 거의 불가능에 가까웠다.

1945년 일제로부터 해방되자 정지용은 자유로운 세상이 왔다고 판단했다. 하지만 국제 사회의 역사적 격동은 우리 민족에게 남과 북의 분단이라는 또 다른 상처를 남겼다.

1950년 6·25 전쟁이 발발하였고, 정지용은 납북되었다. 민족 분단으로 인한 아픔이 문학에도 영향을 미친 것이다. 월북 작가에 대한 정부 당국의 해금 조치가 있을 때까지 정지용은 한국 문단에서 자취를 감추었다. 1998년 해금 조치 이후에야 정지용은 본격적으로 연구되고 일반 독자에게 읽히기 시작했다.

현재에 적용하기

이 책에서 사용한 이미지의 조형성을 활용해 우리말의 아름다움을 느껴보고, 모더니즘의 영향을 받은 다른 작가의 작품을 찾아 읽어보자.

생기부 진로 활동 및 과세특 활용 예시

▸ 책의 내용을 진로 활동과 연관 지은 경우(희망 진로: 예술학과)

평소 창작 활동에 관심이 많고 예술을 즐기는 학생으로, 정지용의 '향수'를 테너 성악가와 대중가요 가수가 이중창으로 부른 노래를 듣고 감동 받아 '향수'의 음악적 특성에 대해 분석함. '향수'는 동일한 후렴구를 사용하여 고향에 대한 애틋한 그리움을 불러일으키고, 시 속의 장면이 머릿속에 그려지는 듯한 감각적 시어를 사용하여 노래로 부르기에 좋다고 설명하며 즉석에서 '향수' 노래를 불러 자신의 설명을 뒷받침함. 이 외에도 김지하의 '타는 목마름으로', 서정주의 '푸르른 날' 등 시가 노래로 불린 다양한 사례를 소개하며 다른 작품을 찾아 감상할 것을 권유함. 지금은 흔하지만, 당시로서는 파격적이었을 클래식과 대중가요의 결합을 통해 생각하지 못했던 조합이 의외의 감동을 줄 수 있음을 알고, 자신도 언젠가 전공과 관련하여 예상하지 못한 영역과 조합하는 작품으로 다른 사람들에게 감동을 주고 싶다는 소망을 드러냄. 자신이 좋아하는 음악 분야에서 꾸준히 노력한다면 좋은 결과를 낼 것이라 판단됨.

‣ 책의 내용을 사회 교과와 연관 지은 경우

'향수(정지용)'를 읽고 시에 드러난 감각적 심상을 파악하고, 어떤 감각을 사용하고 있는지 발표함. 특히 '금빛 게으른 울음을 우는 곳', '밤바람 소리 말을 달리고' 등 다양한 공감각적인 심상이 드러난 시어를 통해 이미지, 회화성, 시각적 심상을 중시한 모더니즘의 특징을 연계하여 설명함. 정지용이 모더니즘을 대표하는 시인이라는 것에 초점을 두고 정지용의 시를 분석하여 모더니즘에 대해 조사함. 모더니즘이 문학의 한 영역에서 일어났던 것이 아니라 그 시대의 여러 영역에서 나타난 것이 문학에도 영향을 주었다는 것에 초점을 둠. 정지용의 예술적 감성이 한국의 사회적 맥락과 만나 한국만의 모더니즘을 이루었으며, 이것을 볼 때 우리 사회는 어느 한 영역이 따로 움직이는 것이 아니라 사회 전체가 유기적으로 영향을 주고받는다고 결론을 내림. 또한 감각적 심상을 통해 어린 시절 추억을 떠올리고 고향에 대한 그리움을 효과적으로 드러냈다고 하여 학급 친구들의 공감을 받음. 마무리로 문학은 단지 예술적 표현의 수단이 아니라 그 시대의 거울이기도 하다며 앞으로 사회의 흐름에 꾸준히 관심을 가지고 살아야겠다는 다짐을 드러냄.

후속 활동으로 나아가기

- ▸ 정지용의 시와 생애, 작품의 시대적 배경에 대해 자세히 찾아보고, 이를 분석하는 탐구 보고서를 작성해 보자.
- ▸ 모더니즘에 대해 알아보고, 정지용의 시에서 모더니즘의 특징을 찾아내어 그것이 모더니즘과 어떻게 연결되는지 분석하는 보고서를 작성해 보자.
- ▸ 정지용의 시를 참고하여 자신만의 모더니즘 시를 작성해 보자. 그 과정에서 느낀 점과 창작 시의 해석을 보고서로 작성해 보자.
- ▸ 정지용 시인과 가상 인터뷰를 설정하여, 그의 생애와 시 세계에 관한 질문과 답을 만들어 보자.
- ▸ 정지용 이외의 다른 모더니즘 시인을 찾아 그 시인의 시를 살펴보고, 정지용의 시와 그 시인의 시를 분석하여 한국 모더니즘 시의 특징에 대해 짝과 토론해 보자.
- ▸ 수록된 시 중에 마음에 드는 시 하나를 골라 그 내용을 바탕으로 에세이를 써 보자.

함께 읽으면 좋은 책

권영민 《정지용 전집 2 산문》 민음사, 2016.
권영민 《정지용 전집 3 미수록 작품》 민음사, 2016.
전국국어교사모임 《정지용을 읽다》 휴머니스트, 2019.
신경림 《신경림의 시인을 찾아서》 우리교육, 2013.

| | | | | | 가 | 난 | 한 | | 사 | 랑 | 노 | 래 |

신경림 ▸ 실천문학사

《가난한 사랑노래》는 대표적인 민중 시인으로 꼽히는 신경림 시인의 대표 시집입니다. 동명의 시 〈가난한 사랑노래〉는 1970년대 한국 도시 노동자들의 가슴 아픈 현실을 자조적인 편지글로 풀어낸 것으로, 외로움, 두려움, 그리움, 사랑 등 인간적인 모든 감정을 지닌 한 인간이 가난 때문에 그 모든 것을 버려야 했던 시대의 슬픔이 잘 드러나 있는 작품입니다. 농민 시인이었던 시인이 도시 변두리 빈민의 삶으로 눈길을 돌려 민중 시인으로 거듭나는 계기가 된 작품이기도 합니다.

신경림(1936~) 시인은 1955년 《문학 예술》에 〈낮달〉, 〈갈대〉 등이 추천되며 등단하였습니다. 1971년 농촌을 배경으로 농민의 소외된 삶을 그린 시 〈농무〉를 발표하였으며, 농민들의 궁핍한 삶, 떠도는 노동자, 도시 빈민의 삶을 사실적으로 그려 주목받았습니다. 그는 1960년대 김수영, 신동엽의 뒤를 잇는 1970년대 대표적인 민중 시인으로 꼽힙니다. 시집으로 《남한강》, 《길》 등이 있습니다.

신경림은 주로 토속적 시어를 사용하여 농촌 공동체적 삶에 대한 향수를 드러내었습니다. 사라져 가는 향토적인 풍속과 토속적인 것에 대한 깊은 관심과 애정을 보이며, 토속적 시어를 통해 전통의 숨결을 담아내고자 했습니다. 그뿐 아니라 여과되지 않은 투박한 일상어를 시어로 끌어들여 시어의 범위를 일상어까지 확대하였습니다. 그래서 그의 시는 쉽고 단순합니다. 다양한 표현법을 사용해 의미 파악이 어려운 다른 시들과 달리 신경림의 시는 시를 읽는 사람이 산문을 읽는 것만큼 그 뜻을 분명히 이해할 수 있으며, 우리말의 리듬감도 잘 살아 있습니다.

1960~1970년대 한국 사회는 큰 변화에 직면했습니다. 근대화를 주도하던 정부가 공업화, 산업화 정책을 채택하면서 농업과 농촌이 한국 사회의 주변부로 밀려나기 시작한 것입니다. 저곡가 정책으로 농민들은 피와 땀으로 일군 농작물을 생산비에도 미치지 못하는 싼값에 팔아야 했습니다. 이를 견디지 못한 농민들은 도시로 이주하여 도시 주변부에서 빈민층을 형성하거나 싼값의 노동력을 제공하는 도시 노동자로 전락하였습니다. 신경림은 1970년대 가난

하고 어렵게 살 수밖에 없었던 이들의 아픔을 시로 이야기함으로써 그들의 삶을 위로하고, 그들의 울분을 대신 전했습니다. 신경림은 "시는 그 시대의 요구에 대한 대답이 되지 않아서는 안 된다. 나는 한동안 이 명제에 충실했다."라고 말했습니다. 시대의 아픔을 고스란히 전하겠다고 결심한 시인의 의지가 느껴지는 대목입니다.

〈가난한 사랑노래〉는 '이웃의 한 젊은이를 위하여'라는 부제가 붙은 시입니다. '가난하다고 해서 …겠는가'라는 표현을 반복하여 운율감을 형성하고, 시적 화자가 느끼는 감정을 강조합니다. '…겠는가'라는 표현은 설의법으로 '그렇지 않다'는 것을 강조하는 수사적 의문문입니다. 즉, 가난한 시적 화자 역시 '외로움', '두려움', '그리움', '사랑' 등 이 모든 감정을 다 느끼지만 가난하기 때문에 이 감정들을 드러낼 여유가 없다는 뜻입니다. 이를 통해 고향을 떠나 어렵게 살아가며, 가난으로 인간적인 모든 것을 버려야 했던 당시 도시 노동자의 아픈 현실을 드러냅니다.

'눈 쌓인 골목길에 새파랗게 달빛이'라는 묘사에서는 흰색과 푸른색의 시각적인 색채 대비를 통해 화자의 외롭고 쓸쓸한 상황을 표현합니다. '방범대원의 호각 소리 메밀묵 사려 소리'의 청각적 이미지를 통해서 폭력적인 현실과 고달픈 삶을 살아가는 젊은이의 모

●《나는 왜 문학을 하는가》(강석경 외, 열화당, 2004) 중에서

생기부 고전 필독서 30 한국문학 편

습을 그립니다. 그 젊은이는 '어머님 보고 싶소 수없이 뇌어'보고, 집 뒤 '새빨간 감 바람 소리'를 그리며 고향을 그리워하는 마음도 내비칩니다. 사랑도 압니다. '네 입술의 뜨거움'과 '사랑한다고 속삭이던 네 숨결'도 느끼지만 그는 가난 때문에 '이 모든 것들'을 포기할 수밖에 없습니다.

● 시적 화자의 상황과 정서

화자	사는 곳	상황	정서
고향을 떠난 젊은이	공장이 있는 도시 변두리	고향의 어머니를 그리워함 사랑하는 사람과 헤어짐	외로움, 두려움, 그리움, 사랑

이 작품이 탄생한 사연에 대해 작가가 이야기한 바 있습니다. 1987년 서울 성북구 길음동에 살 때, 그는 집 근처 단골 술집에서 술을 먹곤 했습니다. 어느 날 술집 주인 딸이 남자친구로 보이는 젊은이를 데리고 가게로 들어왔습니다. 그 젊은이는 신경림의 시를 좋아한다고 했습니다. 두 사람은 결혼을 하고 싶었지만, 남자친구는 가난했고, 노동 운동으로 지명 수배자가 되어 쫓기는 처지였습니다. 설령 결혼 승낙을 받는다 해도 축복받기 힘들고, 체포의 위험으로 사람들 앞에서 공식적으로 결혼식을 올릴 수도 없었습니다. 시인은 두 사람의 결혼을 독려하며 축시를 쓰고, 주례까지 맡았다고

합니다. 이런 절절한 사연을 쓴 시가 〈너희 사랑〉이라는 작품으로 시집의 첫머리에 실려 있습니다. 책의 제목이자 가장 유명한 〈가난한 사랑노래〉는 이들의 결혼식 후에 한 편 더 쓴 작품입니다.

1970~1980년대의 모습은 지금과 많이 달랐습니다. 공부하고 싶어도 돈이 없어서 포기하고 공장으로 간 젊은이들이 많았습니다. 그들은 가난했기 때문에 기본적인 삶의 일부를 포기해야 했습니다. 아무리 가난하다 해도 인간적인 마음까지 없어지지는 않습니다. 인간적인 마음을 드러낼 여유가 없을 뿐입니다.

《가난한 사랑노래》가 현재에도 의미 있게 읽히는 이유는 여전히 우리 사회가 암울하기 때문만은 아닙니다. 그의 작품을 통해 우리에게 놓인 이 현실 속에서 어떤 마음으로 어떻게 살아야 할지 생각하게 만들기 때문입니다. 이 책을 통해 우리가 살고 있는 '지금' 시대에는 어떤 시대정신이 필요한지 생각해 보기를 권합니다. 나아가 다 함께 살기 좋은 미래를 위해 우리가 할 수 있는 일이 무엇인지 우리 사회가 나아가야 할 방향을 진지하게 고민해 보면 좋겠습니다.

도서 분야	현대 시	관련 과목	문학, 사회와 문화, 주제 탐구 독서	관련 학과	국어국문학과, 교육학과, 사회학과, 경제학과, 국어국문과, 문화학과, 인문학과

고전 필독서 심화 탐구하기

▶ 유사한 작품 살펴보기

러시아의 국민 시인이라 불리는 푸시킨의 '삶이 그대를 속일지라도'라는 시가 있다. 삶이 비록 우울하고 슬프고 힘들더라도 노하지 말고 견뎌내면 분명히 좋은 날이 올 것이라고 독자에게 위로를 건네는 작품이다. 이 시는 푸시킨의 삶과 연결된다. 푸시킨은 비참한 농노제하의 러시아 현실을 시로 그렸다. 러시아 황제는 그런 그가 미워서 시베리아, 솔로베츠키 수도원 등으로 유배시켰다. 이로 인해 푸시킨은 평생을 가난과 엄격한 검열에 시달려야 했으나 그는 결코 물러서지 않았다. 긴 우울함과 슬픔의 현재도 순간적인 것, 지나가는 것이고, 지나가는 것은 훗날 소중하게 여겨질 것이라고 시인은 말한다. '가난한 사랑노래' 속 젊은이도 푸시킨의 말처럼 지금은 슬프고 힘들더라도 이 순간을 인내하여 시간이 지나 도래할 기쁨과 행복을 맞이하길 바란다.

▶ 시대적 배경 및 사회적 배경 살펴보기

1950년 한국 전쟁 이후 오랜 침체기를 겪었던 한국은 1960년대 급속한 경제 성장을 이룬다. 당시 한국은 섬유, 의복, 가발, 신발, 전기 등 경공업과 조립 상업 중심으로 수출 주도형 경제 성장 전략을 펼쳤다. 이런 환경에서 봉제업은 급격하게 성장해 우리나라의 경제를 이끌었다. 1960년대 후반 봉제 공장 800여 개가 밀집해 있던 평화 시장에는 2만여 명의 노동자가 일하고 있었다. 그들은 대부분 농촌 출신이었으며, 학교에 다니며 미래를 꿈꿔야 할 10대 중반의 나이에 환기 장치 하나 없이 햇빛조차 들지 않는 비위생적인 환경에서 매일 14시간 이상 허리도 펴지 못하고 일을 해야 했다.

공업화, 산업화가 본격적으로 시작되면서 더 이상 농촌에서 살기 어려워 일자리를 찾아 고향을 떠나 도시로 이주한 사람들. 그들은 주로 열악한 노동 환경에서 일했으며 가난으로 힘들어했다. 그들은 아무리 열심히 일해도 가난하게 살 수밖에 없었던 것이다.

현재에 적용하기

'가난'은 오늘날에도 여전히 가장 무거운 굴레다. 3포, 5포, 7포라는 말이 현재 우리 사회의 가난과 어떤 관련이 있는지 찾아보고, 이 시를 다시 해석해 보자.

생기부 진로 활동 및 과세특 활용 예시

▸ **책의 내용을 진로 활동과 연관 지은 경우**(희망 진로: 경제학과)

'가난한 사랑노래(신경림)'를 읽고 자신만의 객관적인 시각으로 사실을 정확하게 파악하고 분석하여 보고서를 작성함. 신문 기사 등의 표현을 참고하여 기사 형식으로 보고서를 쓰려 노력함. 시 속의 젊은이가 '가난'하기 때문에 수많은 것을 포기해야 하는 상황에 주목하여 우리는 갖고 싶은 것을 다 가질 수 없고 그중 일부를 선택해야 하는 경제학적 관점으로 작품을 해석함. 젊은이는 산업화와 도시화로 인해 농촌에서 도시로 와 일자리를 찾았으나 자신의 욕망을 충족시킬 만한 돈이나 자원이 부족하여 그리움이나 사랑까지 제약당하는 상황을 경제적인 관점으로 해석하는 면이 돋보임. 노동자의 평균 월급과 도시에서 생활하기 위해 필요한 비용에 관한 자료를 당시 신문 등에서 찾아 이를 계산하여 도시 노동자들의 삶이 얼마나 열악했는지를 보여줌으로써 시 속 젊은이의 가난을 경제적으로 명확하게 보여줌. 경영학도가 되어 한정된 자원을 놓고 일어나는 인간의 행동과 결과를 분석하여 자원을 효율적으로 사용할 수 있는 방법을 탐구해 시 속의 젊은이 같은 사람이 더 이상 없도록 하겠다는 자신의 포부로 마무리함.

▶ 책의 내용을 사회 교과와 연관 지은 경우

'가난한 사랑노래(신경림)'를 읽고 사회에서 약자들이 소외당하는 여러 사례를 통해 '사회가 왜 약자를 보호해야 하는가'에 대한 논제로 토론함. 인간에게는 행복한 삶을 추구할 권리가 있으나 낙후된 환경에 사는 사회적 약자들은 쾌적하고 인간다운 삶을 살기 어려우므로 질 높은 정주 환경을 위해서 사회가 이들을 위해 여러 노력을 해야 한다는 의견을 드러냄. 또한 사회는 모든 구성원이 동등하게 존중받고 보호받아야 하는 공동체로, 공동체의 수준은 그 사회에서 모든 혜택의 사각지대에 놓인 취약한 사람들을 어떻게 대하느냐에 따라 결정되는 것이라고 주장함. 이에 대해 노인, 장애인, 소수 민족, 저소득층 등 사회적 소수자들이 겪는 불평등을 예로 듦. 이들을 보호하기 위해서 개인적 차원의 의식 전환도 필요하지만, 더 중요한 것은 사회적 소수자를 차별하지 않도록 정책이나 법률을 정비하는 것이라고 주장함. 이런 사회적 소수자들을 어떻게 대하느냐 하는 것이 그 사회의 품격을 보여주므로 함께 힘을 합해 품격 있는 사회를 만들자고 주장하여 학급 친구들의 동조를 이끌어냄.

후속 활동으로 나아가기

▸ 신경림의 시와 생애, 작품의 시대적 배경에 대해 자세히 찾아보고, 이를 분석하는 탐구 보고서를 작성해 보자.

▸ 산업화 시대에 소외된 도시 빈민들의 삶을 다룬 다른 작품을 찾아 읽고, 두 작품을 비교하는 탐구 보고서를 작성해 보자.

▸ '가난한 사랑노래'에 실린 시 중에 마음에 드는 시 하나를 골라 그 내용을 바탕으로 에세이를 작성해 보자.

▸ 신경림 시인에 대해 다룬 이경자 작가의 '시인 신경림'을 읽고 신경림의 삶에 대한 보고서를 작성해 보자.

함께 읽으면 좋은 책

조세희 《난장이가 쏘아 올린 작은 공》 이성과 힘, 2024.

강석경, 성석제, 김연수 외 《나는 왜 문학을 하는가》 열화당, 2004.

신경림 《신경림의 시인을 찾아서》 우리교육, 2013.

이경자 《시인 신경림》 책만드는 집, 2017.

조영래 《전태일 평전》 아름다운전태일, 2020.

강지나 《가난한 아이들은 어떻게 어른이 되는가》 돌베개, 2023.

| | | | | | | | 이 | 육 | 사 | 전 | 집 |

이육사 ▸ 깊은샘

　《이육사 전집》은 이육사가 생전에 쓴 시, 소설, 수필, 문예·문화 비평 등의 작품을 총망라한 책입니다.

　작가 이육사(1904~1944)는 시인이자 독립 운동가이며, 본명은 이원록입니다. 1930년에 《조선일보》에 첫 시 〈말〉을 '이활'이라는 필명으로 발표하였으며, 《신조선》에 〈황혼〉을 시작으로 본격적으로 시를 발표합니다. 이때 주로 사용한 이름이 또 다른 필명인 '이육사'입니다. 시인은 1937년 김광균 등과 함께 동인지 《자오선》을 발간하고 〈청포도〉, 〈교목〉, 〈절정〉 등의 작품을 발표하였는데, 이 작품들 모두 민족의 독립을 열망하는 내용을 담고 있습니다. 대표작으로 〈절정〉, 〈광야〉 등이 있으며, 유고 시집으로 《육사시집》이 있습니다.

　이육사는 1927년 장진홍 의사의 조선은행 대구지점 폭파 사건에 연루되어 대구 형무소에서 3년간 옥고를 치렀습니다. 그의 이름은 이때 형무소 수인 번호 264에서 따온 것입니다. 이후에도 그는 독립운동으로 열일곱 번의 옥살이를 했습니다. 이육사는 1943년 6월 체포되어 베이징으로 압송되었다가 복역 생활 도중 건강이 악화되어 1944년 세상을 떠났습니다. 그토록 염원했던 광복을 반년 밖에 남겨 놓지 않은 시점이었습니다.

　이육사의 시에는 독립과 항일 투쟁에 대한 의지가 강하게 담겨 있습니다. 하지만 이를 직접적으로 표현하기보다는 정제된 상징과 은유로 드러냅니다. 중국 유학 시절 중국 문학과 한시의 영향으로 그의 시에는 유교적인 태도와 한자어도 많이 보입니다. 무엇보다 일제 강점기라는 비극적 현실에 주저앉지 않고 나아가 싸우려는 투지, 언젠가 반드시 광복이라는 이상 세계가 오고 말 것이라는 확신, 그 이상 세계를 오게 하겠다는 화자의 의지가 강하게 드러나 있습니다. 1930년대 후반에서 1940년대 초반은 일제의 탄압이 극심하던 시기였습니다. 이런 시기에 그의 시작 활동은 일제에 대한 저항 행동이자 독립운동의 일종이었습니다.

　이육사는 살아생전에는 시집을 출간하지 못했습니다. 그가 순국한 후, 문학평론가인 동생 이원조를 비롯한 문학인들이 그의 시를 모아 1946년 유고 시집을 출간하였습니다. 이원조는 유고 시집을 출간하며, '혁명가적 정열과 의욕으로 시에 빙자해 꿈도 그려 보고 불평도 폭백한 것'이라고 회고했습니다. 항일 비밀결사단체 '의열단'에 가담하는 등 독립운동에 앞장섰던 그는 시인이기 이전에 독립투사였습니다. 일제 감시하에 작품들이 많이 소실되어 현재 남겨진 그의 시는 30여 편에 불과합니다. 다음은 이육사가 〈계절의 오행〉이라는 수필에서 자신의 시에 대해 이야기한 부분입니다.

"그러나 시인의 감정이란 얼마나 빠르고 복잡하다는 것을 세상치들이 모르는 것뿐이오. 내가 들개에게 길을 비켜 줄 수 있는 겸양을 보는 사람이 없다고 해도 정면으로 달려드는 표범을 겁내서는 한 발자국이라도 물러서지 않으려는 내 길을 사랑할 뿐이오. 그렇소이다. 내 길을 사랑하는 마음, 그것은 나 자신에 희생을 요구하는 노력이오. 이래서 나는 내 기백을 키우고 길러서 금강심金剛心(어떤 유혹에도 움직이지 않는 견고한 마음)에서 나오는 내 시를 쓸지언정 유언은 쓰지 않겠소. 그래서 쓰지 못하면 죽어 광석이 되어 내가 묻힌 척토瘠土(메마른 땅)를 향기롭게 못한다 한들 누가 말하리오. 무릇 유언이라는 것을 쓴다는 것은 80을 살고도 가을을 경험하지 못한 속배俗輩(속된 무리나 그 무리에 속한 사람)들이 하는 일이오. 그래서 나는 이 가을에도 아예 유언을 쓰려고는 하지 않소. 다만 나에게는 행동의 연속만이 있을 따름이오, 행동은 말

이 아니고, 나에게는 시를 생각한다는 것도 행동이 되는 까닭이오."•

  유언을 쓰기보다 행동을 하겠다던 그는, 실제로 삶과 문학이 일
치된 삶을 살았습니다. 그의 시 〈광야〉를 볼까요? 광야는 아득하게
넓은 평야를 의미합니다. 이육사는 '광야'라는 제목을 사용해서 조
국 광복에 대한 의지와 염원을 노래합니다. 독백적 어조를 사용해
화자 내면의 신념과 의지도 드러냅니다. 특히 눈과 매화를 대조시
켜서 현실 극복의 의지를 표현합니다. 또 의문형, 감탄형, 명령형 등
과 같은 종결 어미를 통해 자신의 강한 의지를 표출합니다.

  1~3연까지는 광야의 형성 과정에 대해 다룹니다. 이렇게 형상
화된 광야의 웅장함은 조국 광복의 의지와 염원을 더욱 견고히 다
지게 합니다. 4연에서는 지금 '눈'이 내리고 '매화 향기'는 홀로 아
득한 광야의 모습을 통해 현실이 암담하지만 그래도 '가난한 노래
의 씨'를 뿌리겠다는 화자의 의지를 드러냅니다.

  마지막 5연에서는 아주 오랜 시간 뒤에 4연에서 뿌렸던 '가난한
노래의 씨'가 '백마 타고 오는 초인'을 불러올 것이라 기대합니다.
'백마 타고 오는 초인'은 민족의 광복을 이루게 해 줄 성스러운 존
재입니다. 즉, 비록 지금은 일제 강점하의 암담한 현실이지만 독립

• 출처: 이육사 문학관 www.264.or.kr 중(괄호 안은 편집자 주)

을 위해 자신이 희생되더라도 언젠가 꼭 독립이 올 것이라는 기대와 확신을 드러냅니다.

이육사는 독립운동을 한 죄로 무려 열일곱 번이나 감옥살이를 했습니다. 그럼에도 그는 독립운동에 앞장서며 시를 써서 일제에 저항하고 민족의식을 깨웠습니다. 이러한 그의 독립에 대한 열망은 시 속에 남아 아직도 깊은 감동을 줍니다. 지금도 베이징 교민들은 일본 헌병대가 지하 감옥으로 사용했던 둥창후통東廠胡同 28호에 북어포와 과일, 소주 한 병을 상에 올려 놓고 이육사 시인을 추모한다고 합니다.

이 책을 통해 이육사의 삶과 고민을 깊이 들여다보고, 더 나아가 신념과 행동이 일치하는 삶을 살기 위해서는 어떻게 해야 할지에 대해 생각해 보는 시간을 가지면 좋겠습니다.

도서 분야	현대 시	관련 과목	문학, 한국사, 주제 탐구 독서	관련 학과	국어국문학과, 교육학과, 사회학과, 문학과, 역사학과, 철학과, 정치외교학과, 인문학과

▸ 작품 속 시어의 상징적 의미 살펴보기

시어	의미
광야	우리 민족의 역사가 펼쳐지는 공간
눈	겨울, 고난과 시련의 상황이자 조국의 암담한 현실
매화 향기	암담한 상황에도 굴하지 않는 고매한 의지와 절개
가난한 노래의 씨	미래의 결실을 위해 고난 중에 뿌리는 씨, 조국 광복과 민족의 이상 실현을 위한 희생 정신
백마 타고 오는 초인	암울한 조국의 현실을 극복하고 민족의 이상을 실현할 지도자 또는 후손

▸ 이육사와 독립운동 살펴보기

이육사는 1904년 경북 안동에서 태어나 그곳에서 어린 시절을 보냈다. 그는 퇴계 이황의 후손으로 한학을 배우며 절개와 기상을 마음에 새겼다. 이육사는 1924년 일본으로 유학을 갔다가 1925년 귀국해 조국의 독립을 위해 독립운동단체인 의열단에 가입한다. 그러던 중 1927년 장진홍 의사의 조선은행 대구지점 폭파 사건으로 이육사의 삼 형제가 잡혀가 고문을 받는다. 이때의 수감 번호(264)가 훗날 그의 새로운 이름이 된다. 장진홍이 체포되고 나서야 이육사는 감옥에서 풀려나온다. 이후 이육사는 베이징으로 건너가 난징 근교 탕산의 조선 혁명 군사 정치 간부학교 1기생으로 입교해 군사 간부 교육을 받는다. 그는 독립운동으로 열일곱 번의 감옥 생활을 한다. 독립운동을 하며 꾸준히 시를 발표하였으며, 마지막 순간까지 펜으로 일제에 대한 저항을 계속했다. 그러나 광복 1년 전인 1944년 중국 베이징 감옥에서 고문 끝에 숨을 거둔다. 그 소식을 들은 가족들이 달려갔으나 그는 이미 한 줌의 재가 되어 있었다.

현재에 적용하기

이육사의 삶을 살펴보고, 지금 시대에도 자신의 신념과 행동이 일치하는 삶을 사는 인물이 있는지 찾아보자.

생기부 진로 활동 및 과세특 활용 예시

▸책의 내용을 진로 활동과 연관 지은 경우(희망 진로: 철학과)

평소 자신과 자신을 둘러싼 세계에 대한 관심이 많은 학생으로 '이육사 전집(이육사)'을 읽고 신념을 지키고 살아간 이육사의 삶에 관심을 가짐. 이육사의 삶을 통해 신념을 지키고 살기 위해서 어떻게 살아야 하는지에 초점을 맞춰 보고서를 작성하여 발표함. 이육사 시인이 어떤 신념을 갖고 행동했는지 조사하고, 이와 비슷하게 신념에 따라 행동한 김구 선생과 작가 엘리 위젤의 삶을 찾아봄. 그들의 삶을 통해 '올바른 삶이란 무엇인가'라는 질문에 대한 답을 구하기 위해 관련 도서, 논문, 영상 등을 참고하며 신념을 가지는 삶에 대해 자신만의 결론을 도출함. 이들의 삶에서 우리가 배울 수 있는 교훈을 찾고, 자신이 직면한 문제가 있다면 어떻게 신념을 세우고 그 신념을 지켜야 할지에 대해 진지하게 고찰하는 모습이 돋보임. 신념에 따라 삶을 살아간 인물들의 이야기를 공감되게 발표하여 학급 친구들에게도 올바른 삶을 살기 위해서는 어떤 신념을 갖고 살아야 할지 생각하도록 해 좋은 평가를 받음.

▸ 책의 내용을 국어 교과와 연관 지은 경우

한국 문학, 특히 현대 시 분야에 관심이 많고 시 읽는 것을 좋아하는 학생임. '광야(이육사)'를 읽고 이육사의 '광야'와 윤동주의 '별 헤는 밤'을 비교하여 두 시인의 시적 태도를 설명함. 둘 다 일본 통치에 저항하는 시를 썼다는 공통점이 있으나 이육사는 씩씩하고 진취적이며 자기 희생 정신이 드러나고 의지를 드러내기 위해 강한 어조를 사용했으며, 윤동주는 반대로 자기 반성을 통해 '부끄러움'을 이야기하고 소극적 지식인으로 고뇌하는 모습을 보이며 이를 표현한 시구가 아름답다는 차이점이 있다고 평가함. 문학 작품을 분석할 때는 반드시 반영론적 관점인 시대 상황과 표현론적 관점인 작가의 삶을 함께 살펴야 제대로 이해할 수 있다고 정리함. 두 시인의 공통점에 착안하여 이상화, 심훈, 한용운 등 광복의 염원을 담은 다른 작가들의 작품을 함께 소개하며 문학 작품의 역할에 대한 자신의 생각을 정리하여 발표함. 또한 일본의 직접 통제를 벗어나 많은 한국인이 이주해서 살았던 만주와 당시 국제도시이자 임시 정부가 있었던 상해 등 독립운동이 이루어진 주요 장소들을 지도에서 찾고, 지리적 특징까지 설명하며 완성도 높은 결과물을 제출함.

후속 활동으로 나아가기

- 이육사는 윤동주와 함께 대표적 저항 시인으로 불린다. 두 시인의 시를 비교해 보고, 독립에 대한 두 시인의 태도 차이를 분석해 탐구 보고서를 작성해 보자.
- 이육사의 시와 생애, 작품의 시대적 배경에 대해 자세히 찾아보고, 시인의 시와 시대적 배경의 상관관계를 분석하는 탐구 보고서를 작성해 보자.
- 이육사 시인의 삶을 살펴보고, 그의 삶과 시적 세계에 대한 서평을 작성해 보자.
- 이육사의 시 중에 마음에 드는 시 하나를 골라 그 내용을 바탕으로 에세이를 작성해 보자.

함께 읽으면 좋은 책

윤동주 《하늘과 바람과 별과 시》 열린책들, 2022.
전국국어교사모임 《이육사를 읽다》 휴머니스트, 2021.
안네 프랑크 《안네의 일기》 보물창고, 2011.
이육사 《이육사 작품집》 종합출판범우, 2022.

| | | | | | | 껍 | 데 | 기 | 는 | | 가 | 라 |

신동엽 ▸ 시인생각

《껍데기는 가라》는 4·19 시인으로 알려진 신동엽 시인의 시집입니다. 조국의 현실에 가슴 아파하고 이 땅의 진정한 주인인 민초들의 자유와 생존, 평화를 위해 노래한 시인의 뜨거운 가슴을 만날 수 있는 작품입니다.

신동엽(1930~1969) 시인은 《조선일보》 신춘문예에 〈이야기하는 쟁기꾼의 대지〉가 당선되며 등단했습니다. 이듬해 7월, 교육평론사에 근무하며 4·19 혁명에 참여한 학생들의 시를 엮어 〈학생혁명시집〉을 펴내기도 했습니다. 그는 고통스러운 민족의 역사를 전제로 한 참여적 경향의 시와 분단 조국의 현실적 문제에 관심을 표명한 시를 주로 썼습니다. 시집으로 《아사녀》,《누가 하늘을 보았다 하는

가》,《금강》 등이 있습니다.

신동엽 시인은 1960년대 김수영 시인과 더불어 '참여 문학'의 기수로 알려져 있습니다. 1950년~1960년대는 한국 사회가 전후의 혼란을 딛고 본격적인 근대화의 과정을 밟은 시기입니다. 김수영과 신동엽은 누구 못지않은 현실 감각으로 이 시기 민초들이 처한 상황을 시적으로 표현해 낸 문인입니다. 주로 모더니즘적 기법으로 시민적 자유 실현에 관심을 기울인 김수영에 비해 신동엽은 민족 문제에 더 많은 관심을 가졌습니다.

민족에 대한 관심을 끊임없이 시로 표현하며 그는 1970~1980년대를 대표하는 '민족 시인'으로 굳건하게 한국 문학사에 자리매김합니다. 한국 현대사의 격변 속에서 시대와 긴장 관계를 잃지 않고 현실에 대한 예리한 비판적 인식을 표출한 덕분입니다.

신동엽 시인은 일제 강점기에 태어나 청소년기와 청년기를 보내고, 8·15 해방과 더불어 시작된 좌우익 간의 갈등을 목격했으며, 6·25 전쟁 당시 징집되어 동족상잔의 비극을 직접 경험했습니다. 또 사회인이 된 이후로도 4·19 혁명과 5·16 군사 쿠데타 등 크고 작은 역사적 격변을 가까이서 겪었습니다. 이런 그의 삶은 후일 부조리한 당대의 현실과 폭력적인 문명을 비판하는 참여 시인이자 저항 시인으로 그를 거듭나게 했습니다.

《껍데기는 가라》는 1960년대 현실 정치 문제에 비판의 날을 세운 참여 문학의 대표작이자 군사 독재에 항거한 민중 민족 문학의 이정표 역할을 한 작품으로 평가됩니다. 신동엽 시인은 4·19 혁명의 정신이 사라져가는 안타까움에 그때의 기억을 되살려 〈누가 하늘을 보았다 하는가〉, 〈껍데기는 가라〉와 같은 작품들을 꾸준히 발표했습니다.

그가 1969년 간암으로 세상을 떠난 후 그의 부인인 인병선이 시인의 육필 원고를 모아 1975년에 유고 시집 《신동엽 전집》(창작과 비평사)을 출간하였습니다. 그러나 출간한 지 불과 한 달 만에 이 시집은 긴급조치 9호 위반으로 판매 금지되었습니다. 하지만 인병선은 1979년에 《누가 하늘을 보았다 하는가》(창작과비평사)를 이어 출간하였고, 1982년 유족과 창작과비평사는 공동으로 신동엽 시인의 문학과 문학 정신을 기리고 역량 있는 문인을 지원하기 위해 '신동엽 창작 기금'을 제정하여 작가들을 지원하기 시작했습니다.

신동엽 시인의 대표작인 〈껍데기는 가라〉는 비교적 단순한 소재와 이미지를 지닌 단어의 반복, 명령형 어미 '~라' 등의 반복으로 명확하고 단호하게 주제 의식을 드러내는 시입니다. 시의 제목처럼 '껍데기'로 상징되는 허위와 겉치레는 사라지고, '알맹이'인 순수한 마음과 순결함만이 남기를 바라는 마음을 표현하였습니다.

시인은 4월 혁명의 정신과 동학 혁명의 열정만 남고 허위와 가식, 폭력은 가라고 반복적으로 외칩니다. 그리하여 아사달과 아사녀로 대표되는 우리 민족이 화해하고 화합하는 그날을 위해 '껍데기는 가라'고 직설적으로 표현합니다. 이 시의 17개 행 가운데 6개 행이 '껍데기는 가라'라고 말하고 있습니다. 이렇게 동일한 시구를 반복하여 '껍데기는 가'야만 하는 필요성과 당위성, 의지를 강조합니다. 이러한 반복은 운율감을 형성하고 전체적인 통일성과 안정감도 제공합니다.

시인은 '껍데기'는 가고 '알맹이'는 남으라고 합니다. '껍데기'와 '알맹이'는 대조되는 의미입니다. 시에서 '껍데기'는 '쇠붙이', '알맹이'는 '아우성', '흙가슴' 등으로 표현됩니다. 부정적인 의미의 '껍데기'와 긍정적인 의미의 '알맹이'를 대조, 대비시켜 긍정적인 현실이 오기를 간절히 소망합니다. 명령형의 어조를 반복해 긍정적인 현실을 얼마나 간절히 소망하는지 짐작할 수 있습니다.

특히 마지막 연에서 '한라에서 백두까지'라는 표현을 통해 분단된 우리 민족의 비극적 상황까지 다룹니다. 분단의 비극을 드러내는 동시에, 이것이 반드시 극복해야 할 민족적 과제임을 상기시킵니다. 시인은 '모오든 쇠붙이'라는 표현으로 군사 독재 정권을 비판하는 한편, '향그러운 흙가슴'만 남은 참다운 인간 세상이 도래하기를 간절히 소망합니다.

《껍데기는 가라》에는 한국 현대사 극변기를 겪은 신동엽 시인의 삶에 대한 태도가 드러납니다. 그는 지식인으로 사회의 변화를 정면으로 응시하며 갖게 된 생각을 시로 표현하였습니다. 혼란스러운 사회를 살면서 어떤 태도와 사회의식을 가져야 하는지, 지금 우리가 살고 있는 사회는 그때와 어떻게 달라졌는지 등 생각할 거리를 많이 던져줍니다.

이 책을 통해 우리 사회의 '알맹이'와 '껍데기'는 무엇인지 고민하고, 이를 통해 우리가 가져야 할 역사 의식은 무엇일지 생각해 보면 좋겠습니다.

도서 분야	현대 시	관련 과목	문학, 사회와 문화, 한국사, 정치	관련 학과	국어국문학과, 교육학과, 사회학과, 심리학과, 철학과, 문학과, 인문학과

▸ **소재의 상징적 의미 살펴보기**

소재	의미
껍데기, 쇠붙이	허위, 가식, 부정적 세력, 거짓, 불의 상징
알맹이, 아우성, 흙가슴	순수한 정신, 민족 정신, 진실, 순수 상징
동학년, 곰나루	동학농민운동
아사달, 아사녀	우리 민족
초례청	이념을 초월한 화합의 장소
맞절	남북한의 화해

▸ **시대적 배경 및 사회적 배경 살펴보기**

4·19 혁명은 1960년 4월 이승만 정권의 3·15 부정 선거에 항의하며 학생들과 시민들을 중심으로 일어난 반독재 민주주의 혁명이다. 4월 19일에 일어나 4·19 의거라고도 한다.

이승만 정권은 1948년부터 1960년까지 발췌개헌, 사사오입개헌 등 불법적인 개헌을 통해 장기 집권했다. 이런 중에 1960년 3월 15일 제4대 정·부통령을 선출하기 위한 선거를 실시하였는데, 많은 공무원이 이승만과 이기붕의 당선을 위해 동원되었고 국가가 투표 총계를 조작하고 날조한 것이 드러났다. 이런 여러 사건으로 마산에서 시민들과 학생들이 부정 선거를 규탄하는 격렬한 시위를 벌였고, 국가는 총격과 폭력으로 강제 진압에 나섰다. 그러던 중 최루탄을 눈에 맞고 만신창이가 되어 마산 앞바다에 버려진 김주열(마산상고. 16세)의 시신이 발견되었고, 이에 분노한 시민들과 학생들이 거리로 쏟아져 나와 본격적인 민주화 운동이 시작되었다.

이전에도 여러 지역에서 학생들의 시위가 산발적으로 벌어지고 있었으나 이승만 정권은 이를 무시했고, 마산 시위를 폭동으로 몰아갔다. 정부의 대처에 분노한 학생들이 각 지역에서 모두 합심해 시위를 벌였고, 그 결과 이승만은 결국 사임을 발표했다. 4·19 혁명은 이승만 정권의 장기 집권이 원인이 되어 일어난 전국민적 항쟁으로 시민혁명이었다는 점에서 의의를 지닌다. 대한민국 헌법도 4·19 정신을 계승함을 명문화하였다.

현재에 적용하기

우리 사회의 껍데기와 알맹이가 무엇인지 생각하고 알맹이를 찾기 위해 우리가 해야할 일을 이야기해 보자.

생기부 진로 활동 및 과세특 활용 예시

▶ 책의 내용을 진로 활동과 연관 지은 경우(희망 진로: 교육학과)

'껍데기는 가라(신동엽)'를 읽고 겉모습에만 집중하지 말고, 본질에 충실하게 살아야 한다는 메시지에 집중해서 이것을 교육적인 측면에서 분석하여 보고서를 작성함. 교육은 인간의 무한한 가능성을 끌어냄으로써 국가 발전에 기여하는 과정이라며 '껍데기는 가라'를 통해 인간이 가진 가능성과 시에서 알맹이의 의미를 연계하여 제시함. 교육은 가르치고 배우는 과정을 통해 인간의 성장과 발달을 돕는 활동으로, 올바른 교육을 통해 인간에게 '껍데기는 가'고 '알맹이만 남'도록 할 수 있음을 강조함. 또한 학습한 내용을 바탕으로 자신이 교사가 되어 '껍데기는 가라'를 1차시 동안 미니 수업으로 발표함. 미니 수업을 들은 학급 친구들의 피드백을 통해 가르친다는 것이 무엇인지 느끼고 어떻게 수업을 해야 하는지 생각하 게 되었으며, 자신의 진정한 알맹이는 무엇인지 탐색해야겠다는 소감을 발표함. 이를 통해 자신이 교사가 된다면 학생들이 진정한 관심사인 알맹이를 찾을 수 있도록 돕겠다는 결심을 밝힘.

▶ 책의 내용을 역사 교과와 연관 지은 경우

'껍데기는 가라(신동엽)'를 읽고 자유당의 독재와 부정이 배경이 된 4·19 혁명이 학생 시위를 시작으로 전 국민의 민주화 요구 함성으로 이어진 과정을 명확하게 서술함. 4·19 혁명은 학생과 시민이 독재 권력을 무너뜨린 민주혁명으로, 이것이 반독재 민주화 운동과 평화 통일 운동의 주춧돌이 되었음을 강조함. 그러나 이러한 민주화 요구를 정부가 적극적으로 수용하지 못해 부정 선거의 책임자와 부정 축재자 처벌이 소극적으로 이루어졌으며, 이로 인해 5·16 군사 정변이 발생하였고, 신동엽 시인은 그러한 답답한 상황을 시로 표현한 것이라는 견해를 밝힘. 자신의 발표 내용에 대해 논리성과 타당성, 신뢰성을 확보하려는 신중한 모습을 보임으로써 주장에 더욱 힘을 실음. '역사를 잊은 민족에게 미래는 없다'라는 신채호의 말을 인용하며 역사는 반복될 수 있으므로 역사를 공부해서 다시는 이런 슬픈 역사가 반복되지 않도록 하자고 학급 친구들을 설득함.

후속 활동으로 나아가기

- ▸ 4·19 혁명에 대해 더 알아보고, 신동엽 시인이 '껍데기는 가라'에서 이야기하는 '껍데기'의 의미를 생각하며 에세이를 작성해 보자.
- ▸ 이상화 시인의 '빼앗긴 들에도 봄은 오는가', 이육사 시인의 '절정'과 연계하여 작품의 의미를 분석, 비교하는 서평을 작성해 보자.
- ▸ 신동엽의 시와 생애, 그가 살았던 시대적 상황 등에 대해 찾아보고, 이를 분석하는 탐구 보고서를 작성해 보자.
- ▸ 시집 '껍데기는 가라' 중에서 마음에 드는 시 하나를 골라 그 내용을 바탕으로 에세이를 작성해 보자.

함께 읽으면 좋은 책

신동엽 《금강》 창비, 1999.

박은화 《왜 4·19 혁명이 일어났을까》 자음과 모음, 2012.

김재원 《4·19 혁명을 묻는 십대에게》 서해문집, 2022.

김지하시인추모문화제추진위원회 《김지하, 타는 목마름으로 생명을 열다》 모시는 사람들, 2022.

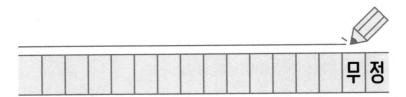

무 정

이광수 ▶ 문학과지성사

《무정》은 1910년대 조선이 개화의 물결을 맞던 시기, 청춘 남녀들의 사랑 이야기를 통해 신교육과 자유연애라는 근대화에 대한 의지를 드러내고 민중에 대한 계몽 의식을 형상화한 한국 최초의 근대 장편 소설입니다.

이 소설은 연재 당시 엄청난 인기와 큰 논란을 일으키기도 했습니다. 얼굴도 모르고 결혼하던 이전의 혼인 방식이 아닌 연애에 기초한 혼인을 최초로 서사화하고 삼각관계 등의 애정 문제를 다루었으니, 이도 당연합니다. 대중적인 면모를 보이면서도 민족 계몽까지 범위를 확장했다는 면에서 이 소설은 우리 근대 문학사에 큰 의의가 있는 작품입니다.

작가 이광수(1892~1950)의 호는 춘원으로, 그는 시인, 소설가이자 언론인이기도 했습니다. 소설 문학의 새로운 역사를 개척한 인물로 최남선과 함께 1910년대 2인 문단 시대를 열었으며, 〈무정〉의 성공으로 최남선, 홍명희와 더불어 조선의 3대 천재로 꼽히기도 했습니다. 그는 여운형의 추천으로 대한민국 임시 정부에 참가하여 독립신문의 발행을 맡기도 했으나 귀국 후 친일 어용 단체인 '조선문인협회' 회장을 맡아 창씨개명하고, 전국을 돌며 일제의 학도병으로 나갈 것을 독려하는 연설을 하는 등 친일의 길로 접어들며 논란이 되었습니다. 주요 작품으로는 소설 〈소년의 비애〉, 〈어린 벗에게〉, 〈흙〉, 〈유정〉 등과 논설 〈민족 개조론〉이 있습니다.

소설 《무정》의 내용은 다음과 같습니다. 경성학교 영어 교사 이형식이 영어를 개인 지도하던 김선형에게 애정을 느낄 무렵 옛 은인이자 은사의 딸인 정혼자 박영채를 7년 만에 만납니다. 영채는 아버지와 오빠들이 감옥에 갇히고 집안이 몰락하며 기녀가 되었고 아버지와 오빠들은 이에 충격을 받고 옥사합니다. 형식은 영채에 대한 의무감과 선형에 대한 연정으로 번민합니다. 그 사이 영채는 경성학교의 배 학감에게 순결을 잃고 절망감에 유서를 남기고 평양으로 떠납니다. 형식은 영채를 만류하기 위해 따라가지만, 그녀를 찾지 못하고 돌아옵니다. 형식은 이 일로 '기녀를 따라다니는 선생'이라는 오명을 쓰고 학교를 그만둡니다.

형식의 성실한 모습을 높이 산 김장로 내외는 그를 사위로 들이려 합니다. 형식은 영채에 대한 의무감과 선형에 대한 사랑으로 갈등하지만, 죽은 영채를 위해 무엇을 할 수 있냐는 친구의 설득에 선형과 약혼합니다.

한편, 영채는 기찻길에서 우연히 만난 병욱의 도움으로 자살을 포기하고 동경 유학길에 오릅니다. 그 기차에서 선형과 약혼하여 미국 유학을 떠나는 형식을 만납니다. 기차 안에서 서로 불편하게 있던 세 사람은 삼랑진 수재 현장에서 수재 구호 활동을 하게 됩니다. 이들은 그 일을 계기로 고통받는 조선인들의 삶에 대해 깨닫습니다. 민족에 대한 계몽 의지를 갖게 된 이들은 장차 조선을 위해 이바지할 수 있는 계획을 의논하고 유학의 길을 떠납니다.

이 작품은 1917년 1월~6월《매일신보》에 연재되며 큰 인기를 얻었습니다. 신교육과 자유연애 등을 다루며 젊은이들의 관심을 끌기도 하였고, 근대적 인간형인 이형식을 등장시켜 조선의 봉건적 폐습을 타파하고 근대 사회를 지향하는 모습을 드러내기도 했습니다. 하지만 작가의 계몽적이고 주관적인 목소리를 직접 드러내거나 우연적인 사건을 남발하는 등 전근대적 특성을 완전히 탈피하지 못했으며, 갑자기 민족 계몽이라는 결론에 이른다는 한계도 지녔습니다.

《무정無情》은 글자 그대로 해석하면 '정이 없다'는 뜻입니다. 이광수는 우리 민족의 정서인 '정'에서 벗어나야 근대화될 수 있다고 믿었던 것 같습니다. 그는 조선이 자주적인 근대 국가로 발전하지 못한 이유가 유교의 구태의연함에 있다고 생각했으며, 그의 작품 전반에도 그러한 구태의연함을 벗어나야 한다는 생각이 깔려 있었습니다.

이 소설은 과도기적 시대 속에서 나타난 인물 간, 사상 간의 대립이 잘 드러나 있습니다. 봉건적 의식을 상징하는 영채와 근대 흐름에 맞추어 변화하는 형식 등 등장인물들의 표면적, 내면적 갈등이 소설 전반에 나타납니다. 급격하게 밀려오는 외국 문물과 새로운 기회의 확장으로 의식의 전환이 활발히 이루어지던 당시 상황도 구체적으로 그려집니다.

영채의 의식이 전환되는 부분은 특히 인상적입니다. 영채는 과거 관습을 그대로 따르던 인물이었으나 역경과 갈등을 거치며 점차 근대적 인물로 변모합니다. 이는 기존 사회의 굴레에서 벗어나 하나의 인간으로서 자신의 위치를 찾아가는 과정이라 볼 수 있습니다. 이러한 변화는 다른 인물들에게도 조금씩 드러나는데, 이를 통해 당시 시대상과 그 시대를 살았던 이들의 삶을 살펴볼 수 있습니다.

《무정》의 주제는 신교육과 자유연애로 집약됩니다. 자유연애에서 비롯된 인물 간의 애정적, 개인적 갈등이 홍수라는 재해 상황에서 민족 계몽이라는 집단적, 이상적 과제를 깨달으며 새로운 국면으로 해결됩니다. 이형식을 중심으로 한 애정 관계의 갈등은 도탄에 빠진 조선 민족을 구하고 교육하는 계몽에 함께 나서는 동지 관계가 되면서 해결됩니다. 형식과 영채, 선형의 애정 관계와 갈등을 부각하며, 낡은 체제를 해체하고 신교육을 통해 새 질서를 받아들이자는 계몽주의로 결론을 맺는 이 소설은 재미와 의미를 모두 갖춘 작품이라고 볼 수 있습니다.

《무정》을 쓰던 당시 이광수는 나약하고 불완전한 개인인 우리 민족이라 해도 성장하면서 앞으로 나아갈 길을 찾을 수 있다고 생각한 듯합니다. 형식과 선형, 영채의 모습을 통해 조선의 희망적인 미래를 꿈꾸는 것으로 이야기가 마무리되었기 때문입니다.

이 책을 통해 새로운 시대가 온다면 어떤 마음을 가지고 대해야 할지, 더 나아가 급격한 시대의 변화를 대비하기 위해 어떤 활동들을 할 수 있을지 생각해 보면 좋겠습니다.

도서 분야	현대 소설	관련 과목	문학, 사회와 문화, 한국사, 동아시아 역사기행	관련 학과	국어국문학과, 교육학과, 사회학과, 역사학과, 철학과, 문화학과

▶ 작품의 문학사적 의의 살펴보기

'무정'은 한국 문학 최초의 근대적 장편소설이다. 내용과 형식의 측면 모두에서 전대의 소설이 거둔 바가 없는 탁월한 성과를 보이고 있다.

형식 면	· 언문일치체 사용 · 서술자의 편집자적 서술보다 산문적 서술을 중시함 · 사건을 역순행으로 배열하여 구성함 · 인물들의 내면 심리 묘사를 강조함 · 인칭 대명사 '그'를 사용하기 시작함 · 구어체, 묘사체 문장 사용 · 개성적 인물 등장 · 선악의 이분법적 사고관 탈피
내용 면	· 자유연애와 신교육의 계몽적 사상을 강조함 · 과학과 기술 문명에 대한 긍정적 가치관을 드러냄 · 개인보다 민족을 우선시함 · 등장인물의 자아 각성이 드러남

▶ 시대적 배경 및 사회적 배경 살펴보기

계몽주의는 17~18세기에 유럽에서 시작된 사상운동으로, 전통적인 권위와 개인의 무지를 비판하고 이성, 자유, 과학적 방법을 강조한 운동이다. 계몽주의는 종교적 권위와 왕권을 비판하며 인권과 평등, 자유를 추구하였으며, 계몽주의자들은 인간의 이성을 신뢰하고, 이를 통해 세상을 변화시킬 수 있다고 믿었다. 그들은 사회, 정치, 종교의 변혁을 통해 인류의 진보를 이룰 수 있다고 주장했으며, 이는 민주주의와 현대 과학 발전의 기초가 되었다.

개인의 생각을 자유롭게 표현하고 민주주의와 인권의 기초가 된 계몽주의 사상은 프랑스 혁명을 비롯한 사회적 변혁을 촉발하기도 했다. 계몽주의는 조선 후기 실학자를 통해 우리나라에 전파되었으며, 우리나라 사회, 정치, 교육 등 다양한 분야에 걸쳐 근대화에 큰 영향을 미쳤다. 일제 강점기에는 민족주의와 결합하여 국민들이 국가에 대한 인식을 높이는 데 큰 역할을 했다. 특히 소설 '무정'은 어떻게 계몽주의가 민족주의와 결합하여 국민들이 국가에 대한 인식을 높일 수 있는지 보여주는 좋은 사례이다.

현재에 적용하기

이 책에서 이야기하는 계몽주의가 우리 사회 발전에 어떤 도움이 되었는지 구체적인 현상이나 사례를 찾아보자.

생기부 진로 활동 및 과세특 활용 예시

▸ 책의 내용을 진로 활동과 연관 지은 경우 (희망 진로: 윤리학과)

'무정(이광수)'을 읽고 작가의 친일 행적이 작품을 해석하는 데 부정적인 영향을 미쳤다는 점에 집중하여 발표 자료를 만듦. 이광수는 한국 문학의 대표적인 작가 중 한 명으로 문학사에서 큰 역할을 하였으나 친일 행각으로 작품 가치가 훼손되었다고 주장함. 삶에서 중요한 것은 올바른 민주시민 의식을 함양하고 주인 의식을 지니는 것인데 이광수는 모범을 보여야 할 지식인임에도 그 영향력을 이용해 친일 행위를 한 것으로 보아 올바른 윤리 의식을 갖지 못했다고 평가하며, 이러한 올바르지 못한 윤리 의식은 그 사람의 긍정적인 업적까지 훼손할 수 있음을 피력함. 마찬가지로 학생이라면 자신의 잘못된 작은 행동 하나로 학교생활 전체에 부정적인 영향을 미칠 수도 있다고 하며, 모든 학생이 성실하고 책임감 있게 학교생활을 해야 학창 시절을 즐겁게 보내며 올바른 학교 문화도 형성할 수 있다고 주장함. 작가의 삶을 자신을 비롯한 학생들의 학교생활과 연결해서 재해석하고 의미를 부여한 부분이 돋보임.

‣ 책의 내용을 윤리와 사상 교과와 연관 지은 경우

'무정(이광수)'을 읽고 주인공 형식이 개인으로서의 욕망과 지식인으로서의 민족 계몽을 위한 이상 사이에서 갈등하는 부분을 통해 당시 식민지 지식인들이 겪었던 윤리적 딜레마에 대해 조사하고 칸트의 윤리 이론과 비교 분석함. 행위의 도덕적 가치는 그 행위가 의무감에서 비롯된 것인지에 달린 것으로, 도덕 법칙을 따르고자 하는 의지를 가지고 행동했을 때만 그 행위가 도덕적 가치를 지녔다고 볼 수 있다고 칸트의 이론을 정리함. 이를 바탕으로 형식의 행동에서 도덕 법칙을 따르고자 하는 의지가 있었는지, 그 행위가 도덕적 가치를 지녔는지에 대한 자신의 생각을 정리하여 발표함. 또한 형식이 개인의 욕망과 민족을 위한 이상 사이에서 갈등하는 모습은 이광수가 당시 식민지 지식인으로서 겪었던 윤리적 딜레마와 같을 것이라 유추함. 당시가 일제 강점기였다는 점을 고려하여 도덕적 행동을 할 때는 시대 상황도 큰 영향을 미친다는 점을 피력함. 자신의 생각을 설득력 있게 정리하여 학급 친구들에게 윤리적 관점에서 바라본 문학 작품 '무정'에 대해 생각할 기회를 제공함.

후속 활동으로 나아가기

▸ '무정'의 이야기를 현대로 옮긴다면 등장인물들을 어떻게 구상하고, 소설 전개를 어떻게 할지 생각해 보고, 줄거리를 작성해 보자.

▸ 등장인물 중 가장 공감이 가는 인물을 선택하고, 그 인물을 중심으로 감상문을 작성해 보자.

▸ 책 내용 중 인상 깊은 부분을 쓰고, 그 이유를 이야기해 보자.

▸ 심훈의 '상록수'를 읽고 두 작품이 다루고 있는 계몽주의를 비교하는 서평을 작성해 보자.

함께 읽으면 좋은 책

이광수 《흙》 현대문학, 2011.

김정한 《사하촌》 사피엔스21, 2013.

심훈 《상록수》 미니책방, 2022

삼 대

염상섭 ▸ 문학과지성사

《삼대》는 조 의관에서 조상훈, 조덕기로 이어지는 조씨 일가 삼
대의 삶을 중심으로 식민지 시대 가족 간의 갈등과 사회적 계층 간
의 대립을 매우 사실적으로 묘사하면서 역사적, 사회적으로 급변
하던 당시의 세대교체 실상을 자세히 보여주는 한국 현대 소설입
니다. 세밀한 사실주의 기법으로 한국 근대 사회 격변기를 살아가
는 개인과 사회의 욕망을 삼대 가족사를 통해 그려낸 수작으로 평
가받고 있습니다.

　작가 염상섭(1897~1963)은 1920년 〈폐허〉 동인으로 문학 활동을
시작했습니다. 1921년 《개벽》에 발표한 〈표본실의 청개구리〉처럼
초기에는 자연주의 계열의 작품을 썼으며 이후 당대 현실을 사실적

으로 그리는 작품을 많이 썼습니다. 당시 시대상을 염상섭만큼 자세히 다룬 작가는 드뭅니다. 그의 작품은 전형적인 서울 중산층 집안의 삶의 방식을 생동감 있게 보여주며, 당대 서울 사투리가 잘 드러나 언어적 가치도 높게 평가받습니다. 주요 작품으로는 〈임종〉, 〈삼대〉, 〈두 파산〉 등이 있습니다.

소설《삼대》에는 할아버지 조 의관, 아버지 조상훈, 아들 조덕기 이 세 사람이 주요 인물로 등장합니다. 조 의관은 제사를 철저히 지내는 봉건 의식이 투철한 인물로 명분과 형식에 얽매인 구시대의 전형적인 인물입니다. 그의 아들 조상훈은 사회 운동과 교육 사업을 중시하는 개화 의식이 투철한 인물로 집안일에는 무심합니다. 이 두 사람 사이에서 중도적 입장에 있는 사람이 조덕기입니다. 조 의관은 아들보다 손자인 덕기를 더 믿고 덕기와 집안의 대소사를 의논하는 모습을 보입니다.

삼대의 갈등은 조부인 조 의관의 임종을 앞두고 생긴 재산 분배 과정에서 본격적으로 드러납니다. 조 의관의 후처인 수원집과 그녀를 조 의관에게 소개해 준 최 참봉은 조 의관의 재산을 빼돌릴 생각으로 유서를 변조하고 조 의관을 독살합니다. 사인이 비소 중독으로 드러나자, 상훈은 명확한 사인 규명을 위해 부검을 주장합니다. 하지만 집안 어른들의 반대로 이는 받아들여지지 않고 범인도 찾지 못합니다. 수원집이 조 의관의 재산을 물려받으려 했으나 조 의관은 덕기에게 집안의 열쇠를 물려주고, 덕기가 집안의 재산을 관리합니다. 상훈은 자신에게 유산을 물려주지 않은 것에 분노해 부친의 유서와 토지 문서가 든 금고를 훔쳐 달아나지만, 곧 붙잡힙니다.

한편 상훈에게 농락당하고 아이까지 낳은 후 버림받았던 홍경애는 표면적으로는 술집 여급으로 생계를 꾸리지만 해외 독립운동가인 이우삼을 뒤에서 몰래 돕습니다. 그녀는 덕기의 친구인 김병화에게 애정을 느끼고, 그들은 경찰의 눈을 피하기 위해 잡화상을 운영합니다. 하지만 비밀 조직을 이끌던 장훈 등과 함께 검거되고, 덕기도 병화에게 자금을 대주었다는 혐의로 연행됩니다. 조사 과정에서 장훈이 비밀 유지를 위해 음독자살을 하자 조사는 미궁에 빠집니다. 그 덕에 덕기와 다른 사람들도 하나둘 풀려납니다. 가짜 형사까지 동원해 재산을 가로채려던 상훈도 훈방됩니다. 덕기는 할아버지가 없는 상황에서 조씨 가문을 이끌어 가야 하는 큰 책임감에 어쩔 줄을 모르고 망연합니다.

《삼대》는 1931년 1월 1일부터 9월 17일까지 《조선일보》에 총 215회에 걸쳐 연재되었던 작품으로, 한국 문학사의 대표적인 가족사 소설이자 사실주의 작품입니다. 작가는 서울에 중인 계층이 많이 모여 살았던 종로구 체부동에서 태어나고 자랐습니다. 그런 배경 때문인지 식민지의 중산 계층인 한 가문의 삼대 이야기를 통해 식민지 체제하에서 오랜 시간 유지되고 물려 내려오던 관습과 윤리가 자본주의의 유입으로 무너져 가는 과정을 매우 사실적으로 형상화하고 있습니다. 다만 작품에 등장하는 신세대인 덕기나 병화가 새로운 세계에 대한 미래상을 제시하지 못하는 점은 아쉬운 부분입니다. 그러나 이것은 식민지 상황에서 어쩔 수 없는 한계라고 할 수 있습니다. 이런 한계에도 불구하고 이 소설은 사회 계층 간의 갈등, 역사적·사회적 변동 속에 세대교체의 모습을 분명히 보여준다는 점에서 큰 의의가 있습니다.

《삼대》속 조덕기 일가 삼대는 각각 다른 분명한 가치관을 지니고 있습니다. 조 의관은 봉건적인 가치를 고수하며 돈을 중시하는 구시대 인물이고, 그의 아들 조상훈은 외국 유학을 통해 개화 의지를 지녔지만 무기력하고 의지력이 없는 인물입니다. 손자인 조덕기는 착한 심성에, 할아버지나 아버지와는 다른 신세대이지만 확고한 신념 없이 그저 자신의 삶에 대해 걱정하는 우유부단한 인물로 그려집니다.

《삼대》의 중점적인 갈등은 세 가지입니다. 첫째, 가치관의 갈등으로 조 의관의 봉건적 가치관과 조상훈의 개화적 가치관 사이에 발생하는 갈등입니다. 둘째, 가족 내부의 갈등으로 아들이 아닌 손자에게 재산을 상속하려고 하는 조 의관과 아들 조상훈의 갈등입니다. 셋째, 계층 간의 갈등으로 부르주아 혹은 별 사상이 없는 조덕기와 마르크스주의자인 김병화의 갈등입니다. 이 등장인물들이 어떤 가치관을 지니고 있는지, 어떤 이유로 대립하고 갈등하는지를 파악하면 당대의 현실을 이해하기가 한결 수월해집니다.

《삼대》는 일제 강점기에 여러 유형의 인물들이 어떠한 방식으로 살아갔으며, 당시 사회구조의 모순이나 세대교체 문제가 한국 근대사의 변천 과정에서 어떻게 파악될 수 있는가를 문제 삼은 한국 근대 문학의 대표적인 작품입니다.

이 책을 통해 나와 부모님, 조부모님까지 삼대의 사고나 가치관의 차이에 대해 살펴보고, 시대에 따라 사고나 가치관의 차이가 왜 일어나는지, 사고나 가치관의 차이로 인해 발생하는 문제를 어떻게 극복할 것인지 성찰해 보면 좋겠습니다.

도서 분야	현대 소설	관련 과목	문학, 한국사, 주제 탐구 독서	관련 학과	국어국문학과, 교육학과, 사회학과

고전 필독서 심화 탐구하기

▶ 작품 속 '돈'의 상징적 의미 살펴보기

소설 '삼대' 이야기의 핵심은 '돈'이다. 조덕기와 조상훈은 조 의관에게 불만이 있지만, 그 것을 표출하지 못한다. 반대로 조 의관은 자식과 손자에게 큰소리친다. 이것은 모두 조 의 관에게 돈이 있기 때문이다. 수원댁이 조 의관과 함께 사는 이유도 돈 때문이고, 조 의관 이 죽는 이유도 돈 때문이다. 조 의관의 집안 사람들과 그를 둘러싼 모든 인물이 '돈'에 대 한 욕망을 가지고 움직인다. 결과적으로 조덕기가 조 의관의 '열쇠 꾸러미(재산)'를 상속 받고, 상속을 둘러싼 싸움에서 승리한다. 이처럼 작가는 '돈'을 삶의 핵심 문제로 설정함 으로써, 새로운 시대의 중심이 '돈' 혹은 '자본 문제'임을 드러내고 있다. 이는 작가의 문제 의식이 근대적임을 보여준다. 근대 사회가 '돈(자본 혹은 경제)'에 의해 움직인다는 사실을 간파한 것이다.

▶ 시대적 배경 및 사회적 배경 살펴보기

이 작품에는 김병화, 홍경애, 장훈 등 당대 사회의 부조리와 모순에 저항하며 새로운 세 상을 꿈꾸는 이상주의자들이 등장한다. 이들은 민족의 현실에 희망의 싹을 갖고 있으며, 사회주의 사상에 마음이 기울어 있다. 1930년대 상황임을 고려하면 이는 이념적인 사 회주의 수용이라기보다는 식민지 체제에 대한 저항 수단에 가깝다.

조덕기는 할아버지나 아버지와는 다른 신세대 인물이다. 그러나 그는 친구 김병화처 럼 사회주의자는 아니다. 병화가 하는 일에 심정적으로 동조는 하지만 병화와 달리 자신 은 법과를 마쳐 판사나 변호사가 되려는 꿈을 품고 있다. 이런 면에서 조덕기의 삶과 의식은 중도적이라 볼 수 있다. 그가 아직 사회에 본격적으로 뛰어들기 이전의 학생이기 때문이기도 하고, 식민지 현실에서 지식인이 취할 수 있는 삶의 방식으로 현실에 순응하거나 저항하는 것 외에 마땅히 다른 방식을 찾기 힘들었기 때문일 수도 있다. 조덕기의 의식에서 알 수 있는 것은, 일제에 저항하는 일이 당대 대다수 사람들에게 무척 힘든 일이었을 것이라는 점이다. 그의 의식과 삶은 일정한 타협과 굴종을 전제로 당시 대부분의 사람들이 택한 삶의 방식이기도 하다.

현재에 적용하기

이 책에서 소재가 된 '삼대'의 의미를 생각해 보고, 현대 사회의 '삼대'의 의미와 연결해 보자.

생기부 진로 활동 및 과세특 활용 예시

▶ 책의 내용을 진로 활동과 연관 지은 경우(희망 진로: 사회학과)

평소 사회적 흐름을 읽기 위해 다양한 분야에 관심을 갖고 풍부한 독서를 하는 학생임. '삼대(염상섭)'를 읽고 조 의관, 조상훈, 조덕기 삼대의 모습을 현재 우리의 삶에 연계해서, 과거와 현재의 주요 직업과 특징, 과거의 주요 직업과 현재의 주요 직업이 변화한 원인과 사회적 영향에 대해 조사함. 정보, 지식, 산업, 교육 등 다양한 사회 영역이 맺는 관계를 파악해 직업의 변천에도 경제, 도시, 법, 예술, 문화, 과학, 환경, 의료, 고령화, 복지 등 여러 다차원적 문제가 밀접하게 연관되어 있음을 알고, 이에 초점을 두고 조사를 진행함. 사회가 복잡해짐에 따라 해결해야 하는 사회 문제가 많이 발생하고 그만큼 다양한 직업이 탄생할 것이라 예측하며 미래에 주목을 받을 것으로 예측되는 직업에 대한 자신의 견해를 밝힘. 어떤 직업을 갖든 자신이 잘하는 것을 찾고 사회적 흐름을 읽어낼 수 있어야 한다는 것을 강조함. 다른 사람들이 미처 생각하지 못했던 사회현상 사이의 숨은 관계를 탐색하는 날카로운 시선이 돋보임.

‣ 책의 내용을 사회 교과와 연관 지은 경우

사회에서 일어나는 여러 분야에 관심이 많은 학생으로 '삼대(염상섭)'를 읽고 조 의 관, 조상훈, 조덕기 각각 세대의 특성을 비교하고 이를 바탕으로 발생하는 세대 간 의 갈등에 주목하여 발표 자료를 만듦. 각 세대는 자신들이 살아가는 시대의 사회 적 변화와 그에 따른 가치관의 차이로 인해 이해 상충 관계가 발생하지만 각 세 대가 자신의 가치관을 고수하려 하기 때문에 세대 간의 갈등을 해결하기 어렵다 는 점에 초점을 둠. 이러한 세대 갈등은 소설의 시대적 배경인 일제 강점기 때보다 산업화 도시화가 일어나 빠르게 사회가 변화하고 있는 현대 사회에서 더욱 심하 게 일어난다고 주장함. 산업화와 도시화로 개인주의적 가치관이 확산되어 공동체 보다 개인을 강조하는 경향이 커졌으며 이로 인해 개인 간의 경쟁이 치열해졌음을 구체적 예를 들어 설명함. 이러한 변화는 정보화에 의해 더 가속화되어 세대 간의 갈등뿐 아니라 정보 기기의 이용과 접근의 차이로 소외 계층이 발생하는 등 사회가 발전할수록 다양한 갈등이 발생할 수 있다고 문제를 짚어냄. 이를 해결하기 위해 사회적 차원으로는 갈등을 보완할 정책 및 제도를 마련하고 개인적 차원으로는 공 동체 의식을 함양할 필요가 있다는 논지를 전개함. 또한 세대 간의 갈등을 해결하 기 위한 방안으로 정치적, 경제적, 사회적 측면에서 노력해야 한다는 점을 구체적 인 방법을 통해 제시하며 마무리함.

후속 활동으로 나아가기

▸ '삼대'에 등장하는 삼대 조 의관, 조상훈, 조덕기를 중심으로 인물 구조도를 작성해
 보자.

▸ '삼대'의 시대 배경을 바탕으로 당대 실제 일어난 주요 역사적 사건의 타임라인을 만
 들어 소설 속 시간의 흐름과 비교해 보자.

▸ 책 내용 중 인상 깊은 부분을 쓰고, 그 이유를 이야기해 보자.

▸ '삼대'처럼 일제 강점기를 배경으로 삼대의 이야기를 다룬 채만식의 '태평천하'를 읽
 고, 같은 시대를 살았던 삼대 인물들 각각의 특징과 성격, 현실 대응 방식을 비교하는
 서평을 작성해 보자.

▸ 3대의 이야기를 다룬 다른 작품이 있는지 찾아 읽어 보고, 작품마다 3대의 모습이 어
 떻게 드러나고 있는지 살펴보자.

함께 읽으면 좋은 책

이기영 《고향》 문학과지성사, 2005.

채만식 《태평천하》 문학과지성사, 2005.

정세랑 《시선으로부터》 창비, 2020.

황석영 《철도원 삼대》 창비, 2020.

천변풍경

박태원 ▸ 현대문학

《천변풍경》은 1930년대 모더니즘 소설의 대표작으로 청계천 주변을 중심으로 일어나는 다양한 서민들의 생활 모습을 50개의 절로 나누어 서술하고 있는 소설입니다. 일반적인 소설의 구성이 아닌 에피소드 형식으로 70여 명에 달하는 인물들의 다양한 삶의 모습을 드러내며 특정한 주인공이 없는 것이 특징입니다. 이는 이 작품이 특정 화자에 의해 서술되지 않는다는 의미이기도 합니다.

작가 박태원(1909~1987)은 시인, 소설가, 문학평론가로, 작품의 이데올로기보다 문장 그 자체의 예술성을 중시하고 새로운 소설적 기법과 다양한 실험정신을 시도한 작가입니다. 1930년 《신생》에 단편 소설 〈수염〉을 발표하며 등단했으며, 구인회 활동을 하며 반계몽, 반계급주의 문학 입장에서 세태 풍속을 묘사한 소설로 작가로서의 위치를 굳혔습니다. 그는 이상과 함께 1930년대 한국 모더니즘 문학의 최고봉으로 꼽힙니다. 주요 작품으로 〈천변풍경〉 외에도 〈소설가 구보 씨의 일일〉이 있습니다.

《천변풍경》에는 청계천 주변에 사는 여러 인물들의 삶이 묘사됩니다. 동네 아낙네들은 빨래터에 모여 수다를 떱니다. 이발소 집 사환인 재봉이는 이런 바깥 풍경을 바라보며 기묘하고 흥미로운 세상살이를 두루 살펴봅니다. 민 주사는 늙어가는 자신의 얼굴을 바라보며 한숨짓지만, 그래도 돈이 최고라는 생각에 흐뭇해합니다. 재봉이가 바라보고 있는 '평화 까페'에는 여급 하나꼬가 있는데, 하나꼬의 엄마가 심란한 표정으로 걸음을 되돌리는 것이 보입니다. 한약국만 지키는 구두쇠 영감의 아들 내외가 다정하게 외출하는 모습도 보입니다. 한약국 집에는 사환 창수가 있습니다. 그 댁 행랑채에는 만돌네가 드난살이를 합니다. 재력이 있는 사법 서사 민 주사는 첩 안성댁에게 질질 끌려다닙니다. 안성댁이 거짓 아양을 떨며 민 주사에게는 재물을 취하고 건장한 전문대 학생과 불륜을 맺고 있는 낌새를 알아채지만 뾰족한 수는 없습니다.

한편, 이쁜이의 결혼이 진행됩니다. 신랑은 전매국 직공 강 씨인데, 꽤 '핸섬'합니다. 이쁜이를 짝사랑하면서도 바라보기만 하는 점룡이와 그 마음을 아는 점룡 어멈은 마음이 불편합니다. 종로에 점포를 가진 포목집 주인은 중산모를 쓰고 의젓한 걸음새로 배다리를 오갑니다. 매부가 선거에 출마해서 오가는 사람들에게 인사를 하기 위해서입니다.

청계천변 동네에서 스무 해를 살아온 신선집이 기운이 다했는지 야반도주하고, 한약국 집에 행랑살이하던 만돌 어멈도 남편의 술추렴으로 그 댁에서 쫓겨나 종적을 감춥니다. 민 주사는 선거에서 패배하고, 안성집의 불륜을 담판 짓겠다고 그녀의 집으로 갑니다. 한약국 집의 창수는 노랭이 영감 밑에서 죽을 듯 일해도 희망이 없다는 걸 깨닫고 마음이 심드렁해집니다. 금순이는 가족과 헤어져 오갈 데 없는 처지인데, 카페 여급인 기미꼬와 하나꼬가 측은히 여겨 한 방에서 같이 살고 있습니다. 금순이는 부엌일과 재봉틀질, 세탁을 도맡아서 합니다. 그러다가 하나꼬가 양약국 최가와 결혼하며 식구가 단출해집니다. 이때, 금순이는 동생 순동이를 찾습니다. 동생은 '한양구락부'라는 당구장에서 게임돌이를 하고 있었습니다.

이쁜이가 남편에게 버림을 받자 점룡이가 남편인 강 씨를 흠씬 두들겨 팹니다. 하나꼬는 양약국 최가 집안이 좋고 살림이 넉넉하대서 결혼했으나 시댁 사람들은 그녀의 과거를 의심하고 구박합니다. 용돌이는 웰터급 권투에서 패권을 쥐려 연습에 몰두하고, 창수는 '종로구락부'에서 십 원씩 월급을 타며 자족합니다. 이발소 김 서방은 이발사 시험에 합격할 희망에 들떠 있습니다.

《천변풍경》은 1936년과 1937년에 잡지 《조광》에 연재된 장편 소설로, 박태원의 대표작이자 한국 모더니즘의 정수라 평가받는 소설입니다. 《천변풍경》은 식민지 지식인으로서 박태원이 바라보는 동시대의 총체적인 모습을 천변이라는 공간과 그 속에 사는 인물들의 묘사를 통해 드러내고 있습니다. 빨래터에서 수다를 떠는 아낙부터 이발소에서 일하는 소년, 카페 여급 등 천변에 모여 있는 여러 인물들이 그 주인공입니다. 박태원은 이러한 도시 공간을 소설적으로 재현하기 위해 '고현학'이라는 기법을 도입했습니다. 고현학은 현대 사회의 모든 분야에 걸쳐서 그 유행의 변천을 조직적, 과학적으로 연구하는 학문으로, 도시의 일상을 고고학자의 방식과 흡사하게 과학적으로 기록하는 방식입니다. 이는 프랑스의 대표적 리얼리즘 작가인 귀스타브 플로베르가 소설 《살람보》에서 읽기와 관찰을 통해 고고학적 상상력을 바탕으로 고대 도시 카르타고를 재현해 낸 '고고학적 방법론'과도 흡사합니다.

　《천변풍경》은 식민지 도시 경성의 특수한 삶, 즉 청계천변의 조선인들의 생활상을 보여주는 데 초점을 맞춥니다. 이 작품은 장편 소설이면서도 중심인물이 없으며, 소설의 필수 요소라 할 만한 갈등도 등장하지 않습니다. 여러 개의 조각이 하나로 모여 뚜렷한 형상과 의미를 갖춘 거대한 작품이 되는 모자이크와 비슷합니다.

　또 소위 '카메라 아이Camera eye' 기법으로 이발소 소년 재봉이의 시점을 통해 마치 카메라로 촬영하듯이 객관적 거리를 두고 인물들을 그려냅니다. 그리고 이들의 표정이나 동작을 묘사할 때는 특정 대상을 확대해 보는 '클로즈업Close up' 기법을 사용해 경성 청계천변의 식민지적 근대의 삶을 담아냅니다. 모든 인물의 삶을 계급이나 이념, 예술 등 그 어떤 이데올로기적 도식으로 재단하지 않고 있는 그대로 받아들이고 긍정합니다. 청계천변에서 살아가는 다양한 인물들의 삶과 애환 자체를 이야기하는 작품이 바로 《천변풍경》입니다.

주변을 자세히 관찰하는 태도로 들여다보면 일상의 소중함을 느낄 수 있습니다. 이 책을 통해 나의 일상을 관찰하고 내 주변의 소소한 이야기를 소설로 쓴다면 어떻게 엮을 수 있을 것인지 생각해 보면 어떨까요? 직접 소설을 써 보아도 좋겠습니다.

도서 분야	현대 소설	관련 과목	문학, 사회와 문화, 한국사, 문학과 영상	관련 학과	사회학과, 역사문화학과, 영화영상과

고전 필독서 심화 탐구하기

▶ 세태소설 살펴보기

세태소설은 어떤 특정한 시기의 풍속이나 사회의 한 단면이 변모되어 가는 모습을 독자에게 제시하는 소설로, 시정소설, 풍속소설이라고도 한다. 세태소설은 이미 일어났던 일이나 사회의 모습을 충실히 묘사하는 데 중점을 둔다. 등장인물도 이야기를 드러내고자 하는 인물이 아니라 특정 시기의 변모 양상이나 특정 사회를 대표하는 인물들이다. 이를 통해 특정 시기의 인정과 풍속, 제도 따위를 드러내며, 해당 사회의 패러다임을 중점적으로 다룬다. 대체로 1930년대 유행했던 도시 생활의 단면을 다룬 작품이 많다. 박태원의 '골목길', '소설가 구보 씨의 일일', 채만식의 '탁류', 유진오의 '가을' 등이 이에 해당한다. '천변풍경' 역시 1930년대 청계천 주변 사람들의 모습을 사실적으로 묘사하며 당대 서울의 모습을 보여주는 세태소설이다.

▶ 구인회 살펴보기

구인회는 1933년 조선에서 결성된 문인 단체이다. 해외 문학파와 함께 1930년대를 풍미했던 프롤레타리아 문학에 대항하여 순수 문학의 발전에 공헌했다. '순연한 연구의 입장에서 상호의 작품을 비판하며 다독다작하는 것'을 목적으로 표방한 친목 단체로, 이종명, 김유영, 이효석, 이무영, 유치진, 조용만, 이태준, 김기림, 정지용 9명이 창단 멤버이며, 후에 이종명, 김유영, 이효석이 탈퇴하고 박태원, 이상, 박팔양이 입회했다. 그 뒤 유치진, 조용만이 탈퇴하고 김유정, 김환태가 입회해 구인회는 대체로 9인을 유지했다.

구인회는 1935년 동인지의 성격을 띤 '시와 소설'을 간행했고, 월 2~3회의 문예 강

연회를 열었다. 당대 쟁쟁한 활동을 하던 문인으로 구성된 구인회는 순수 문학 단체로서 대외적인 활동에는 소극적이었으나 당시 문단에 끼친 영향은 매우 컸다. 정지용의 감각적인 순수시, 김기림의 모더니즘시, 이상의 신심리주의적 작품, 김환태의 예술지상적 평론 등은 구인회의 순문학적 입장을 잘 보여준다.

현재에 적용하기

이 책에서 드러난 당시 시대의 모습과 지금 우리가 살고 있는 시대를 비교하여 살펴보자.

생기부 진로 활동 및 과세특 활용 예시

▶ **책의 내용을 진로 활동과 연관 지은 경우**(희망 진로: 영화과)

평소 영화나 연극 등에 관심이 많고 독서를 많이 하는 학생임. 특히 사람의 감정을 다루는 문학 작품을 즐겨 읽으며 상상력이 풍부하고 다양한 활동에서 기획력이 좋은 편임. '천변풍경(박태원)'을 읽고 책 속에서 작가가 청계천변의 풍경을 드러내기 위해 사용한 '카메라 아이' 기법 및 '클로즈업' 기법을 보고 영화에서 사용하는 기법을 소설에 적용해서 일반적인 소설과 다른 작가의 기교에 감동했다고 감상문을 작성함. 이외에도 '풀샷'이나 '롱샷' 등의 영상촬영 기법을 소개해 학급 친구들의 관심을 받음. 또한 '천변풍경'을 통해 소설이라는 장르가 단순히 상상을 통해 재미있는 스토리를 전달하는 것만이 아니라 다양한 기법을 통해 사람들에게 새로운 시각을 제공하고 생각할 기회를 줄 수 있다는 점을 알게 되었다며, 다양한 시선을 가진 영화를 만들고 싶다는 소감을 작성함. 마지막 부분에 독서와 영상의 장단점을 비교하며 각 매체의 특성에 대해 설명하고 같은 주제를 전달하더라도 매체의 특징에 따라 다른 효과가 나타나기 때문에 독서와 영상의 장점을 엮은 자신만의 영화를 만들고 싶다는 결심을 드러냄.

▸ 책의 내용을 지리 교과와 연관 지은 경우

평소 정치, 역사 분야에 관심이 있는 학생으로, '천변풍경(박태원)'을 읽고 소설 속 청계천변을 한 장의 지도로 표현하여 급우들로부터 주목을 받음. 이를 통해 주변 지역에 거주하는 소비자들에게 재화와 서비스를 제공하는 중심지와 중심지로부터 재화나 서비스를 공급받는 배후지와의 관계를 바탕으로 청계천변의 모습을 설명함. 청계천변의 배후지로서의 역할과 소설 속 등장인물들의 삶을 연계해서 설명함. 각각의 등장인물의 삶이 중심지와 배후지의 관계를 설명하는 훌륭한 재료가 됨을 보여줌. 과제 수행 시 항상 최선을 다하는 모습이 보기 좋으며, 문학 작품을 자신의 관심사인 지리 과목과 연계한 부분이 인상적임. 청계천변의 지리적인 특징을 중심으로 당시 역사적인 사건들도 함께 엮어서 입체감 있게 발표함. 시대적, 공간적 배경이 드러나는 다른 작품을 감상할 때도 지도 위에 표시하거나 도식화하면서 읽으면 내용이 시각화되어 더욱 기억에 남을 것이라며 문학 작품을 읽는 자신만의 방법도 덧붙여 학급 친구들의 집중을 받음.

▸ 책 내용 중 인상 깊은 부분을 쓰고, 그 이유를 이야기해 보자.

▸ 소설에 등장하는 인물들의 이름과 특징을 적고, 이를 바탕으로 인물 관계도를 그려 보자.

▸ 또 다른 대표적인 세태소설인 채만식의 '탁류'를 읽고 '천변풍경'과 어떤 점이 비슷하고 어떤 점이 다른지 비교하는 서평을 작성해 보자.

▸ 일반적으로 소설에서 가장 중심이 되는 것은 '사건'이며, 사건은 '갈등'을 필수로 동반한다. 그러나 이 소설 '천변풍경'에는 뚜렷한 갈등이 드러나지 않는다. 이렇게 갈등이 드러나지 않는 이야기도 소설이라고 볼 수 있을까? 어디까지를 소설의 범위로 볼 수 있는지에 대해 토의해 보자.

함께 읽으면 좋은 책

채만식 《탁류》 소담출판사, 2021.

박태원 《소설가 구보 씨의 일일》 소전서가, 2023.

이상 《날개》 문학과지성사, 2005.

양귀자 《길모퉁이에서 만난 사람》 쓰다, 2015.

| | | | | | | | | | 태 | 평 | 천 | 하 |

채만식 ▸ 문학과지성사

《태평천하》는 1930년대 후반 서울을 배경으로, 세대 간의 가치관 갈등과 대립으로 인해 한 대지주 집안이 붕괴되는 과정을 해학적이고 풍자적인 수법으로 그린 소설입니다.

작가 채만식(1902~1950)은 1924년 단편 소설 〈새길로〉로 문단에 데뷔한 이후 300편에 가까운 소설과 희곡, 수필 등을 썼습니다. 주로 당대 지식인의 고민과 약점을 풍자하고, 사회 모순을 사실적으로 묘사하는 내용의 소설이었습니다. 그러나 그는 조선문인협회가 주관한 순국 영령 방문 행사와 국민총력조선연맹이 주관한 예술 부문 관계자 연성회 등에 참여하는 등 친일 행적으로 논란이 되기도 합니다. 광복 이후 〈민족의 죄인〉이라는 중편 소설을 발표하며 자신의 친일 행적을 반성하는 모습을 보이기도 했습니다. 주요 작품으로는 〈레디메이드 인생〉, 〈태평천하〉, 〈미스터 방〉 등이 있습니다.

소설 《태평천하》는 하루 동안 윤 직원 일가에 일어난 일을 그리고 있습니다. 일흔두 살의 윤 직원은 계동에 사는 갑부이자 고향에 소작인을 몇백 명이나 둔 대지주입니다. 그러나 그는 인력거의 삯을 깎으려 하고 버스를 타도 늘 무임승차를 하고자 하며 나이 어린 기생을 데리고 다니면서도 인색하게 굽니다. 그러면서도 자기는 그들에게 은혜를 베푼다고 생각합니다.

윤 직원의 아버지 윤용구는 재산을 불렸으나 수령의 토색질에 시달리다가 결국 화적들의 습격을 받아 살해당합니다. 그 일 이후 윤 직원은 자기 재산을 침범하는 모든 세력에 강한 거부감을 가지고, 일제와 결탁해서라도 악착같이 자신의 돈을 지키려 합니다. 또 윤 직원은 가족을 이끌고 서울로 이사해 돈으로 족보를 꾸미고 벼슬을 사서 양반 행세를 합니다. 아무 걱정 없이 재산을 불릴 수 있는 지금 세상이 윤 직원에게는 '태평천하'입니다.

그러나 윤 직원 가족의 삶은 그렇지 않습니다. 윤 직원의 아들 창식은 노름으로 밤을 새며 가산을 탕진하고, 군수를 시키려던 큰 손자 종수는 아버지의 첩 옥화와 정을 통하는 불륜을 저지릅니다. 한 가닥 희망으로 경찰서장이 될 것이라 믿었던 둘째 손자 종학마저 사상 문제로 동경 경시청에 잡혀갔다는 전보를 받습니다. 윤 직원은 일본 순사들이 치안을 유지해 주고, 화적떼도 없는 이런 태평천하에 왜 종학이 사회주의 운동을 하는지 이해할 수 없다며 분노합니다.

《태평천하》는 '천하태평춘'이라는 제목으로 1938년 《조광》에 연재되었다가 1940년에 단행본으로 출간되면서 제목이 '태평천하'로 바뀌었습니다. 이 작품은 구한말에서 개화기를 지나 일제 강점기로 이어지는 우리 민족의 수난 시대를 배경으로 하여 일제 시대 지주이자 고리대금업자인 윤 직원을 중심으로 가족들의 부정적인 면모를 그려냄으로써 당대 사회의 모순과 중산 계층의 추한 모습을 풍자적으로 폭로합니다.

《태평천하》는 '~입니다' 식의 경어체를 사용하며 독자에게 친근하게 다가갑니다. 소설 중간중간 서술자의 직접 개입도 많이 드러납니다. 작품 속 서술자의 직접 개입은 판소리의 사설과 비슷합니다. 서술자가 독자와 작중 인물의 중간에 서서 인물과 사건에 대한 작가의 생각과 판단을 드러내는 것입니다. 그 덕에 독자와 서술자의 심리적 거리는 줄고, 상대적으로 독자와 등장인물의 심리적 거리는 멀어집니다. 이를 통해 작중 인물에 대한 풍자와 조롱을 극대화한다고 볼 수 있습니다. 또 겉으로는 높임 표현을 사용하여 추켜세우는 것처럼 보이지만 실제로는 격하하는 반어적 표현으로, 인물들의 추악함을 여과 없이 드러냅니다.

이 소설은 염상섭의 《삼대》와 같은 가족사 소설입니다. 한 가족이 여러 대에 걸쳐 살아가는 모습을 형상화하는 가족사 소설은 가족의 변화를 통해 역사의 변화를 조망합니다. 1930년대에 들어 우리 현대 문학사에 가족사 소설이 양산되기 시작하는데, 이는 당시 시대적 분위기와 관련이 있습니다. 당시는 일제의 탄압이 극심해지며 우리 사회가 어떻게 변화할지 예측이 어려운 시기였습니다. 이러한 시기에 작가들은 몇 대에 걸친 가족 구성원들의 삶의 변화와 관련지어 시대의 변화를 파악하고자 했습니다. 현실 문제에 어떻게 대응할 것인지 나름 그 방법을 모색한 것입니다.

아버지 윤용구가 화적패의 손에 죽던 날 "우리만 빼놓고 어서 망해라!"고 부르짖던 윤 직원에게는 식민지 현실에 대한 자각도, 민족에 대한 유대감도 없습니다. 오히려 그에겐 일제 강점기가 자기만 망하지 않고 잘 살 수 있게 해 주는 기회일 뿐입니다. 더 이상 관리들에게 돈을 뜯기거나 화적패에게 재산을 도둑맞지 않기 때문입니다. 그는 풍년이든 흉년이든 소작인들에게 엄청난 소작료를 걷습니다. 그리고 손자 종학이 집안을 일으켜 줄 것이라 믿습니다. 그러나 종학이 체포되면서 희망이 사라집니다.

윤 직원은 끝까지 "… 이 태평천하에! 이 태평천하에 …. … 그놈이, 만석꾼 집 자식이, 세상 망쳐 놀 사회주의 부랑당패에, 참섭을 하여? 으응, 죽일 놈! 죽일 놈!"하고 외칩니다. 일제 강점기에 '태평천하'라니요.《태평천하》라는 제목의 아이러니가 빛을 발하는 순간입니다.

작가는 일제 강점기 현실을 '태평천하'라고 여기는 윤 직원을 역사의식을 지니지 못한 인물로 묘사하고 있습니다. 이를 통해 식민지 치하에서 가져야 할 바람직한 가치관이 무엇인지, 부정적인 현실에 어떻게 대응해야 하는지를 넌지시 깨우쳐 줍니다. 이 책을 통해 이 시대를 살아가는 우리가 가져야 할 바람직한 가치관이 무엇인지, 바람직한 삶의 방향이 무엇인지 생각해 보면 좋겠습니다.

도서 분야	현대 소설	관련 과목	문학, 사회와 문화, 한국사	관련 학과	역사문화학과, 철학과

고전 필독서 심화 탐구하기

▸ 소재의 기능 살펴보기

윤창식이 들고 온 전보에는 윤 직원의 손자 윤종학이 사회주의 운동으로 검거되었다는 충격적인 내용이 쓰여 있다. '전보'는 윤종학이 검거되었음을 알리는 사실 전달만이 아니라 이 작품에서 매우 중요한 역할을 한다. '전보'를 중심으로 전보가 제시되기 전과 후의 작품 분위기가 상반되기 때문이다. '전보'가 제시되기 전 윤 직원의 집안은 제목 그대로 '태평천하'를 누린다. 그러나 '전보'를 계기로 윤 직원 집안은 몰락의 길을 걷게 될 것임을 짐작할 수 있다. 더 이상 윤 직원의 집에 태평천하가 없는 것이다.

'전보'는 윤종학이 검거되었다는 사실을 알리는 동시에, 사건 전개에서 극적인 반전을 유도하는 소재이다. 또 이 작품에서 유일하게 긍정적인 인물이면서 사상범이라 전면에 등장하기 어려운 종학을 간접적으로 드러내는 매개이기도 하다.

▸ 시대적 배경 및 사회적 배경 살펴보기

작품의 제목인 '태평천하'는 윤 직원의 역사와 시대에 대한 무지함을 풍자적으로 드러낸 말이다. 윤 직원은 민족의식이나 주체 의식에는 관심이 전혀 없는 인물이다. 작가는 이런 윤 직원의 이기심을 비판하며 당시 식민지 상황에서 자신과 가족만 무사하면 된다고 생각한 이들에게 그렇게 살아서는 안 된다는 경종을 울리고자 의도적으로 제목을 지었다고 볼 수 있다.

이 소설 속에 나타나는 풍자는 단순한 풍자의 기능만이 아니라 식민지 현실의 모순을 드러내기 위한 장치이기도 하다. 즉, 일제 식민지하의 세상이 태평천하라고 주장하는 윤 직원을 풍자하며 당시가 태평천하와는 정반대의 상황임을 드러낸 것이다. 소설의 배경은 1937년이다. 1937년은 중일 전쟁이 발발한 시기이며, 일제가 군수 물자를 충당하기 위해 국가총동원법으로 조선을 쥐어짜던 시기다. 실제 제목 '태평천하'와 정반대 상황이었던 셈이다.

현재에 적용하기

이 책에서 사용되는 풍자의 개념을 살펴보고, 현재 우리 사회에서 소설 속 주인공 윤 직원처럼 풍자할 만한 비슷한 인물이나 사례가 있는지 찾아보자.

생기부 진로 활동 및 과세특 활용 예시

▸ 책의 내용을 진로 활동과 연관 지은 경우 (희망 진로: 철학과)

평소 여러 문제를 다양하게 생각하는 통찰력과 도덕적 판단을 갖춘 학생으로, '태평천하(채만식)' 속 윤 직원의 모습을 보고 돈을 버는 행위도 중요하지만, 그것이 사회적, 역사적으로 긍정적인 것이어야 한다는 주장의 발표를 함. 직업 윤리의 의미를 찾고, 이와 관련해 어떤 직업이 좋은 직업인지 판단할 때, 옳고 그름 혹은 선악을 판단해서 정당한 직업을 가져야 하며, 또 그 직업이 도덕적인지 합리적인지 다른 사람들의 공감을 받을 수 있는지 등을 고려하는 것이 중요하다는 직업에 대한 기준을 정리함. 직업을 선택할 때도 돈을 많이 버는 것만이 중요한 것이 아니라 어떠한 상황에서도 부끄럽지 않게 도덕적으로 살아가는 데 필요한 윤리적 가치관을 정립하고 타인을 배려하는 역지사지의 마음을 함양해야 하며, 당당한 일을 하는 것이 더 중요하다는 자신의 신념을 밝히는 부분이 돋보임.

▸ 책의 내용을 국어 교과와 연관 지은 경우

'태평천하(채만식)'를 읽고 '탁류', '레디메이드 인생' 등 채만식의 다른 소설들을 찾아서 읽은 후, 채만식만의 풍자와 풍자 소설에 대해 보고서를 작성함. 풍자에 대해 자세히 설명하기 위해 채만식의 '태평천하'와 김유정의 '봄봄'을 비교해 풍자와 해학의 차이를 비교하여 설명함. 채만식의 풍자 소설은 풍자뿐 아니라 아이러니를 포함한다는 점에서 채만식만의 문체가 만들어졌다는 생각을 개진함. 특히 어리숙한 인물을 주인공으로 삼아 그의 행동을 통해 따스한 웃음을 제공하는 김유정의 작품과 달리 채만식은 주인공들을 대부분 부정적인 인물로 설정해서 그 인물들을 조롱하며 작품을 통해 일제 강점기에 대한 비판적인 의식을 드러낸다는 결론을 내림. 이를 통해 웃음은 사용하기에 따라 즐거움의 수단이 될 수도 있고, 맹목적인 비난이 될 수도 있다는 것을 느끼고, 앞으로 어떤 웃음을 추구해야할지 고민하는 계기가 되었다는 소감으로 마무리함. 작품을 직접 찾아 읽고, 이 작품들의 공통점을 찾아내는 과정에서 자신만의 독창성을 발휘한 부분이 인상 깊음.

후속 활동으로 나아가기

▶ '태평천하'는 이틀 동안 일어난 일을 그리고 있다. 주요 사건을 시간 순서에 따라 타임
   라인으로 만들어 보자.

▶ '태평천하'와 비슷한 구조를 가진 가족사 소설인 염상섭의 '삼대'를 읽고 공통점과 차
   이점을 비교하는 서평을 작성해 보자.

▶ '태평천하'와 비슷하게 주인공을 풍자하는 같은 작가의 '치숙'을 읽고, 풍자 대상의 공
   통점을 찾아 보고서를 써 보자.

▶ '태평천하'에서 유일하게 긍정적인 인물로 보이는 종학은 '전보'를 통해서만 등장한
   다. 종학의 입장에서 소설 전체의 내용을 재구성하여 소설을 다시 써 보자.

▶ '태평천하'에서 윤 직원이 가장 믿었던 사람은 손자 종학이다. 그런 종학이 윤 직원이 긍
   정하는 '태평천하'를 부정한 이유를 생각해 보자.

함께 읽으면 좋은 책

염상섭 《삼대》 문학과지성사, 2004.

채만식 《치숙》 사피엔스21, 2012.

현진건 《운수 좋은 날》 문학과지성사, 2008.

조너선 스위프트 《걸리버 여행기》 스타북스, 2020.

신동흔 《흥부전》 휴머니스트, 2013.

이금이 《알로하, 나의 엄마들》 창비, 2020.

| | | | | | | 카 | 인 | 의 | | 후 | 예 |

황순원 ▸ 문학과지성사

《카인의 후예》는 광복 직후 북한의 공산 정권하에서 정치적 시련을 겪던 주인공이 자유를 찾아 남하를 결심하는 과정을 통해 당시 이념 대립의 현실을 그리는 소설입니다.

작가 황순원(1915~2000)은 시인이자 소설가로, 시인에서 출발하여 소설가로 정착하였습니다. 1931년 《동광》을 통해 〈나의 꿈〉을 발표하고 시를 쓰다 1937년 《창작》 제3집에 발표한 〈거리의 부사〉를 통해 소설가로 변신합니다. 그는 자신이 겪은 삶의 체험을 바탕으로 식민지, 전쟁, 분단, 전통, 현대 사회의 윤리 등 굵직한 사회 문제를 파헤치는 소설을 썼습니다. 그는 주로 현재형 문장을 사용했으며, 대화를 활용하기보다 서술적 진술을 즐겨 사용했습니다. 그

때문에 황순원의 소설은 '시적인 소설'이라는 평가를 받기도 합니다. 옛 전설을 현재 사건과 융합해 소설에 설화적 분위기를 부여한 작품도 많이 썼습니다. 주요 작품으로는 〈목넘이 마을의 개〉, 〈별〉, 〈학〉, 〈소나기〉 등이 있습니다.

《카인의 후예》는 1953년 9월부터 1954년 3월까지 《문예》에 연재된 것을 출간한 것으로, 실제로 평양에서 지주로 살던 황순원 작가 본인의 집안이 북한의 공산주의 체제 수립 과정에서 내쫓겼던 실화에 근거한 작품입니다.

주인공 박훈은 일제 강점기 말, 전쟁을 피해 고향에 내려옵니다. 평양에서 공부하는 동안 조부와 아버지의 사망으로 그는 지주가 되었습니다. 이십여 년 동안 훈의 토지를 관리해 온 도섭 영감의 딸인 오작녀와 서로 좋아하지만 오작녀는 유부녀로, 마음을 드러내지 않습니다.

해방으로 북한 세력이 들어오면서 훈은 운영하던 야학을 압수당합니다. 그리고 토지 개혁, 반동 지주의 숙청 단행 등 소문이 실현되면서 훈은 급박한 처지에 놓입니다. 농민 대회가 벌어진 날 도섭 영감은 훈의 할아버지의 송덕비를 도끼로 때려 부숩니다. 이웃 여인은 훈의 집 살림 세간을 훔치고, 당손이까지 염탐꾼의 앞잡이 노릇을 합니다. 반동 지주의 아들로 전락한 훈의 사촌 동생 혁도 복수심을 불태우고 있음을 알게 된 훈은 슬픔에 빠집니다. 반동 지주를 숙

청한다고 하자 오작녀는 이미 훈과 부부 사이가 되었다고 거짓말해 훈을 살립니다.

훈은 월남 계획을 세우다가 사촌 동생 대신 자신이 도섭 영감을 죽이겠다고 결심합니다. 훈은 도섭 영감의 옆구리를 칼로 찌르고 도섭 영감은 낫을 휘두릅니다. 오작녀의 동생 삼득이가 아버지를 저지하다 상처를 입고, 상처를 입은 삼득은 훈에게 누나와 함께 떠나라고 당부합니다. 정신을 차린 훈은 모든 것을 깨닫고 오작녀에게 달려갑니다.

《카인의 후예》의 제목에 등장하는 '카인'은 구약성서의 창세기에 나오는 인물로, 인류의 시조인 아담과 하와의 맏아들이며 아벨의 형입니다. 카인은 최초의 살인자이기도 합니다. 카인은 농부, 아벨은 목자로, 카인은 신에게 농산물을, 아벨은 가축을 바쳤습니다. 신이 아벨의 제물은 반겼으나 카인의 제물은 반기지 않자 카인은 아벨을 질투하여 죽입니다. 노한 야훼신은 그를 저주하여 떠돌아다니는 신세로 만들었습니다. 그러나 하느님은 사람들이 그를 죽이지 못하도록 그에게 표를 찍어 줍니다. 인류 최초의 살인사건이라고 불리는 이 이야기에는 인간의 질투심과 그 질투심이 살인으로 이어지는 과정의 심리가 잘 묘사되어 있습니다.

'최초의 살인자이며 형제를 질투하고 증오한' 카인의 후손이라는 제목에서 유추할 수 있듯이 이 작품은 인간의 부정적인 심성과

악을 소재로 삼고 있습니다. 해방 후 농민들의 고통과 갈등, 역사적 상황에 따라 변하는 여러 인간 군상의 부정적인 모습을 형상화하고 있는 것입니다.

소설 속에서 마을 사람들은 이념의 도입으로 서로 질투하고, 증오하고, 살인을 저지릅니다. 오랫동안 형제와 다름없이 살았던 마을 사람들이 서로를 질투하고 죽입니다. 눈앞의 이익에 따라 행동하는 농민들의 모습, 과거 자신들의 소행이 드러나는 것이 두려워 지주 숙청에 앞장서는 마름의 모습을 사실적으로 묘사하며 소설은 비극을 강조합니다.

이런 비극적인 일은 박훈의 고향에서만 일어난 것이 아니라 삼팔선 이북 지역 전체에서 일어났습니다. 나아가 6·25 전쟁이 일어나며 삼팔선을 사이에 둔 우리 민족끼리 질투, 증오, 살인으로 이어졌습니다. 카인이 동생을 질투하고 증오해서 살인한 것과 비슷한 양상입니다. 작가는 주인공 박훈의 고향 이야기를 통해 카인과 아벨의 이야기로 거슬러 올라가 6·25 전쟁이라는 우리 민족에게 일어난 비극이 마치 우리의 원죄와 같다고 이야기하고 싶었던 것이 아닐까요?

이 소설은 황순원의 소설 중 드물게 당대 정치적 사건을 드러내는 내용으로, 고발 문학의 경향을 띱니다. 작품 속의 인물들은 자신들에게 몰아닥친 공산주의의 물결에 상처 입거나 죽지 않으려 허둥

댑니다. 그렇다고 해서 피할 수 있는 것은 아닙니다. 작가는 이러한 급변기에 대응하는 사람들의 모습에서 질투, 증오와 같은 '악'의 본성을 봅니다. 이를 보는 작가의 시선은 결코 긍정적이지 않습니다. 이들의 버둥거림은 그 시대의 우리 할아버지, 할머니, 아버지, 어머니의 모습일 수도 있고, 또 다른 급변기를 살고 있는 우리의 모습일 수도 있습니다.

이 책을 통해 급변하고 혼란스러운 시대에 인간의 모습은 어떠해야 하는지, 현재 삶에서 급변기를 겪고 있다면 어떻게 대응하며 살아가야 하는지 생각해 보면 좋겠습니다.

도서 분야	현대 소설	관련 과목	문학, 사회와 문화, 윤리와 사상, 주제 탐구 독서	관련 학과	국어국문학과, 교육학과, 사회학과

▶ 성선설과 성악설 살펴보기

인간 본성을 바라보는 학설로 성선설과 성악설이 있다. 맹자는 인간의 본성이 선천적으로 선하다고 보았다. 그는 인간에게 타인의 고통을 차마 보지 못하는 마음, 즉 불인인지심(不 忍人之心)이 있으며, 이것이 인간이 선한 본성을 지닌 증거라고 주장했다. 불인인지심은 측 은지심(惻隱之心)을 포함한 사단(四端)으로 드러난다. 사단은 인의예지(仁義禮智)의 사덕 (四德)을 구성하는 네 가지 감정의 단서로, 타인의 불행을 측은히 여기는 측은지심, 옳지 못 함에 대해 부끄럽게 여기고 미워하는 수오지심(羞惡之心), 상대의 입장을 생각하고 배려 해 사양하는 사양지심(辭讓之心), 행위의 선택에 있어서 옳고 그름을 구분하는 시비지심 (是非之心)을 포함한다. 맹자는 인간의 본성이 원래 선하나 환경적인 요인이나 감각적 욕 구에 따라 선한 마음을 잃어버린다고 보았다.

한편 순자는 인간의 본성이 동물과 같아 이익을 좋아하고 질투하며 미워하는 악한 본성 을 타고 난다고 주장했다. 다만 인간은 동물과 달리 애써 하려고 하는 마음, 인위(人爲)를 지니고 있어 선하게 될 수 있다고 보았다. 인간은 마음을 통해 행동을 인식하고 사려할 수 있으며, 이를 통해 성인이 인위적으로 만들어 놓은 질서인 예(禮)를 배워 선천적으로 악한 본성을 후천적으로 선하게 바꿀 수 있다는 것이다.

▸ 시대적 배경 및 사회적 배경 살펴보기

해방 이후 북한에서는 북조선 임시인민위원회가 결성되고 1946년 3월 약 20여 일 만에 모든 땅이 몰수되어 농민들에게 무상으로 분배되었다. 토지 개혁의 대상은 일본인, 민족 반역자, 5정보 이상을 소유한 지주였다. 토지 개혁의 결과, 약 3만 호의 지주 계급이 사라지고 빈농들은 땅을 받아 중농이 되었다. 대다수 농민이 소작료와 수탈에서 해방되기도 했다. 그 덕에 농업 생산력이 급속히 발전하기도 하였다. 하지만 토지 개혁에는 빛만 있는 것은 아니었다. 토지 개혁 집행은 농업 노동자 중심의 '리 단위'로 조직된 농촌위원회가 담당했는데, 그들은 그 단체를 이용해 평소 적개심을 가지고 있던 지주들을 공격했다. 지주층은 제대로 저항하지 못하고 모든 재산을 몰수당한 채 다른 곳으로 떠나거나 월남했다. 작가는 이런 상황을 탐욕에 눈이 멀어 동생을 죽인 카인의 모습에 비유했다.

현재에 적용하기

이 책에서 이야기하는 북한의 토지 개혁이 남한에서는 일어나지 않았는데, 그것이 현사회에 어떤 영향을 주었는지 사례를 살펴보며 좀 더 자세히 알아보자.

생기부 진로 활동 및 과세특 활용 예시

▶ **책의 내용을 진로 활동과 연관 지은 경우**(희망 진로: 신문방송학과)

신문 방송 계열의 진로에 흥미를 갖고 있는 학생으로, 매사에 호기심이 많고 자세하게 관찰하는 것을 좋아함. '카인의 후예(황순원)'를 읽고 그때그때 상황에 따라 사람들의 입장이 달라지는 모습을 포착하여 대중 매체의 가짜 뉴스와 그에 선동되는 대중을 연상하여 보고서를 작성함. 소설 속에서 누가 주도권을 잡는지에 따라 달라지는 사람들의 모습과 최근 동영상 공유 사이트를 통해 가짜 뉴스가 만연하는 사회현상 사이의 공통점을 찾아 문제점을 분석하고 이 뉴스가 사실인지 반드시 확인하는 팩트 체크의 필요성에 대해 강조함. 또 일부 매스컴에서 가짜 뉴스를 여과 없이 인용하는 모습에 심각성을 느끼고, 이를 구분할 수 있는 방법을 제안함. 이를 통해 자신이 방송인이 된다면 객관적인 입장을 지켜나가겠다고 다짐을 밝힘. 가짜 뉴스에 대한 궁금증을 스스로에게 질문해서 답을 찾아가는 과정을 알기 쉽게 표현하고 그 과정에 논리력과 설득력이 있음. 자료를 수집할 때 인터넷에 의존하기보다 도서관에서 관련 도서를 직접 찾아 읽으며 내용을 정리하는 모습이 인상적임.

▸ 책의 내용을 윤리 교과와 연관 지은 경우

'카인의 후예(황순원)'를 읽고 동양과 한국의 연원적 윤리 사상을 조사함. 동양의 윤리 사상 중 인간에게는 선천적으로 선한 도덕심이 있다는 맹자의 성선설과 인간은 본래 이익을 좋아하고 남을 질투하며 미워하는 존재라는 순자의 성악설, 인간의 본성이 선 또는 악으로 정해진 것이 아니라는 고자의 성무선악설이 있다고 정리한 후, 이를 바탕으로 인간의 본성에 초점을 두고 '카인의 후예'를 분석함. 인간 본성을 바라보는 관점은 사회와 환경에 대한 인식 차이에서 비롯되며, 환경이 인간의 본성에 큰 영향을 미친다고 강조함. 윤리 사상은 현실 사회의 잘못된 모순을 진단하고 인간의 삶을 개선하기 위한 방안을 제시해 사회에서 발생하는 여러 문제를 해결하기 위한 것임을 밝히며, 이를 통해 주변의 분위기에 따라 달라지는 등장인물의 본성을 성선설 또는 성악설로만 판단하기 힘들며, 환경에 따라 선한 면과 악한 면이 다양하게 드러날 수 있다고 주장함. 이러한 내용을 바탕으로 학교 역할의 중요성을 강조함. 학교도 학생들이 서로 영향을 주고받는 곳으로, 원래 학생들이 어떤 본성을 갖고 있든 학교생활을 통해 선한 행동을 익히고 사회적으로 적응하며 학업을 성취하고 규칙을 준수하는 등 공동체 질서를 배우고 성장해 나가야 한다며, 이에 학교가 매우 중요한 역할을 한다는 결론을 이끌어냄.

후속 활동으로 나아가기

▸ 해방 이후 북한과 남한의 토지 개혁에 대해 자료를 찾아보고, 이를 비교하는 보고서
  를 작성해 보자.

▸ 작품을 읽고, 성선설과 성악설 중 인간의 본성이 어디에 더 가까운지에 대해 반 친구
  들과 토의해 보자.

▸ 작품의 제목인 '카인의 후예'가 소설 전개에 어떤 영향을 끼치는지 생각해 보고, 이
  를 바탕으로 감상문을 써 보자.

▸ 작품 속 등장인물 중 누가 진짜 카인이라고 생각하는지, 그리고 카인의 원죄를 해결
  할 방법은 무엇인지에 대해 토의해 보자.

함께 읽으면 좋은 책

이기영 《**고향**》 문학과지성사, 2005.

황순원 《**소나기**》 다림, 2022.

조지 오웰 《**동물농장**》 민음사, 2001.

생텍쥐페리 《**어린 왕자**》 열린책들, 2015.

열다섯 번째 책

눈 길

이청준 ▶ 문학과지성사

《눈길》은 어머니에 대한 책임을 회피하려는 아들과 아들에게 물질적 도움을 주지 못한 것에 대해 미안함을 느끼는 어머니 사이의 갈등과 화해의 과정을 그리는 소설입니다.

작가 이청준(1939~2008)은 1965년 《사상계》에 단편 소설 〈퇴원〉이 당선되며 등단하였습니다. 그는 소설뿐 아니라 동화 쓰기에도 관심이 많아 다양한 동화책을 발표하기도 했습니다.

이청준의 소설은 주로 '소설과 작가의 존재 의미' 또는 '지식인의 책임'과 관련된 문제를 주제로 다룹니다. 가족과 고향에 대한 애증과 그리움을 작가 특유의 서정적인 묘사로 그려내기도 합니다. 주요 작품으로는 〈소문의 벽〉, 〈줄〉, 〈병신과 머저리〉, 〈당신들의 천국〉

등이 있습니다.

《눈길》은 이청준 작가가 자전적 경험을 바탕으로 쓴 소설입니다. 실제로 작가는 형 때문에 집안의 몰락을 겪고 어머니와 서먹한 관계를 유지했던 것으로 알려져 있습니다. 《눈길》 책의 마지막 해설 부분에 작가가 이 소설을 어떻게 쓰게 되었는지 그 이야기가 기록되어 있습니다. 작가는 〈나는 '눈길'을 이렇게 썼다〉에서 이 소설은 혼자 쓴 소설이 아니라 어머니, 아내와 함께 쓴 소설이라고 이야기합니다. 오랜 세월 동안 '그 새벽 헤어짐' 이후의 사연을 아들에게 말하지 않고 당신의 삶 속에 조용히 간직해 온 어머니나 헌 옷궤에 담긴 설운 사연을 실마리 삼아 끝내 그 아픔의 실체를 드러내 준 아내가 아니었으면 작가 스스로 결코 '눈길'이라는 소설을 쓰지 못했을 것이라는 이야기입니다.

소설 《눈길》의 줄거리는 이렇습니다. 화자인 중년의 '나'는 아내와 함께 어머니(소설 속에서는 '노인'이라 칭함)가 계시는 고향 집을 방문합니다. 고향 집에 왔다가 바로 올라가겠다고 하는 '나'의 결정에 어머니는 아쉽지만 금방 체념합니다. '나'는 그런 어머니의 체념에 짜증이 나고 아내는 그런 '나'에게 원망의 눈초리를 보냅니다.

'나'는 고등학교 1학년 때 형이 주벽으로 세 아이와 형수를 두고 세상을 떠나며 집이 몰락하는 바람에 자신이 가장 노릇을 하며 인생을 희생했다고 생각합니다. 바쁜 삶에 어머니와 '나'는 서로에게 부모 노릇, 자식 노릇을 못한 채 살아왔고, 그렇기에 '나'는 어머니에게 빚이 없다고 생각합니다.

그런데 이번에는 좀 다릅니다. 어머니가 예전과 달리 주택 개량 사업을 통해 집을 고치고 싶다는 소망을 넌지시 내비친 것입니다. '나'는 당혹스러워하며 아무 대꾸도 없이 가만히 있었습니다. 다음날 아침, 아내는 어머니에게 그렇게밖에 응대할 수 없었느냐고 핀잔을 줍니다.

'나'는 콩밭을 가로질러 집 뒤꼍으로 들어서다 의도치 않게 어머니와 아내의 대화를 엿듣습니다. 아내가 집 문제를 꺼내자 어머니는 자신이 죽은 뒤 가족들이 초상 치르느라 힘들까 봐 집을 고치려 했다고 합니다. 아내는 옷궤 이야기도 꺼냅니다. 주인공이 고등학교 1학년 때 형이 술 때문에 가산을 탕진하고, 집마저 팔아넘긴다는 소식을 들었을 때, 어머니가 이미 팔린 집의 주인에게 간청해 '내'가 오면 하룻밤을 잘 수 있도록 부탁했고, 우리 집처럼 보이려고 옷궤를 갖다 두었다고 합니다. '나'는 두 사람의 이야기가 이어지지 않도록 헛기침을 하고 집 안으로 들어갑니다.

그날 밤 두 사람은 다시 대화를 나누고 있습니다. '나'는 자는 척하며 이야기를 엿듣습니다. 옛집에서의 마지막 날 어머니가 새벽에 '나'를 장터 차부까지 데려다주던 이야기를 꺼냈고, '나' 또한 당시 차에 탄 것까지는 알고 있는 내용입니다. 그러나 뒷이야기는 처음

듣는 것입니다. 어머니는 아들이 떠난 뒤에도 망연히 차부에 앉아 있었다고 합니다. 돌아오는 길에 두 사람의 발자국이 선명했고, 그 길을 되밟아 가는데 아들이 달려올 것만 같아 눈물을 흘리며 눈길을 걸었다는 것입니다. 잿등까지 와서 차마 동네에 바로 들어설 수가 없어 눈을 털고 앉아 있었다는 이야기에, '나'는 비로소 어머니의 애틋한 사랑을 깨닫고 죄책감에 눈물을 흘립니다.

《눈길》은 주인공이 고향에 내려와 깨달음을 얻는 귀향 소설입니다. 이 작품은 집안의 몰락으로 인한 피해 의식으로 어머니를 외면하던 주인공이 자신에 대한 어머니의 절절한 사랑을 깨닫고 어머니와 화해하는 과정을 그리고 있습니다.

'나'는 어머니를 '노인'이라고 칭합니다. '노인'이라는 칭호에는 전혀 감정이 없으며, 조금의 연대감도 갖지 않으려는 태도가 보입니다. 그의 마음은 시골에 내려오기 무섭게 다시 서울로 올라가려는 모습에서도 알 수 있습니다. 그러나 어머니의 이야기를 들으면서 자신의 태도가 잘못되었음을 느낍니다.

두 사람은 왜 서로에게 데면데면해졌을까요? 어머니와 아들 모두 가난으로부터 서로를 구제할 수 없었기 때문입니다. 아들은 자신이 혼자서 어렵게 생활을 꾸려왔다고 생각하고, 어머니는 그 모든 불행과 재앙이 자신의 잘못이라고 생각했습니다. 그 결과, 서로 마음을 터놓고 허심탄회하게 대화를 나누지 못한 것입니다. 서로의 마음을 알았다면 모자 관계는 지금보다 더 좋아졌을지도 모릅니다.

다행히 마지막 부분에서 '나'는 어머니와 함께 걸었던 그 '눈길'이 어머니가 묵묵히 자신의 불행을 숙명처럼 받아들인 곳이자 어머니의 숭고한 사랑이었다는 것을 깨닫습니다. 그리고 회한의 눈물을 흘립니다. 결말 부분에서 주인공의 눈물은 어머니와 '나'의 화해를 암시하나 결론을 분명하게 제시하지 않고 독자들에게 여운을 남기며 이야기는 끝납니다.

《눈길》 속 어머니는 자신에게 거리를 두고 외면하는 아들을 원망하지 않고, 모든 것이 자신의 탓이라며 체념합니다. 이는 한과 아픔을 가슴에 묻고 자식에게 부담을 주지 않으려는 전통적인 한국 어머니의 모습입니다.

여러분은 어머니의 사랑을 느낀 적이 있나요? 물질적인 풍요만이 사랑을 의미하는 것은 아닙니다. 부모님의 사랑은 대체로 맹목적이고 무조건적입니다. 이 작품을 통해 부모님의 사랑에 대해 생각해 보는 시간을 가지면 좋겠습니다.

도서 분야	현대 소설	관련 과목	문학, 사회와 문화	관련 학과	국어국문학과, 교육학과, 사회학과

고전 필독서 심화 탐구하기

▶ 소재의 상징적 의미 살펴보기

소재		의미
옷궤	어머니	옛집의 상징이며, 아들과의 만남의 상관물이고, 과거의 아름답던 기억을 환기시키는 매개
	나	갚아야 할 자식의 도리가 있을까봐 불안해하는 나에게 빚 문서처럼 보여 불쾌하고 꺼림칙하게 만드는 물건
	아내	남편과 시어머니 사이의 비밀을 캘 수 있는 단서이자 화해시킬 수 있는 수단
눈길	어머니	아들에 대한 헌신적인 사랑, 혼자서 겪어야 하는 아픔과 시련, 몰락한 집안에서 겪어온 인고의 삶
	나	기억하고 싶지 않은 추억, 집안의 몰락으로 인해 자수성가해야 했던 고난의 삶

▶ 시간의 역전 살펴보기

'눈길'은 이야기의 흐름이 자연적인 시간의 흐름(과거 → 현재 → 미래)을 따르지 않고 시간의 역전('현재 → 과거 → 미래' 혹은 '과거 → 미래 → 현재' 등)이 일어나는 입체적 구성 방식을 따른다.

오랜만에 고향에 돌아온 아들은 '오늘' 점심에 내일 아침에 서울로 올라갈 것이라고 말한다. 그 후 '어젯밤'에 어머니가 집을 고치고 싶다고 하던 이야기를 떠올린다. '오늘

오후' 나는 아내가 어머니와 옛집과 옷궤에 대해 이야기 나누는 것을 엿듣는다. '오늘 저녁' 어머니는 '눈길'에 대한 이야기를 한다.

소설에서 시간의 역전은 대개 작가가 작품을 통해 긴장감이나 즐거움을 유발하고자 할 때 사용하는 방법이다. 이처럼 소설에서 이야기의 전개나 사건 사이의 관련성을 염두에 두고 여러 요소를 밀접하게 연결시켜 짜임새를 꾸미는 것을 '구성'이라고 한다. 소설이 일상의 이야기와 다른 점이 바로 '구성'이다. 작가는 소설의 이야기를 가장 효과적으로 전달할 수 있도록 의도적으로 소설을 구성한다. 그리고 이 구성은 사건 전개나 인물들 간의 갈등 양상에 따른다.

현재에 적용하기

이 책에서 다루고 있는 어머니의 사랑이 무엇인지 생각해 보고, 우리 시대에 어머니의 사랑은 어떤 모습인지 생각해 보자.

생기부 진로 활동 및 과세특 활용 예시

▸ 책의 내용을 진로 활동과 연관 지은 경우(희망 진로: 교육학과)

'눈길(이청준)'을 읽고 주인공이 어려운 가정 형편으로 혼자서 고등학교와 대학을 나오며 삶의 여유가 없었던 부분에 초점을 두고 발표문을 작성함. 만일 주인공의 어려운 환경을 도울 수 있는 경제적, 교육적 지원이 있었다면 모자의 관계가 이렇게 나빠지지 않았을 것이라며, 학창 시절 경제 불평등이 가족 관계에까지 영향을 미치는 상황에 초점을 두고 작품을 분석함. 발표의 내용 중 교육 분야를 비롯한 주요 복지 정책과 관련하여 이슈가 되는 '기회의 평등'과 '결과의 평등'에 대해 이해하기 쉽게 전달함. 평등에 대해 보다 심도 있는 내용이 궁금하다면 '공정하다는 착각(마이클 샌델)'을 읽도록 추천하는 등 남다른 수준의 독서력도 지니고 있음. 또 가정 형편과 가족 관계의 어려움이 청소년기 정체성 발달에도 부정적 영향을 줄 수 있다며, 불평등을 해결하고 청소년기 정체성 확립에 도움을 줄 수 있는 길은 교육임을 강조함. 자신이 교사가 되면 주인공처럼 어려운 가정환경에 놓인 학생들을 세심하게 찾아 도움을 주고 싶다고 하며 발표를 마무리함.

▶ 책의 내용을 사회 교과와 연관 지은 경우

'눈길(이청준)'을 읽고 소설 속 어머니의 주택 개량 사업에 관심을 갖고, 고령층의 거주 환경과 도시 재개발에 대해 조사하여 재개발 상황을 가정한 발표문을 작성함. 어머니가 살고 있는 곳은 촌락으로 이촌향도 현상으로 인구가 크게 준 지역이며, 도시는 아니나 도시 재개발의 개념을 떠올려 주거지 재개발을 통해 환경을 개선하는 것으로 가정함. 집이 낡았으나 어머니가 고령이고 현재 거주하고 있다는 점을 고려하여 수복 재개발을 하는 것이 좋겠다고 결정함. 어머니의 삶의 질을 개선을 위해 빨리 주택을 개량하는 것이 좋으나 오랜 기간 서로 대화가 없었던 모자의 관계를 고려할 때 또다시 오해가 발생하지 않도록 대화를 통해 합의점에 도달한 뒤 재개발 해야 한다고 마무리함. 발표문을 작성하며 다른 연령층의 거주 환경도 분석하여 경제적 약자일 경우 환경적 측면에서도 불평등이 초래될 수 있다는 사실을 알게 되었다고 소감을 밝힘. 사회를 이루는 요소들은 유기적으로 연결되어 있어 특정 사회 문제가 다른 사회 현상에 영향을 줄 수 있으므로 거주 환경이 중요함을 거듭 강조함. 사회 문제를 거시적 관점에서 분석하여 다양한 사회 현상과 연계하는 탐구 능력이 아주 우수한 학생임.

후속 활동으로 나아가기

- 어머니의 사랑을 느낀 적이 있는지 생각해 보고 '어머니의 사랑'을 주제로 에세이를 작성해 보자.
- '눈'과 관련하여 내가 겪은 일화가 있다면 떠올려 보고, 에세이를 작성해 보자.
- '눈길'에서 옷궤가 주인공에게 의미 있던 물건이었던 것처럼 나에게 상징적인 물건으로 무엇이 있는지 생각해 보고, 모둠원들과 각자의 상징적 물건에 대해 이야기 나누어 보자.
- 책 내용 중 인상 깊은 부분을 쓰고, 그 이유를 이야기해 보자.
- 소설 속 어머니와 가상으로 인터뷰하여 이를 글로 쓰고, 어머니의 심정을 이해해 보자.

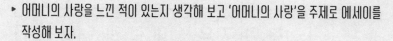

함께 읽으면 좋은 책

한승원 《달개비꽃 엄마》 문학동네, 2016.

문순태 《철쭉제》 소명출판, 2021.

이청준 《병신과 머저리》 문학과지성사, 2010.

이청준 《당신들의 천국》 문학과지성사, 2012.

마이클 샌델 《공정하다는 착각》 와이즈베리, 2020.

황만근은 이렇게 말했다

성석제 ▸ 창비

《황만근은 이렇게 말했다》는 '성석제식 문체'의 절정을 보여주는 소설집입니다. 모든 면에서 평균에 못 미치는 농부 황만근의 일생을 다룬 〈황만근은 이렇게 말했다〉, 친목계 모임에서 벌어진 조직폭력배들과의 한판 싸움을 그린 〈쾌활냇가의 명랑한 곗날〉, 돈 많은 과부와 결혼해 잘 살아보려던 입주 과외 대학생이 부잣집 여자들을 만나면서 겪는 일을 그린 〈욕탕의 여인들〉, 세상의 경계를 떠도는 괴이한 인물들의 모습을 담은 〈책〉, 윤락가와 가까운 인생의 롤러코스터를 타는 인물들의 모습을 담은 〈천애윤락〉, 남성 호르몬이 가득한 남가이의 이야기를 담은 〈천하제일 남가이〉 등 일곱 편의 중·단편이 수록된 작품집입니다.

작가 성석제(1960~)는 시인이자 소설가로, 1986년 《문학사상》에 시 〈유리 닦는 사람〉이 신인상을 받으면서 등단했습니다. 이후 1994년 소설집 《그곳에는 어처구니들이 산다》를 내며 소설가로도 활동하기 시작했습니다. 성석제의 작품은 내용의 깊이에 비해 글이 어렵지 않아 잘 읽히는 것이 특징입니다. 작가는 참과 거짓, 상상과 실제, 농담과 거짓 등의 경계선을 미묘하게 넘나드는 개성적인 이야기꾼으로 주로 해학과 풍자, 과장과 익살을 통해 인간의 다양한 측면을 그려냅니다. 사투리 구사가 절묘한 것도 특징 중 하나입니다. 주요 작품으로 〈새가 되었네〉, 〈내가 그린 히말라야시다 그림〉, 〈믜리도 괴리도 업시〉 등이 있습니다.

〈황만근은 이렇게 말했다〉의 주인공 황만근은 신대리에 사는 가난한 농부입니다. 전쟁 때 아버지가 죽고 유복자로 태어났는데, 지능이 모자라 아이들에게 반편이라는 놀림의 대상이 되는 인물입니다. 그뿐 아닙니다. 몸도 제대로 가누지 못해 늘 넘어지고 혀도 짧아 발음도 정확하지 않습니다. 어느 날 토끼 귀신을 만나 씨름을 해서 '어머니의 장수', '여우 같은 아내', '떡두꺼비 같은 아들'을 소원으로 말합니다. 그의 소원은 이루어집니다. 그는 자살하려는 처녀를 구해 아들 하나를 얻으나 그 처녀는 곧 떠납니다. 그는 어머니와 아들을 부양하면서 살아갑니다.

장례 때 하는 염습과 산역, 똥구덩이를 파는 일, 가축 도살 등 마을의 온갖 궂은일을 도맡아 하면서도 그는 대가를 바라지 않고 공치사를 늘어놓지도 않습니다. 하지만 마을 사람들은 모두 그를 바보라고 합니다. 그런 황만근이 갑자기 실종되자 마을 사람들이 황만근의 집으로 모입니다. 하지만 민 씨만 황만근을 진심으로 걱정하고, 다른 사람들은 그의 실종에 별로 신경을 쓰지 않습니다.

황만근이 죽기 며칠 전 '농가 부채 해결을 위한 전국 농민 총궐기 대회'가 예정되어 있었고, 농민 궐기 대회를 앞둔 전날 밤 이장은 빚도 없는 황만근에게 군청까지 경운기를 타고 참가할 것을 당부합니다. 황만근은 민 씨와 술을 마시며 큰 돈을 벌겠다며 무리해서 농사를 지으며 빚을 내는 이웃들의 태도를 비판하고, 새벽에 경운기를 몰고 군청을 향해 떠납니다. 다른 마을 사람들은 편안하게 트럭이나 승용차를 타고 갔는데, 황만근 혼자 경운기를 타고 간 것입니다. 그가 도착했을 때는 이미 궐기 대회가 끝나있었습니다. 그는 다시 집으로 돌아갑니다. 그런데 경운기가 논바닥에 처박히고, 황만근은 동사하고 맙니다. 황만근은 일주일 만에 유골이 되어 돌아옵니다. 민 씨는 황만근을 추억하며 묘지명을 쓰고 도시로 돌아갑니다.

〈황만근은 이렇게 말했다〉는 2000년에 발표된 단편 소설로, 1990년대 IMF 경제 위기를 맞은 농가의 현실을 배경으로 합니다. 작품 전체에 사투리를 사용해 향토적 분위기가 짙고, 사람들의 우스꽝스러운 행동으로 해학적인 분위기를 드러냅니다. 또 풍자적인 태도로 마을 사람들의 이기심을 꼬집으며 암울한 농촌 현실을 고발합니다.

이 소설은 비교적 객관적인 시선을 갖고 있는 민 씨를 통해 '황만근'이라는 인물의 생애를 추적하는 형식으로 전개됩니다. 민 씨의 입을 통해 그려진 황만근은 마을에서는 바보 취급을 받지만 실제로는 매우 긍정적인 인물이며, 오늘날 현대인에게 결핍된 관용과 도량의 정신을 가진 인물입니다. 황만근은 마을의 궂은일을 도맡아 하면서도 늘 마을 사람들에게 무시당합니다. 작가는 황만근이 마을 사람들에게 그런 대우를 받는 모습을 통해 오히려 자신밖에 모르고 이기적인 마을 사람들이 더 바보임을 간접적으로 비판합니다. 앞서 소개한 채만식의 소설 《태평천하》가 부정적인 인물을 주인공으로 내세워 그들이 부정적으로 평가하는 인물이 오히려 긍정적인 인물이었던 것과는 사뭇 다른 방식입니다.

황만근		마을 사람들
· 자신에게 이익이 없는 일에도 최선을 다 함 · 이타적이고 자기희생적임 · 평균 이하의 인물 · 전통 사회의 인물 유형		· 자기에게 이익이 되는 일만 함 · 이기적이고 타산적임 · 평균적인 인물 · 자본주의 사회의 인물 유형

긍정적인 인물인 황만근이 죽었다는 것은 현재의 농촌 사회에 희망이 없다는 작가의 탄식을 담은 것입니다. 다른 사람을 도우며 살았던 황만근이 죽을 때 결국 혼자였다는 사실도 이기적인 마을 사람들(현대인)을 간접적으로 비판한 것으로 볼 수 있습니다.

마지막에 민 씨는 황만근의 묘비명을 쓰고 다시 도시로 돌아갑니다. 작가는 이 묘비명을 통해 황만근이라는 인물의 행적과 삶을 명확히 알 수 있게 합니다. 그리고 그의 죽음을 기립니다. 민 씨가 쓴 묘비명이지만 실제로는 작가의 목소리를 담은 것으로, 긍정적인 인물에 대한 작가의 생각을 직접적으로 드러낸 것입니다.

우리들에게는 모두 황만근 같은 모습이 있습니다. 순진하고 이타적이고 남을 먼저 배려하며 자신에게 주어진 일에 책임을 지고 묵묵히 하는 모습이 그것입니다. 어려운 사람을 보면 그냥 지나치지 못하는 이타심도 있습니다.

이 책을 통해 나와 주변 사람들의 이타적인 모습이 어떻게 드러나는지 살펴보고, 어떻게 하면 다시 이타적인 모습을 찾을 수 있을지 생각해 보면 좋겠습니다.

도서 분야	현대 소설	관련 과목	문학, 사회와 문화, 현대사회와 윤리	관련 학과	국어국문학과, 교육학과, 사회학과, 사회복지학과, 심리학과, 환경과학과

▸ 글의 양식 살펴보기

이 작품은 황만근의 생애를 서술한 부분과 등장인물인 민 씨가 묘비명을 써서 제시한 부분으로 크게 나눌 수 있는데, 이것은 어떤 사람의 일생 동안의 행적을 기술하고 그에 대해 논평하는 전(傳)의 양식과 매우 유사하다. 위인전과 같이 전(傳)은 독자에게 감동이나 교훈을 주기 위한 목적으로 어떤 인물의 일대기를 중심으로 형식에 맞추어 쓴 글이다. 전의 본래 서술 방식은 도입부, 전개부, 종결부의 세 단계로 구성된다. 도입부에는 그 인물의 가계와 성격을, 전개부에는 인물의 행적을 서술한다. 종결부는 서술자가 개입해 그 인물의 행적에 대해 논평한다. 어떤 대상을 전의 소재로 삼는 것을 '입전'이라고 하는데, 입전의 대상은 대체로 남들에게 모범이 되어야 한다. 이러한 점에서 볼 때 작가가 모든 부분에서 평균 이하의 모습을 보이는 황만근을 전의 대상으로 삼은 것은 그를 놀리거나 부정하기 위한 것이 아니라 황만근의 삶이 주는 교훈을 전달하기 위한 것이라 볼 수 있다. 황만근은 이타적이며 다른 사람을 배려할 줄 아는 삶을 살았다. 문제는 이를 알아보지 못하는 사람들의 이기심이다.

▸ 시대적 배경 및 사회적 배경 살펴보기

1990년대 후반은 IMF 구제 금융 요청으로 한국 사회 전체가 큰 위기를 겪던 시기였다. 기업이 연쇄적으로 도산하면서 외환보유액이 급감했고, 정부는 국가 부도 위기에서 IMF에 긴급 자금 지원을 받는 양해각서를 체결했다. IMF는 돈을 빌려주는 대가로 경제 구조 개선을 요구했고, 이 과정에서 대량 해고와 경기 악화로 대한민국 온 국민이 큰 어려움을

겪었다.

　이러한 분위기에서 사회적으로 취약한 계층인 농민들은 더 큰 어려움을 겪을 수밖에 없었다. 이 작품에는 심각해지는 농가 부채를 해결하기 위해 농민 궐기 대회에 나가는 장면이나 황만근이 빚을 지며 농사를 지으면 안 된다고 말하는 대목이 나오는데, 이를 통해 당시 농촌 현실의 어려움을 간접적으로 드러내고 있음을 알 수 있다.

현재에 적용하기

이 책은 현대소설이지만 고전 작품에서 주로 다루는 전(傳)의 양식을 사용하고 해학성, 풍자성을 드러내며 현대와 전통을 엮어 주제를 효과적으로 표현하고 있다. 온고지신(溫故知新)과 같이 주변에서 과거의 것과 현대의 것을 조화롭게 이은 것에는 어떤 것이 있는지 찾아보자.

▸ 책의 내용을 진로 활동과 연관 지은 경우(희망 진로: 사회복지학과)

'황만근은 이렇게 말했다(성석제)'를 읽고 자유와 평등이 실현되는 행복이 진정한 행복이며, 진정한 행복을 위해 개인의 이익만 추구하기보다 공동체의 발전을 위해 행동하는 것이 중요하다는 감상문을 작성함. 우리가 생활하는 사회, 학교, 가정 등의 공동체가 모두 구성원들이 행복하고 만족스러운 생활을 할 수 있어야 하며, 이를 위해서는 개인의 이익을 추구하는 것도 중요하지만 다른 사람과의 이익과 행복을 고려하는 것이 더욱 중요하다는 견해를 밝힘. 또한 개인의 이익뿐 아니라 다른 사람에게 도움이 되고 사회에 기여할 수 있는 사회복지와 관련된 진로를 찾고 싶다고 감상을 씀. 특히 마을 사람들이 하지 않는 마을의 궂은일을 도맡아 하는 황만근의 모습과 이기적인 마을 사람들을 묘사하는 서술자의 태도를 통해 어떻게 사는 것이 옳은 삶인지 생각하고, 옳은 삶을 살기 위해 노력하겠다는 결심을 밝힘. 봉사 활동을 꾸준히 해서 사회에 기여하겠다고 하는 부분이 특히 인상적임.

▶ 책의 내용을 사회 교과와 연관 지은 경우

'황만근은 이렇게 말했다(성석제)'를 읽고 신문 기사, 뉴스 등에서 IMF에 대한 자료들을 찾음. 그중에서 IMF 사태로 농촌 경제의 변화를 보여주는 자료들을 근거로 물가 상승과 농산물 가격의 급락으로 인해 농민들이 큰 어려움을 겪고, 그 결과 많은 농민이 농사를 그만 두고 도시로 이동하였으며, 이는 농촌 경제의 자립성을 크게 위협하였다고 정리하여 발표함. 농촌 경제의 자립을 위해 농업 기술 개발과 이를 위한 예산 확대, 청년 농업인 교육 및 멘토링 프로그램 제공 등의 정책을 제안하고 사회 구성원들의 관심이 필요하다고 강조함. IMF 이후 현재까지 계속되는 인구 감소로 인해 마을 공동체 약화, 노동력 부족 등의 문제가 농촌의 문제를 더욱 복잡하게 만들고 있음을 지적하며, 농촌이 살아남기 위해서는 평택의 피티, 보령의 머돌이, 머순이처럼 지역만의 특산품을 만들고 이를 브랜드화하는 등의 아이디어가 있어야 한다고 주장함. 사회 문제를 드러낸 문학 작품을 현 사회 문제로 확장하여 사고하는 과정이 훌륭함.

후속 활동으로 나아가기

▸ 책 내용 중 인상 깊은 부분을 쓰고, 그 이유를 이야기해 보자.

▸ 만일 내가 황만근이라면 변해가는 마을의 모습을 보며 어떤 생각을 했을지 인터뷰이의 입장에서 가상의 인터뷰를 구성하고, 글을 작성해 보자.

▸ 작품의 배경인 한국의 IMF 구제 금융 요청 상황에 대해 자세히 알아보고, 국제 경제의 흐름에 대한 보고서를 작성해 보자.

▸ 황만근이 살던 마을의 이기적인 사람들 모습과 비슷한 사례를 찾아보고, 공동체 안에서 어떻게 사는 것이 바람직한지 토론해 보자.

함께 읽으면 좋은 책

김동식 《회색 인간》 요다, 2017.

성석제 《투명 인간》 창비, 2014.

조너선 스위프트 《걸리버 여행기》 스타북스, 2020.

조지 오웰 《동물농장》 민음사, 2001.

올더스 헉슬리 《멋진 신세계》 소담출판사, 2015.

존 스타인벡 《분노의 포도》 홍신문화사, 2012.

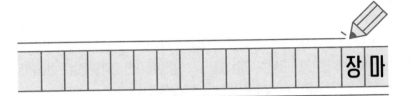

장 마

윤흥길 ▸ 민음사

《장마》는 6·25 전쟁을 불러일으킨 이념 대립을 민족이 가진 정서의 동질성으로 극복할 수 있다는 가능성을 보여주는 소설입니다.

작가 윤흥길(1942~)은 소설가로, 1968년 《한국일보》 신춘문예에 단편 소설 〈회색 면류관의 계절〉이 당선되어 등단하였습니다. 현실의 부조리를 고발하는 작품을 주로 발표했으며, 작품을 통해 한국 현대사에 대한 비판과 전망을 함께 제시했습니다. 주요 작품으로는 〈아홉 켤레의 구두로 남은 사내〉, 〈에미〉 등이 있습니다.

소설 《장마》는 6·25 전쟁으로 동만의 외가 식구들이 동만의 집으로 피란을 오는 것에서 시작합니다. 당시 외할머니와 할머니는 각각 아들들이 남한 국군 소위와 빨치산으로 적대적인 상황이었습니다. 하지만 큰 다툼 없이 잘 지냅니다. 장마가 계속되던 어느 날, 외할머니는 이빨이 모조리 빠지는 꿈을 꿉니다. 외할머니는 그것이 외삼촌이 전사할 꿈임을 알아차립니다. 그날 밤, 외삼촌의 전사 소식이 전해집니다. 아들의 전사 통지를 받은 외할머니는 "빨치산 따위는 다 죽어 버려!"라며 저주합니다. 이 때문에 빨치산 삼촌을 아들로 둔 할머니의 분노를 삽니다.

어느 날 삼촌이 몰래 집으로 돌아오고 가족들은 삼촌을 설득해서 자수시키려 합니다. 그러나 외할머니가 기척을 내고 삼촌은 그것이 경찰이 낸 기척인 줄 알고 다시 산으로 도망칩니다. 그 일로 할머니는 외할머니를 더 미워합니다. 동만 역시 어떤 사람의 꼬임에 빠져 삼촌이 집에 왔었다는 말을 했다가 아버지가 지서에 끌려갔다 온 일로 할머니의 분노를 삽니다. 그런 나를 외할머니가 감싸자 할머니와 외할머니의 갈등은 극에 달합니다.

시간이 지나 빨치산 대부분이 소탕됩니다. 가족들은 모두 삼촌이 죽었을 것이라 여깁니다. 하지만 할머니는 삼촌이 '아무 날 아무 시'에 아무 탈 없이 돌아온다는 점쟁이의 말을 철석같이 믿습니다. 점쟁이가 말한 그날이 가까워지자 장마통임에도 할머니의 성화로 삼촌을 맞이하기 위한 잔치 준비가 바빠집니다. 그러나 그날 삼촌 대신 나타난 것은 커다란 구렁이였습니다. 구렁이를 본 구경꾼들과 집안은 난장판이 되고, 할머니는 기절합니다. 이 혼란한 상황에서 외할머니가 의연하게 아이들과 외부인을 모두 쫓아내고 구렁이를 달랩니다. 할머니의 머리카락을 태워야 구렁이를 쫓을 수 있다는 말에, 외할머니는 할머니의 머리카락을 태우고 좋은 말로 달래서 구렁이를 무사히 돌려보냅니다. 정신을 차린 후 고모에게 자초지종을 들은 할머니는 외할머니에게 고마움을 표현하고 두 사람은 화해합니다. 할머니는 일주일 뒤에 세상을 떠납니다. '정말 지루했던' 장마가 그칩니다.

《장마》는 6·25 전쟁을 배경으로 소년인 '나'의 시각에서 한 집안에서 발생한 이데올로기의 대립과 화해의 과정을 그리고 있습니다. 어른이 된 소년이, 어린 시절의 할머니와 외할머니의 갈등을 회상하며 서술합니다. 현재 벌어지는 이야기가 아니라 과거의 일을 떠올리며 이야기하는 것이기에 이야기 속 시간과 서술 시간 사이에 약간의 간격이 있습니다. 이 간격으로 인해 비교적 객관적인 시선으로 사건을 바라볼 수 있게 됩니다.

작품 속 서술자는 어린 소년입니다. 작품 속의 모든 사건은 소년의 시선에 포착된 것만 그려집니다. 독자들은 사건 이면을 짐작할 뿐입니다. 그 덕에 이데올로기의 대립을 다루고 있지만 그것이 표면적으로 드러나지는 않습니다. 이데올로기에 무지한 순진한 소년에게는 할머니와 외할머니 사이의 갈등만 보이고, 독자는 그것을 통해 이데올로기 갈등을 짐작할 뿐입니다. 할머니와 외할머니조차 이데올로기 때문에 대립하는 것이 아닙니다. 단지 아들을 걱정할 뿐입니다. 이런 여러 장치가 이데올로기 대립을 간접적으로 드러내고 있다고 볼 수 있습니다.

빨치산인 삼촌과 국군인 외삼촌은 6·25 전쟁이 일어나기 전에는 사이가 좋았습니다. 그러나 6·25 전쟁 후 원수가 되었습니다. 이것은 드문 일이 아니었습니다. 실제 6·25 전쟁 당시 피를 나눈 형제마저 좌우의 이데올로기 때문에 서로에게 총부리를 겨누는 일이 있었다고 합니다. 이런 비극적인 상황이 이 소설에서는 우울하고 축축하고 어두운 '장마'라는 배경으로 상징됩니다. 갈등이 시작되자 장마가 시작되고, 갈등이 해소되자 장마가 끝나는 것은 이런 이유입니다.

'구렁이'는 민속 신앙에서 지킴이, 즉 터주신으로 여겨집니다. 구렁이는 두렵지만 경건한 존재입니다. 삼촌이 온다고 한 날, 삼촌 대신 구렁이가 나타납니다. 이 구렁이는 죽은 삼촌의 현신인 셈입니다. 아들의 죽음을 받아들이지 못하고 기절한 할머니와 달리 외할머니는 구렁이가 남 같지 않았을 겁니다. 자신의 아들도 전쟁으로 죽었기 때문입니다. 외할머니는 구렁이를 정성껏 달래 무사히 보냅니다. 외할머니는 구렁이를 통해 삼촌의 안녕도 빌었겠지만, 마음 한편으로 죽은 외삼촌의 안녕도 함께 빌지 않았을까요?

구렁이 덕분에 갈등하던 할머니와 외할머니가 화해하게 됩니다.

이데올로기 때문에 갈등을 겪던 두 사람이 전통적이며 토속적인 무속 신앙의 세계관을 바탕으로 화해한 것입니다. 작가는 《장마》를 통해 우리 민족의 갈등을 치유하기 위해서는 정치적 해결 이전에 전통적이고 정서적인 화합을 먼저 이루어야 한다고 이야기하는 듯합니다.

아직도 우리나라는 분단 상황에 놓여있습니다. 이 책을 바탕으로 6·25 전쟁 당시 우리 민족이 처한 상황에 대해 자료를 찾아보고, 더 나아가 남북 분단과 한반도의 평화를 위해서 우리가 해야 할 일이 무엇이 있는지 고민해 보면 좋겠습니다.

도서 분야	현대 소설	관련 과목	문학, 사회와 문화, 동아시아의 역사기행	관련 학과	국어국문학과, 교육학과, 사회학과, 역사학과, 정치외교학과, 문화인류학과

고전 필독서 심화 탐구하기

▶ 소재의 상징적 의미 살펴보기

소재	의미
구렁이	할머니가 기다리던 삼촌의 현신(무속적 세계관) 소설 속 갈등을 해소하는 장치
할머니의 머리카락	구렁이의 원한을 풀어주는 매개체 역할 무속 신앙에 근거한 주술적 의미 죽어 돌아온 삼촌을 위로하는 모성애
할머니의 갈등	6·25 전쟁이라는 비극
할머니의 화해	민족의 갈등을 해소하고 극복할 수 있는 가능성
장마	자연적 배경이자 사건 전개 상황을 효과적으로 전달하기 위한 장치

▶ 시대적 배경 및 사회적 배경 살펴보기

이 작품의 시간적 배경은 6·25 전쟁 기간, 그중에서도 장마철이다. 여기서 장마 기간이라는 계절적 배경은 중요한 의미를 지닌다. 할머니와 외할머니 사이의 갈등이 장마와 더불어 시작되고 장마가 끝날 무렵 해소되기 때문이다. 즉, 장마는 이 작품의 시간적 배경이자 사건 전개 상황을 효과적으로 전달하기 위한 장치라고 할 수 있다.

온 세상을 질펀하게 만들고 불편함을 주는 장마는 오래되고 지긋지긋한 가족사의 불행을 상징하며, 나아가 우리 민족에게 닥친 6·25라는 전쟁의 비극성을 상징한다. 축축하고 지루하며 사람을 우울하게 만드는 장마의 특성은 또한 끝날 기미가 보이지 않게 사람들을 고통스럽게 하는 전쟁의 성격과 흡사하다. 장마가 상당히 오랜 기간 계속되었다는 것은 우리 민족에게 비극적 상황이 오랫동안 지속되었음을 의미하며, 장마가 끝났다는 것은 민족의 비극인 6·25 전쟁이 끝나고 갈등이 해소됨을 암시한다고 볼 수 있다.

현재에 적용하기

이 책에서 제시된 남북 화해의 방법을 현재 우리 분단 상황에서는 어떻게 활용할 수 있을지 생각해 보자.

생기부 진로 활동 및 과세특 활용 예시

▸ 책의 내용을 진로 활동과 연관 지은 경우 (희망 진로: 정치외교학과)

'장마(윤흥길)'를 읽고 '장마 속에서 본 민족의 갈등과 화해'라는 주제로 토론 활동을 하며 자신의 의견을 논리적으로 펼침. 이 활동에서 자신의 의견을 명확하게 전달하고, 자신의 의견과 반대되는 상대의 주장과 근거를 꼼꼼하게 기록하면서 논리적으로 분석하여 반박하는 모습이 돋보임. 활동 후기에 '평소에도 다른 사람들의 의견에 귀 기울이고, 상대의 말을 논리적으로 분석하여 수용하는 습관을 갖겠다'는 결심을 씀. 모둠원들과 주장을 정하고 근거를 찾는 과정에서 관련 분야의 서적, 논문, 뉴스 등 다양한 매체를 분석해 팩트 체크를 하고 차분하게 모둠원들을 이끌어가는 모습이 인상적임. 주장을 뒷받침하기 위하여 특히, 6·25 전쟁을 둘러싼 국제 정치 상황을 중심으로 비판적으로 분석하고 이 주제에 초점을 맞추어서 모둠원들과 효과적으로 소통하고 토론함. 이 활동을 통해 국내외의 정치적 국제적 현상에 대해 자세히 알게 되었고 막연하게 꿈꿔 온 국제 관련 기구에 진출하고자 하는 꿈을 공고히 하게 되었다는 소감문을 씀.

‣ 책의 내용을 역사 교과와 연관 지은 경우

'장마(윤흥길)'을 읽고 6·25 전쟁의 배경에 대해 조사, 정리하여 발표함. 6.25 전쟁이 일어나게 된 배경과 그 배경에 어떤 역사적 요소들이 작용했는지 등에 대해 정확하게 이해하고 친구들에게 설명함. 평소 역사에 관심이 많은 학생으로 한반도에 전운이 감돌고, 북한의 기습 남침으로 전면전이 발생해 치열한 공방전 끝에 휴전이 성립된 과정에 대해 자신의 풍부한 지식을 포함해 역사적 배경에 초점을 두고 발표 자료를 만듦. 인명 피해, 생산 시설 파괴, 전쟁고아와 이산가족 발생 등 '장마'에서 다 드러나지 않은 6·25 전쟁의 피해에 대해서도 함께 다룸. '기억 속의 들꽃(윤흥길)', '수난이대(하근찬)', '나무들 비탈에 서다(황순원)' 등 비슷한 시기의 다양한 작품을 함께 제시하여 역사적 지식뿐만 아니라 문학적 소양도 드러냄. 발표 마지막에 역사 공부에서 사건의 배경을 이해하는 것이 얼마나 중요한지를 강조하며 역사에 대한 애정과 열정을 보임. 자신감 있는 목소리와 다양한 어조로 학급의 분위기를 사로잡음.

후속 활동으로 나아가기

▸ 작가의 다른 작품들을 읽어 보고, 작가가 주로 사용하는 언어나 주제의 공통점을 찾아
  이를 비교하는 서평을 써 보자.

▸ 이 책의 배경인 6·25 전쟁과 관련하여 당시 사회, 정치, 경제 상황이 어떠했는지 파
  악하고 다시 '장마'를 읽어 보자.

▸ '장마'처럼 어린아이가 서술자로 등장하는 소설로 최일남의 '노새 두 마리' 등을 찾아
  읽어보고, 소설에서 어린아이를 서술자로 내세웠을 때의 효과에 대해 분석해 보자.

▸ '장마'를 읽고 느낀 점을 중심으로 에세이를 써 보자.

함께 읽으면 좋은 책

황순원 《카인의 후예》 문학과지성사, 2006.

오상원 《유예》 문학과지성사, 2008.

손창섭 《비 오는 날》 사피엔스21, 2012.

김동리 《무녀도》 열림원, 2006.

이청준 《병신과 머저리》 문학과지성사, 2010.

원미동 사람들

양귀자 ▸ 쓰다

《원미동 사람들》은 총 11편의 단편으로 구성된 연작 소설로, 1980년대 경기도 부천시 원미구 원미동이라는 동네를 배경으로 그곳에서 살아가는 가난한 보통 사람들의 이야기를 따스하고 날카로우며 섬세하고 넉넉한 시선으로 담아낸 연작 소설입니다.

작가 양귀자(1955~)는 소설가로, 1974년 원광대학교에서 주최한 '전국 남녀 고교 문예 현상 공모'에 소설이 당선되어 국어국문학과에 문예 장학생으로 입학했습니다. 작가는 1978년 대학을 졸업하고 같은 해에 〈다시 시작하는 아침〉으로 《문학사상》 신인상을 수상하며 등단합니다. 이후 중고등학교에서 국어를 가르치면서 계속 소설을 썼습니다.

양귀자의 소설은 70~80년대 소시민들의 일상을 섬세하게 관찰하여 따스한 시각으로 묘사한 것이 특징입니다. 그의 소설에는 거대한 사건이 발생하지 않습니다. 평범한 사람들의 평범한 이야기를 통해 낯섦과 친숙함을 동시에 느끼며 독자들이 자신의 삶을 되돌아보게 합니다. 주요 작품집으로 《귀머거리 새》, 《원미동 사람들》, 《나는 소망한다 내게 금지된 것을》, 《천년의 사랑》, 《모순》 등이 있습니다.

《원미동 사람들》에는 다양한 소시민들의 삶의 모습이 담겨 있습니다. 소설의 시작 부분에 등장하는 〈원미동 시인〉은 원미동이라는 장소와 그곳에서 살아가는 무력하고 평범한 인물들의 삶을 상징적으로 보여주며, 〈일용할 양식〉은 원미동 사람들의 생활상을 통해 우리의 삶을 떠올리게 합니다. 특히 〈비 오는 날이면 가리봉동에 가야 한다〉는 사회적 약자의 삶을 섬세하게 그려내며 수리공 임 씨에 대한 깊은 공감과 사회적 문제에 대한 성찰을 불러일으킵니다.

이 외에도 서울을 떠나 원미동에 정착하는 은혜네 가족(《멀고 아름다운 동네》), 많은 땅을 소유했으나 팔 수밖에 없게 된 강 노인(《마지막 땅》), 출장 간 광주에서 5·18을 겪고 세상에 대한 환멸로 산에 간 남자(《한 마리의 나그네 쥐》), 고아원에 맡겨졌다가 모처럼 엄마와 함께 간 동물원에서 동굴에 사는 방울새를 보며 교도소에 간 아빠를 떠올리고 슬퍼하는 아이(《방울새》), 새로 시작하는 이웃 가게를 몰아내는 김 반장(《일용할 양식》), 연립주택 지하에 세를 들어 주인과 함께 화장실을 사용해야 하지만 주인이 화장실 문을 열어주지 않아 고생하는 세입자(《지하 생활자》) 등을 통해 빠르게 변화하는 사회 모습과 그 안에서 발버둥치며 살아가는 다양한 사람들의 이야기를 들려줍니다.

《원미동 사람들》은 1986년부터 1987년까지 《한국문학》과 《문학 사상》 등 7개의 잡지에 발표되었던 단편을 묶어 출간한 것입니다. 소설 속 주인공들이 살고 있는 곳은 원미동으로, 경기도 부천시에 위치한 동네입니다. 1980년대 이곳은 서울이라는 거대한 도시로 진입하고자 했으나 그러지 못한 사람들과 원래 이곳이 고향이고 터전이던 사람들이 함께 어울려 살던 공간이었습니다.

부천은 서울의 비대화에 따른 신규 개발이 주변 지역으로 확장되고 신도시가 건설되던 시기에 주요한 위성도시로 떠오른 지역입니다. 인구 밀집 해소 정책의 결과물인 동시에 전형적으로 도시 주변부가 형성되는 과정을 보여주는 공간이기도 했습니다. 전철이 연결되고 서울을 잇는 도로가 개설되었지만 '똑같은 모양의 집들이 공터들 사이에서 어색하게 서 있는 한적한' 원미동은 결코 서울 같은 중심부가 될 수 없었습니다. 서울과 유사한 소비도시로 바뀌어 갈 뿐이었습니다. 신흥 도시임에도 계획적이지 못한 도시설계와 주택 구조를 예상하지 못한 도로망, 기반 시설이 구축되기 전에 이루어진 입주 정책 등으로 이곳에 사는 사람들의 삶은 열악할 수밖에 없었습니다. 원미동遠美洞은 멀고 아름다운 동네라는 뜻이지만, 새로운 삶의 터전에 대한 희망과 기대를 안고 전국 각지에서 온 원미동 사람들의 삶은 그리 아름답지 못했습니다.

사실 1980년대는 대한민국 어디나 비슷한 풍경이었습니다. 오늘날 빛나는 한국 사회 이전의 모습은 밥벌이의 구차함, 소박하고 작은 꿈, 하지만 이루지 못한 채 접혀버린 좌절로 가득 차 있었습니다. 《원미동 사람들》에 나오는 사람들도 그런 삶을 살았던 사람들입니다. 작가는 이들의 삶을 세밀하게 관찰하여 묘사하면서도 직접적으로 사회를 비판하는 시각은 드러내지 않습니다. 《원미동 사람들》은 거대한 주제를 담고 있지는 않습니다. 소소한 이야기를 통해 절망과 희망이 교차하는 소시민의 삶을 실감나게 표현합니다.

《원미동 사람들》이 출간 후 111쇄(2012년 기준)를 거듭하며 우리 시대의 고전으로 널리 읽히고 있는 것은 단지 이 작품이 문학적인 가치가 있기 때문만은 아닐 겁니다. 소설에서 다루는 시대로부터 아주 많은 시간이 지났지만 여전히 최소한의 인간다움을 꿈꾸며 살아도 그 꿈을 이루기 힘든 이들이 많습니다. 그때에 비해 겉으로 드러나는 갈등이나 폭력은 줄었지만 지금 사회가 한층 더 가혹하게 느껴지기도 합니다. 그래서일까요? 1980년대의 이야기지만 이들의 일상은 아직도 우리의 이야기같이 익숙하게 느껴집니다.

어느 인터뷰에 따르면, 작가는 전국 각지에서 엄청난 양의 독후감을 받는데, 그 독후감을 보낸 이들 대부분이 중학생으로, '우리 동네에도 이런 일이 있었다.', '아주 옛날 이야기인줄 알았는데 지금과 많이 비슷하다.'라는 내용이 가장 많다고 합니다. 1980년대가 아닌 지금 시대에도 《원미동 사람들》이 살아가고 있다는 방증이라 볼 수 있습니다.

우리 모두 이 사회를 살아가는 소시민입니다. 이 책을 통해 나만 힘들고 괴로운 삶을 사는 것이 아님을 알고 동시대를 사는 다른 이들의 삶을 함께 살피는 태도를 가지면 좋겠습니다.

도서 분야	현대 소설	관련 과목	문학, 사회와 문화, 현대사회와 윤리	관련 학과	국어국문학과, 교육학과, 사회학과, 문학과, 심리학과, 경제학과, 법학과

▸ 소설의 공간적 배경이 지닌 상징적 의미

원미동이라는 공간은 소설 이해에 매우 중요한 배경이다. 원미동은 '멀고 아름다운 동네'라는 뜻이다. 원미동은 경기도 부천시에 속한 행정지명으로, 서울의 비대화에 따른 신규 개발로 만들어진 위성도시다. 전철이 연결되고 서울을 잇는 도로가 개설되었지만 갑작스러운 도시 계획 속에 전국에서 갑자기 서울로 몰려온 인구를 감당하기에는 역부족이었다. 이로 인해 원미동에 살고 있는 사람들의 삶의 질은 열악해질 수밖에 없었다. 아름다운 동네라는 이름에 걸맞게 꿈과 희망을 품고 새로운 삶의 터전을 기대하며 이곳으로 이주해 온 사람들의 삶은 그리 아름답지 못했다. 이런 소설 속 배경은 당시 대부분 소시민들의 삶과 비슷했다. 소설 속에는 그들이 겪었던 어려움과 고충, 그리고 희망과 절망이 원미동이라는 공간에 생생하게 담겼다.

▸ 시대적 배경 및 사회적 배경 살펴보기

'원미동 사람들'은 당시 작가가 실제로 살고 있었던 부천시 원미동을 배경으로 한다. 작가가 그곳을 배경으로 삼은 것은 자신이 그곳에 살았기 때문만은 아니다. 서울 인근의 많은 위성도시와 마찬가지로 당시 부천도 1960~1970년대 소위 박정희식 개발 독재 과정에서 만들어졌다고 볼 수 있다. 이는 대대적인 이농 현상과 서울의 비대화를 초래했으며, 내쫓기듯 도시에 모여든 이들을 수용하기 위해 수도권 인근의 중소도시들이 만들어진 것이다.

소설의 등장인물인 행복슈퍼 김 반장, 잡역부 임 씨, 은혜네 가족 등이 이곳에 정착하게 된 내력을 통해서도 이런 상황이 잘 드러난다. 각각 전라도, 경기도, 서울 등 여러 다른 지역 출신이지만 원미동에 오게 된 이유는 다들 비슷하다. 당시 이곳에 정착해 사는 이들은 모두 사회적으로 소외된 사람들이고, 작가는 그 안에서 가난하지만 희망의 끈을 놓지 않고 있는 이들의 삶의 모습을 포착해 낸다.

현재에 적용하기

이 책의 등장인물들의 삶과 현재 우리의 삶을 비교해 보고, 과거와 현재의 비슷한 점과 달라진 점을 살펴보자.

생기부 진로 활동 및 과세특 활용 예시

▸ 책의 내용을 진로 활동과 연관 지은 경우(희망 진로: 경제학과)

'원미동 사람들(양귀자)'을 읽고 책 속의 다양한 직업군을 살펴보고, 그 중 양심껏 일하지만 제대로 된 돈을 받지 못하는 수리공 임 씨의 이야기를 중심으로 직업에 대한 생각을 발표함. 사회에 나가 일을 할 때 비록 인정받지 못하더라도 일은 제대로 해야 하며, 그다음으로 자신의 노동에 대한 정당한 대가를 요구해야 한다고 주장함. 또한 열심히 일했으나 제대로 된 대가를 받지 못한 경우에는 근로기준법에 따라 노동청 등의 도움을 받아서라도 제대로 임금을 받아야 함을 강조함. 이어 출퇴근 시간 교통, 집값, 편리성 등 여러 경제적 가치를 따졌을 때, 위성도시가 어느 정도의 가치를 지니는지에 대해 다양한 자료를 찾아 자신의 판단 기준을 만들어 원미동의 경제적 가치를 환산하여 계산함. 자신의 생각을 정리하여 발표하는 과정에서 진중하고 열정적인 모습을 보여 친구들로부터 좋은 평가를 받음. 자신이 읽은 책의 내용을 진로와 연계하여 호기심을 가지고 적극적으로 탐색하는 모습이 대견한 학생임.

▸ 책의 내용을 문학 교과와 연관 지은 경우

'원미동 사람들(양귀자)'를 읽고 '소설 원미동 사람들을 통해 본 사회적 이슈와 인간의 삶'을 주제로 에세이를 작성함. 특히 다양한 인물들의 이야기를 다룬다는 점에서 '원미동 사람들'과 비슷한 세태소설인 '천변풍경'을 함께 언급하며 비교한 점이 인상적임. 두 소설이 시대적 배경은 다르지만 주변 사람들의 이야기를 다룸으로써 그 시대의 모습을 세밀하게 드러낼 수 있다는 공통된 특징을 이야기함. 결국 문학 작품은 시대와 떨어져 있는 것이 아니라 그 시대를 반영하는 것이라는 결론을 도출함. 작품 간의 연결고리를 찾아내고, 각 작품에 맞게 비교하며 자신만의 결론을 도출하였으며, 문학 작품의 핵심 내용을 효과적으로 전달하는 능력과 분석적 사고력이 탁월함. 문학이 인간의 삶과 깊이 연결되어 있음을 나름의 방법으로 증명함. 문학 활동의 결과를 내면화하여 자신의 삶으로 구체화하는 주체적인 문학 활동 능력이 매우 뛰어난 학생임.

후속 활동으로 나아가기

▸ 이 책의 배경인 1980년대의 사회, 정치, 경제 상황 등을 파악하고, 다시 '원미동 사람들'을 읽어 보자.

▸ 책 내용 중 인상 깊은 부분을 쓰고, 그 이유를 이야기해 보자.

▸ 등장인물 중 한 명을 설정하여 가상으로 인터뷰하고, 인터뷰 내용을 신문 기사문으로 작성해 보자.

▸ 양귀자 작가의 다른 작품들을 읽고, '원미동 사람들'과 비교하여 작가의 작품 세계를 이해할 수 있는 보고서를 써 보자.

▸ '원미동 사람들'과 비슷한 주제나 배경을 가진 다른 문학 작품을 찾아서 비교해 보고, 비슷한 점과 다른 점 등에 대해 토론해 보자.

함께 읽으면 좋은 책

이문열 《우리들의 일그러진 영웅》 다림, 1998.

조세희 《난장이가 쏘아 올린 작은 공》 이성과힘, 2024.

김승옥 《서울 1964년 겨울》 문학과지성사, 2019.

신경림 《농무》 창비, 2000.

황석영 《삼포 가는 길》 문학동네, 2020.

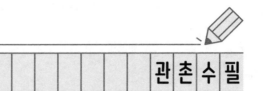

관촌수필

이문구 ▸ 문학과지성사

　《관촌수필》은 8편의 단편으로 이루어진 연작 소설로, 작가의 어린 시절 이야기를 통해 근대화 과정에서 변화하는 농촌의 모습을 생생하게 표현한 작품입니다.

　작가 이문구(1941~2003)는 주제뿐만 아니라 문체까지도 농민의 어투에 근접한 사실적인 작품 세계를 펼쳐 보이며 농민 소설의 새로운 장을 개척한 소설가입니다. 1965년 김동리의 추천으로 《현대문학》에 단편 소설 〈다갈라 불망비〉를 발표하고 이어 1966년 〈백결〉을 발표하며 소설가의 길로 들어섰습니다. 그는 주로 산업화 과정에서 해체되어 가는 농촌의 모습을 통해 사회 현실을 비판하는 작품을 많이 썼으며, 주요 작품으로는 〈우리 동네〉, 〈으악새 우는 사연〉, 〈유자소전〉 등이 있습니다.

《관촌수필》은 개인과 가족의 이야기를 통해 한국 현대사의 변천과 아픔을 섬세하게 그려내고 있습니다. 8편의 각기 다른 이야기들은 시대의 변화가 드러나는 역사적 사건들과 그로 인한 인간 내면의 변화를 다루며, 전통과 현대, 개인과 사회의 충돌을 통해 인간 존재의 본질적인 문제를 탐구합니다.

〈일락서산〉은 성묘를 위해 십여 년 만에 고향을 찾은 주인공의 이야기입니다. 주인공 '나'는 할아버지의 산소를 찾기 위해 오랜만에 고향에 옵니다. 그러나 고향의 모습은 예전과 많이 달라져 있습니다. 마을을 지키던 왕소나무 대신 슬레이트 지붕의 구멍가게가 자리하고 있고, 옛집은 더 이상 예전의 모습을 찾을 수 없습니다. 변해버린 고향을 보며 '나'는 실향민이 되었다고 생각합니다. 길머리 쪽으로 가던 '나'는 칠성바위를 보고 어린 시절 옹점이와의 추억을 떠올리고, 옛집 울타리 안을 보며 어머니가 돌아가신 후 감나무가 죽은 일, 할아버지가 사랑 벽장에서 먹을 것을 꺼내주시던 일들을 회상합니다. 읍내로 나가기 전, 다시 한번 옛집을 돌아보며 서산마루에 지는 해를 바라봅니다.

나머지 일곱 편의 작품도 비슷한 흐름입니다. 6·25전쟁으로 인한 윤 영감 일가의 몰락을 통해 인생의 허무감과 그들을 따뜻하게 대하는 어머니의 순박한 인정(〈화무십일〉)을 회상하기도 하고, 유년 시절 고향을 배경으로 주인공과 함께 성장기를 보냈던 소녀 옹점이의 가슴 아픈 인생 유전(결혼 생활, 떠돌이 삶)(〈행운유수〉)을 떠올리기도 합니다. 대복이와 그 가족에 얽힌 이웃의 순박한 삶과 그 삶이 퇴색되어 가는 과정(〈녹수청산〉), 어린 시절 특별한 인연을 맺었던 사연과 석공의 안타까운 죽음(〈공산토월〉), 유년 시절의 고향 친구를 통해 마을을 가로질러 흐르던 시내가 도시에 밀려 들어온 퇴폐적 소비 문화의 하수구로 전락한 실상(〈관산추정〉), 아버지의 약값을 마련하려고 꿩을 잡아 팔려다가 발각되어 야생동물법을 위반했다는 이유로 공권력의 횡포에 시달린 중학 동창의 이야기(〈여요주서〉)도 이어집니다. 마지막으로 벽촌에서 소녀를 겁탈한 사건을 둘러싸고 돈으로 사건을 무마하려는 범인에게 마을 청년들이 사적인 제재를 가하는 이야기(〈월곡후야〉)를 끝으로 주인공은 고향을 떠나고, 이야기는 끝이 납니다.

《관촌수필》은 작가의 체험을 바탕으로 자신이 성장했던 고향 마을 '관촌'의 생활상을 사실적으로 그린 자전 소설입니다. 자전 소설이란 작가가 자기의 생애나 생활 체험을 소재로 하여 쓴 소설을 의미합니다. 소재를 작가의 의도대로 꾸며서 기술하며 3인칭을 사용해도 무방하다는 점에서 자서전과는 다릅니다.

이 소설에서 작가는 1인칭 서술자인 '나'를 통해 어린 시절에 대한 회상, 어른이 된 후 고향에서 겪은 경험 등을 보여줍니다. 충청도 사투리를 사용해 생생한 느낌을 더하며, 과거 농촌 사회에 대한 실감 나는 묘사와 근대화 이후 변해 버린 농촌 세태에 대한 사실적인 묘사를 통해 가난했으나 정신적으로 풍요로웠던 고향에 대한 향수를 불러일으킵니다.

《관촌수필》은 특히 문체가 아름답습니다. 토정 이지함 선생의 후손다운 고풍스러운 말투, 한학적 소양 없이는 알기 어려운 어구, 명문 후예만 알 수 있는 세간과 풍습에 관한 말들이 많아 다른 작품들과는 다른 독특한 매력을 풍깁니다.

근대화 과정에서 전통적인 농촌의 모습이 사라져가는 데 대한 안타까움도 드러납니다. 태어나고 자라면서 어릴 때부터 보았던 마을이 달라지는 모습은 향수를 자극하기도 합니다. 작가는 소설 속에서 왕소나무와 슬레이트 지붕의 구멍가게 등 상징적 이미지를 통해 과거와 현재의 마을 모습을 대조시켜 사라진 옛것에 대한 그리움을 드러냅니다. 특히 이 작품이 쓰인 시기가 산업화와 근대화의 물결 속에서 농촌 공동체의 해체가 더욱 가속화되던 1970년대임을 생각하면, 당대 현실에 비판적인 시각으로 전통적인 삶의 양식에 애착을 갖는 작가의 심정을 이해할 수 있습니다.

이 작품에서 작가는 명문 후예로서 긍지와 권위를 박탈당한 것에 마음 아파합니다. 전통의 보전이나 역사의 중요성에 대한 고찰 없이 너무 빠르게 산업화와 도시화가 이루어진 것은 독자들에게도 아쉬운 점입니다. 급격한 시대 변화로 인해 우리가 지키고 보전해야 했던 우리 전통까지 함께 없어져 버린 것은 아닌지 반성하게 됩니다.

'노블레스 오블리주 nobless oblige'라는 말이 있습니다. 프랑스어로 '높은 사회적 신분에 상응하는 도덕적 의무'라는 뜻입니다. 급격한 사회 변화로 우리 사회는 노블레스 오블리주 정신이 계승될 시간이 부족했습니다. 이렇게 사회가 급격하게 변화하지 않았더라면 우리 사회의 명문가에서도 노블리스 오블리제를 실현할 수 있지 않았을까요?

어떻게 해야 우리의 전통을 지켜나갈 수 있었을지 생각해 보고, 현재 나의 자리에서 실현할 수 있는 '노블레스 오블리주'를 찾아보면 좋겠습니다.

도서 분야	현대 소설	관련 과목	문학, 사회와 문화	관련 학과	국어국문학과, 교육학과, 사회학과, 경영학과, 경제학과, 광고마케팅학과, 무역학과

고전 필독서 심화 탐구하기

▸ 소설의 문체적 특징 살펴보기

이문구는 충청도 방언과 일상생활에서 발견할 수 있는 그 지방 고유의 소재를 활용하여 향토적인 정서가 짙게 배어나는 작품을 썼다. 그의 작품 언어는 고풍스러운 어조와 사투리가 절묘하게 섞여 있어 과거를 회상하는 분위기를 더욱 도드라지게 한다. 이는 조상으로부터 이어받은 선비 기질과 그의 어린 시절 삶이 반영되었기 때문이다. 또한 이 작품은 각 편의 제목 구성 방식에서 한문투의 어휘를 사용하고 있다. 모두 네 글자의 한자어로 구성된 제목은 각 편이 담고 있는 내용과 주제를 함축적으로 제시하며 독자에게 고풍스러운 분위기를 느끼게 한다. 이 작품은 1인칭 독백체의 독특한 문체로 서술되는데, 서술자가 자신의 체험을 직접 이야기하기 때문에 마치 수필과 같은 느낌을 준다. 이러한 이유로 독자는 작품에 더욱 공감하게 된다.

▸ 시대적 배경 및 사회적 배경 살펴보기

1970년대 한국은 '한강의 기적'이라고 불리는 급격한 산업화 도시화를 겪었다. 농업 중심 경제에서 벗어나 산업 중심 경제로 전환되면서 전통 농촌 사회 또한 크게 변화되었다. 우선 급속한 산업화와 함께 농촌 지역 노동력이 대거 도시로 유출되었다. 농촌 지역의 젊은 인구가 도시로 떠나자 농촌 지역의 고령화가 시작되었고, 이러한 농촌의 고령화는 농촌 지역의 경제적, 사회적 부담을 가중시켰다.

사회 문화적 변화도 있었다. 전통적으로 농촌 사회는 사회적 연대감, 공동체 의식이 중요한 가치였으나 도시화가 진행되면서 개인주의와 경쟁 문화가 농촌에 유입되었다. 이로 인해 이웃 간의 관계가 약화되었고 공동체 의식이 흐려졌다. 이러한 변화는 1970년 대의 농촌 사회의 기본 구조를 크게 흔들었고, 그 속에서 많은 이들이 고향을 잃은 듯한 상실감을 느꼈다. 이런 변화와 상실감은 1970년대 문학에도 크게 반영되었다. 이 시기에 도시와 농촌, 전통과 현대 등이 충돌하고 교차하는 모습을 그린 작품들이 다수 등장한 것은 그런 배경 때문이다.

현재에 적용하기

이 책에 등장한 농촌 문제와 현재 농촌 문제를 연결해서 농촌의 문제를 어떻게 해결하면 좋을지 생각해 보자.

생기부 진로 활동 및 과세특 활용 예시

▸ 책의 내용을 진로 활동과 연관 지은 경우(희망 진로: 광고기획학과)

'관촌수필(이문구)'을 읽고 고향에 대한 상실감을 느낀 주인공에게 안타까움을 느끼고, 사람들이 고향에 대한 애정을 갖게 하기 위한 방법을 탐구함. 그 방안 중 하나로 고향의 특성을 살린 상품에 대한 아이디어를 내고 그것을 기획하는 활동을 함. 상품을 만드는 것도 중요하지만 그에 못지 않게 중요한 것이 마케팅이라는 점에 착안하여, 자신들이 기획한 상품의 가치를 어떻게 하면 극대화해서 표현할 수 있는지 모둠원들과 토의함. 상품의 특성과 그 상품과 비슷한 물건의 구매 패턴의 유형을 파악해서 마케팅의 방향을 정하고 실제 물건을 판매하는 것처럼 여러 방법을 활용하여 광고를 함. 모둠의 의견을 취합하고 마케팅 방향을 잡는 과정에서 모둠원들의 의견을 듣고 누구의 마음도 상하지 않도록 배려하며 의견을 조율하는 모습이 돋보임. 적극적으로 마케팅한 결과 그 상품을 실제로 만들어서 판매하면 사겠다는 친구들의 열띤 반응을 이끌어냄.

▶ 책의 내용을 사회 교과와 연관 지은 경우

새로운 문화 요소가 등장하거나 다른 사회와의 접촉을 통해 문화가 변화될 때 문화 병존, 문화 융합, 문화 동화의 현상 중 하나를 겪는데, '관촌수필(이문구)'은 문화 동화를 통한 고향의 변화와 그에 따른 상실감에 초점을 두고 있다는 내용을 중심으로 보고서를 발표함. 전통문화는 과거를 이해하고 그것을 통해 현재와 미래를 바라보는 데 중요한 역할을 하지만 그것을 그대로 고집할 수 없으며 시대에 따라 전통문화를 현실적 감각으로 재해석하거나 외래문화를 비판적으로 수용해서 전통문화와 조화를 이루는 것이 더 중요하다고 강조함. 과거로부터 이어져 내려오고 있는 문화 요소 중 현재까지 가치를 인정받고 있는 전통문화가 사라지는 현실에 화자와 같이 씁쓸함을 느낀다면서도, 시대의 변화에 따라 전통문화를 창조적으로 계승하는 것이 중요하다고 결론을 내림. 설득력 있는 말투와 자신감 있고 적극적인 태도로 학급 친구들의 긍정적인 반응을 이끌어냈으며 발표 시간 내에 자신의 의견을 분명하고 명확하게 담아냄. 발표 내용과 방법 모두 훌륭한 모습임.

후속 활동으로 나아가기

▸ '관촌수필'만이 갖고 있는 문체의 특징을 찾아보고, 그것이 현재 내가 작품을 이해하는 데 어떤 영향을 주었는지 감상문을 작성해 보자.

▸ 책 내용 중 인상 깊은 부분을 쓰고, 그 이유를 이야기해 보자.

▸ 책을 읽고 지역 사회의 가치와 연대감에 대해 생각해 보고, 공동체 내에서 사회 구성원들이 서로 도울 수 있는 것들이 있는지 찾아 제안서를 써 보자.

▸ 노블레스 오블리주에 대해 알아보고, 소설 내용과 연결하여 우리 사회에서 노블레스 오블리주를 실현할 수 있는 방법을 찾아 탐구 보고서를 작성해 보자.

함께 읽으면 좋은 책

황석영 《삼포 가는 길》 문학동네, 2020.

문순태 《징소리》 새움, 2018.

이문구 《우리 동네》 민음사, 2005.

조세희 《난장이가 쏘아올린 작은 공》 이성과힘, 2024.

양귀자 《원미동 사람들》 쓰다, 2012.

방망이 깎던 노인

윤오영 ▸ 범우사

《방망이 깎던 노인》은 25편의 수필이 실려 있는 윤오영의 수필 집입니다. 그중 대표작인 〈방망이 깎던 노인〉은 무뚝뚝한 모습으로 방망이를 깎던 노인의 이야기를 통해 어떤 일이든 신중함을 기울이 며 최선을 다하는 삶에 관해 이야기하는 수필입니다.

작가 윤오영(1907~1976)은 교육가이자 수필가로, 호는 치옹입니 다. 보성고보에서 20여 년 동안 학생들을 가르치다가 1959년 50살 이 넘은 나이에 《현대문학》에 〈측상락〉을 발표하며 등단합니다. 이 후 20여 년 동안 끊임없이 작품을 발표하며 문단에 화제가 되기도 했습니다.

윤오영은 양정고보 재학 때 3년 후배인 피천득과 만나 오랫동안 교류한 것으로 알려져 있습니다. 윤오영의 수필 〈비원의 가을〉에 등장하는 '금아'가 피천득이며, 피천득의 수필집 〈인연〉에 나오는 '치옹'이 윤오영으로 각자의 작품에 나올 정도로 두 사람의 인연이 깊다고 합니다.

윤오영은 주로 토속적인 제재를 사용해 한국적 정신을 재창조하는 작품을 많이 썼습니다. 그의 수필에는 예부터 내려온 조상의 전통이 현대 사회의 여러 문제에 대한 해답이 될 수 있다는 그의 가치관이 잘 드러납니다. 주요 작품으로 〈참새〉, 〈마고자〉, 〈방망이 깎던 노인〉, 〈수필문학입문〉 등이 있습니다.

〈방망이 깎던 노인〉에서 화자는 동대문 맞은편 길가에 앉아서 방망이를 깎아 파는 노인을 만났던 40여 년 전 기억을 끄집어냅니다. 서울에 왔다가 집으로 가는 길에 방망이를 한 벌 사 가려고 하는데, 값을 비싸게 부르는 것 같아 깎아달라고 합니다. 그러자 노인은 방망이 하나 가지고 에누리하겠느냐며 비싸거든 다른 데 가서 사라고 타박합니다. 결국 그는 값을 흥정하지도 못하고 방망이를 잘 깎아나 달라고 부탁합니다.

노인은 처음에는 빨리 깎는 것 같더니 늦게까지 이리 돌려 보고 저리 돌려 보고 굼뜨게 깎습니다. 그만하면 다 된 것 같은데 자꾸 더 깎고 있어서 인제 다 됐으니 그냥 달라고 해도 노인은 못 들은 척 대꾸가 없습니다. 타야 할 차 시간이 빠듯해 오며 초조해져 그냥 달라고 하자 노인은 화를 버럭 냅니다. 기가 막혀 상관없다며 그냥 달라고 하자 노인은 안 팔겠다며 다른 데 가서 사라고 퉁명스럽게 말합니다. 지금까지 기다린 시간이 아깝기도 하고 어차피 차 시간도 늦어 마음대로 깎으라고 하자 노인은 누그러진 말씨로 물건이란 제대로 만들어야지, 깎다가 놓으면 안 된다고 답합니다. 그러더니 곰방대에 담배를 태우고 느긋합니다. 얼마 후에야 방망이를 들고 이리저리 둘러보더니 다 됐다고 내줍니다.

차를 놓쳐서 다음 차로 가야 합니다. 불친절한 데다 값도 비싸게 부르고, 무뚝뚝하기까지 한 노인을 생각하니 짜증이 납니다. 문득 뒤를 돌아보니 노인은 태연히 허리를 펴고 동대문 지붕 추녀를 바라보고 서 있습니다. 그 모습이 어딘가 노인다워 보여 기분이 누그러집니다.

집에 와서 방망이를 내놨더니 아내가 예쁘게 깎았다고 야단입니다. 이렇게 꼭 알맞은 방망이는 만나기 어렵다고 합니다. 그는 비로소 노인에 대한 태도를 뉘우치고 미안한 마음을 갖습니다. 죽기竹器를 만들거나 구증구포(찌고 말리기를 아홉 번씩 하는 일)로 약재를 만들 때도 옛날에는 만드는 이들이 장인 정신으로 만들었지만 요즘은 그런 것이 없습니다. 그렇게 만들었다는 말만 믿고 사는 것입니다. 옛날 사람들은 가격과 상관없이 물건을 만드는 순간에 집중했습니다. 그는 노인에게 사과하고 싶어 다시 동대문을 찾았으나 노인은 그

자리에 없었습니다.

　작품 속 방망이는 현재는 사용하지 않는 다듬잇방망이를 의미합니다. 옛날에는 세탁된 옷감의 주름을 펴고 부드럽게 만들기 위해 옷감을 방망이로 두들겨 손질해 입었습니다. 이때 두들기던 방망이가 다듬잇방망이입니다. 작가가 샀던 것도 바로 이것입니다. 주로 겹옷이나 솜옷, 침구류 등을 다듬이질했으며, 늦가을과 겨울철 밤 늦게까지 두 사람이 네 개의 방망이로 음률에 맞추어 옷감을 다듬는 모습은 우리의 풍속 중 한 장면이기도 합니다. 합성섬유가 발달하고 옷감의 후처리와 가공법이 발달하면서 다듬이 소리가 사라지고 이제 우리 주변에 다듬잇방망이를 보기도 힘듭니다.

　1977년에 발표된 《방망이 깎던 노인》은 자신이 맡은 일에 최선을 다하는 노인의 여유 있는 자세와 조급하고 이기적인 현대인의 모습을 대조하고, 현실에서 일어난 일을 담담하게 묘사하여 독자들에게 큰 공감을 받았습니다. 그 덕분에 꽤 오랫동안 국어 교과서에 수록되기도 했습니다.

　지금은 물건을 만드는 데 소요되는 시간을 기다릴 필요 없이 인터넷에서 원하는 물건을 클릭하면 순식간에 살 수 있습니다. '효율성'을 중시하는 사회에 살고 있는 우리는 시간을 조금이라도 더 아끼기 위해 빠른 배송을 선택하기도 합니다. '기다림'이 없는 시대입니다. 이런 시대에 '노인'처럼 오랜 시간을 들여 다듬고 매만지는 정성을 쏟는 장인 정신을 가진 사람은 찾기 힘듭니다. 작업에 대한 깊은 이해와 소양, 자신의 직업에 대한 애정을 가지고 꼼꼼하게 작업해야 장인 정신이 있다고 할 수 있습니다. 물론 장인 정신만 주장해서는 고객이 원하는 바를 빠르게 맞추기 힘든 세상입니다. 하지만 자신이 좋아하는 일에 푹 빠져 그 일에 정진하고 최선을 다하며 일의 가치를 지켜내는 사람들도 여전히 존재합니다.

《방망이 깎던 노인》을 통해 내가 진정으로 애정을 가지고 지속하여 할 수 있는 일이 무엇인지 생각해 보고, 그 일을 잘하기 위해서 어떻게 노력할 것인지 구체적인 방법을 찾아 한 단계 한 단계 노력해 나갈 수 있기를 바랍니다.

도서 분야	현대 수필	관련 과목	문학, 현대사회와 윤리, 인문학과 윤리	관련 학과	국어국문학과, 교육학과, 사회학과, 문화인류학과, 철학과, 심리학과

▶ 소재의 상징적 의미 살펴보기

노인	글쓴이
· 여유가 있으며 자신의 일에 자부심을 갖고 있음 · 자신의 일에 최선을 다함	· 성격이 급하고 경솔한 면이 있음 · 자신의 잘못을 인정하고 반성함
옛날 사람들	현대인들
· 장인 정신과 신용이 있음 · 훌륭한 물건을 만드는 것에 열중함 · 자신의 일에 보람을 느낌	· 장인 정신과 신용이 없음(비판적) · 양심껏 물건을 만들려고 하지 않음 · 물건으로 인한 이익에 보람을 느낌

▶ 작품의 주제 살펴보기

장인 정신은 한 가지 기술이나 일에 깊이 몰두하고, 그 분야에서 최고의 경지를 향해 끊임없이 배우고 연구하는 것을 말한다. 이는 대장장이, 미장이처럼 일정한 직업에 전념하거나 한 가지 기술을 전공해 그 일에 정통한 사람을 의미하는 우리 민족의 '–장이' 개념과 통한다. '방망이 깎던 노인(윤오영)'은 이런 장인 정신을 아름답게 표현한 작품이다. '노인'의 모습에서 장인 정신의 본질을 볼 수 있다. 장인 정신은 단순히 '물건을 만드는 것'을 넘어서 '완벽을 추구하는 정신'이라 할 수 있다.

현대 사회에서는 대규모 생산과 효율성 중심의 생산 방식으로 인해 장인 정신을 찾기 어렵다. 그러나 장인 정신이 완전히 사라진 것은 아니다. 여전히 그들의 기술과 전문성을 바탕으로 '질' 좋은 제품과 서비스를 제공하며 그들의 일에 열정과 애정, 자부심을 갖고 있는 장인들이 있다. 결국, 장인 정신은 끊임없는 학습과 연구, 완벽을 추구하는 태도, 자신의 일에 대한 깊은 사랑 등을 통해 최상의 '질'을 만들어 내는 것이다. 이러한 장인 정신은 우리 모두 배우고 실천해야 할 중요한 가치다.

현재에 적용하기

이 책에서 이야기하는 현대 사회의 모습과 우리가 지금 살고 있는 현대 사회의 모습을 비교해 보고 현대 사회의 특징에 대해 정리해 보자.

생기부 진로 활동 및 과세특 활용 예시

▶ **책의 내용을 진로 활동과 연관 지은 경우**(희망 진로: 문화인류학과)

'방망이 깎던 노인(윤오영)'을 읽고 장인 정신에 대해 다룬 영화와 다큐멘터리를 찾아 시청함. 이를 통해 장인은 문화 유산의 유지와 발전에 기여하며 장인의 작품은 지역의 문화적 특성을 반영하기에 지역 정체성 형성에도 중요한 역할을 한다는 것을 알고, 우리 지역의 고유한 문화적 유산은 무엇이 있으며, 그것을 발전시킬 장인이 누가 있는지, 그들이 추구하는 완벽함에 대해 토의함. 장인 정신에 대해 토의하고 고민한 내용을 바탕으로 에세이를 작성함. 장인 정신을 교육과 문화 정책에 반영해 젊은 세대들에게 이를 배울 기회를 제공하고, 장인들의 작품을 알리고 가치를 인정받을 수 있도록 해야 한다는 생각을 드러냄. 또 국가나 지역 사회에서 장인들의 작품을 알리고 그들의 가치를 인정받게 해서 장인 정신이 문화 전반에 뿌리내릴 수 있도록 해야 한다고 함. 이러한 장인 정신을 세계 각국과 교류하여 전 세계적인 문화로 만들면 좋겠다는 견해로 마무리하여 인류 문화에 대한 관심을 드러냄.

▶ 책의 내용을 사회 교과와 연관 지은 경우

'방망이 깎던 노인(윤오영)'을 읽고 사회 교과 시간에 '현대사회에 장인 정신이 필요한가'를 토론 주제로 선정하여 토론함. 현대 사회에도 장인 정신이 필요하다는 입장에서 자료를 조사하고 토론을 준비함. 사회가 발전하면서 어떤 일이든 끝까지 책임을 지기보다 그 순간 자신의 이익만을 추구하는 경향이 증가하였고, 이로 인해 장인 정신이 점점 쇠퇴했다는 문제를 제기함. 하나를 만들어도 제대로 만들겠다는 신념을 가진 노인과 빨리 만들어서 몇 번 사용하지도 않는 현대인의 모습을 대비시켜 그 결과, 현대 사회의 물건들은 오래 사용할 수 없고 금방 부서지거나 고장난다는 논지를 전개함. 자신의 견해를 담아 논리정연하게 발표하는 능력이 우수하며, 날카로운 시각으로 반대 측의 허를 찌르는 질문을 통해 토론을 성공적으로 이끎. 후속 활동으로 장인 정신 이야기를 다룬 다른 작품을 읽고, 소중한 자산인 장인 정신을 계승하기 위해 애쓰며 앞으로 어떤 일을 하든지 장인 정신을 갖고 임하겠다는 내용이 담긴 소감문을 작성함. 통합적 사고력과 다양한 관점을 이해하고 해석하는 능력이 뛰어난 학생임.

후속 활동으로 나아가기

▶ 누가 보지도 않고 알아주지 않아도 스스로 심혈을 다해서 하는 무엇인가가 있는지 생각해 보고, 그 일이 나에게 주는 영향에 대해 에세이를 작성해 보자.

▶ 수백만 원을 호가하는 명품 브랜드의 제품 가격은 그것을 만드는 장인들의 노력과 정성, 전통을 반영한 정당한 가격일까? 만일 그렇다면 그 근거는 무엇이고, 그렇지 않다면 그 근거는 무엇인지 토론해 보자.

▶ 노인은 가격 흥정도 거부하고, 화자의 재촉에도 담배까지 피우며 여유를 부린다. 훌륭한 실력을 가졌거나 가치 있는 물건을 취급하는 판매자가 공급자 중심의 마인드를 갖고 있을 때, 소비자는 그 물건의 가치를 생각해서 마땅히 그것을 감당해야 하는지 토의해 보자.

▶ 책 내용 중 인상 깊은 부분을 쓰고, 그 이유를 이야기해 보자.

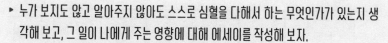

함께 읽으면 좋은 책

이희승 《딸깍발이》 범우사, 1999.

윤오영 《곶감과 수필》 태학사, 2022.

앤절라 더크워스 《그릿》 비즈니스북스, 2019.

게리 켈러 《원씽》 비즈니스북스, 2013.

팀 페리스 《타이탄의 도구들》 토네이도, 2022.

인 연

피천득 ▸ 민음사

한국인이 가장 좋아하는 수필가로 늘 거론되는 사람이 피천득 작가입니다. 《인연》은 피천득의 대표적인 수필집으로 안창호 선생, 이광수 작가, 주요섭 작가, 윤오영 작가 등 작가와 인연이 있는 사람들의 이야기가 담겨 있는 수필집입니다.

작가 피천득(1910~2007)은 영문학자이자 시인이며 수필가입니다. '금아'라는 호로도 잘 알려져 있는데, '금아'는 '거문고를 타고 노는 때 묻지 않은 아이'라는 뜻으로 춘원 이광수가 붙여준 것입니다. 피천득은 1930년 《신동아》에 〈서정소곡〉을 발표하면서 등단하였습니다. 그의 시는 자연과 동심이 소박하고 아름답게 녹아 있다는 평을 받았고, 수필은 섬세하고 간결한 언어로 일상생활을 그려

내 남녀노소에게 고루 사랑을 받았습니다. 그는 유명 작가였으나 평생 술과 담배를 하지 않았고 장식품 하나 없는 작은 아파트에서 소탈한 삶을 살았던 것으로 알려져 있습니다. 주요 작품집으로《수필》,《삶의 노래》,《인연》,《내가 사랑하는 시》등이 있습니다.

수필 〈인연〉의 이야기는 다음과 같습니다. 피천득은 가톨릭 성심 수녀회 한국 관구에서 운영하는 성심여대에 한 학기 출강한 적이 있습니다. 서울에 사는 그가 강원도 춘천시까지 다닌 것은 성심수녀회 소속인 주매분 수녀와 김재순 수녀가 자신의 집을 방문한 것에 대한 예의이기도 했지만, 각별한 인연이 있었던 '아사코' 때문이기도 합니다.

17살의 봄, 그는 일본에 있었습니다. 당시 도쿄 미우라라는 사람의 집에서 머물렀는데, 미우라 부부에게는 '아사코'라는 무남독녀 딸이 있었습니다. 당시 아사코는 성심수녀회 일본 관구에서 운영하는 가톨릭계 여학교인 세이신 여학원 초등학교 1학년이었습니다. 어린 아사코는 그를 오빠처럼 잘 따랐고, 그도 아사코를 여동생처럼 귀여워했습니다. 아사코는 그에게 자신의 신발장과 실내화를 보여주기도 했습니다. 그가 미우라 부부의 집을 떠날 때 아사코는 이별을 아쉬워하며 자신이 아끼던 손수건과 반지를 선물합니다. 그 후로도 그는 초등학교 1학년 즈음으로 보이는 여자아이를 보면 아사코를 떠올리곤 합니다.

세월이 흘러 그는 다시 일본을 방문해 미우라 부부 댁을 찾습니다. 초등학교 1학년이던 아사코는 세이신 여자대학 영문과 3학년이 되어 있었습니다. 꽤 오랜 세월이 흘렀음에도 아사코는 그와의 재회를 반가워합니다. 두 사람은 문학에 대해 한참 즐겁게 이야기하고, 세이신 여학원을 산책합니다. 이제 아사코는 더 이상 학교에서 실내화를 신지 않는다고 합니다. 산책 도중 아사코는 강의실에 두고 왔던 고운 연두색의 우산을 찾아옵니다.

다시 10여 년의 세월이 흐른 후, 그는 다시 미우라 부부 댁을 찾습니다. 그 사이 일본은 제 2차 세계대전에서 패전하고 한국은 광복과 6·25 전쟁을 겪었습니다. 미우라 부부가 그를 반겼지만 아사코는 없었습니다. 패전 후, 아사코는 전공을 살려 영어 통번역 일을 하다가 거기서 만난 남성과 결혼해 친정 근처에 살고 있다고 합니다. 미우라 부부에게 부탁해 다시 만난 아사코는 아직 30대의 젊은 나이이건만 백합처럼 시들어 가는 모습이었습니다. 두 사람은 악수도 없이 절을 몇 번씩 하며 헤어집니다.

그는 아사코와의 세 번에 걸친 만남과 이별을 추억하며 '세 번째는 아니 만났어야 좋았을 것이다'라고 생각합니다. 그리고 '오는 주말에는 춘천에 다녀오려 한다. 소양강 경치가 아름다울 것이다.'라고 이야기를 마무리합니다.

피천득 작가와 아사코는 세 번 만납니다. 만날 때마다 두 사람의 심리적 거리는 점점 멀어집니다. 첫 만남에서는 아끼던 것을 선물할 만큼 가까웠으나 두 번째 만남에서는 다소 거리감이 느껴지고, 마지막 만남에서는 악수도 없이 절을 하고 헤어집니다. 서로에게 닿는 면적이 줄어드는 만큼 친밀감도 조금씩 줄어듭니다. 《인연》은 발표되고 큰 인기를 얻었습니다. 《인연》의 인기가 얼마나 대단했냐면 2002년에는 수필의 실제 주인공 아사코를 소개하는 내용이 방송되었을 정도였습니다.

수필집 《인연》에는 수필에 대한 그의 생각이 담겨 있기도 합니다. 피천득에게 수필이란 바로 강렬하고 뚜렷한 무언가가 아니라 연륜과 여유 속에서 우러나온 삶에 대한 조용한 반성입니다. 작가와 아사코의 모습도 그렇습니다. 처음에는 인연이 강렬했을지라도 시간이 지날수록 심리적으로 점점 멀어집니다. 《인연》은 조용하고 차분하게 자신의 삶을 담담히 반성하는 것으로 시작해 한 발 떨어져서 자신을 관조하고 작은 것들의 소중함과 삶의 의미를 발견하게 합니다. 《인연》에 수록된 수필들은 정말 소중한 것은 바로 우리 가까이 있다고 이야기합니다.

피천득 작가는 소재를 주변에서 찾고, 소탈하고 간결한 문체를 사용해 우리에게 다정하게 사색을 펼쳐 놓습니다. 낮은 소리로도 사람들의 마음을 어떻게 사로잡는지 알고 있는 것처럼 절대 서두르지 않습니다. 수필을 통해 찬찬히 마음의 문을 두드립니다. 일상에 무뎌져 감성이 아무리 딱딱해졌다고 해도 그의 수필을 읽고 있노라면 자신도 모르게 마음이 말랑말랑해집니다. 그것은 작가의 천성적인 소박함 때문이기도 하지만 사소하거나 작은 것이라 해도 하나하나 눈길을 주고, 의미를 부여하는 작가의 따스한 인품 때문이기도 합니다.

　이 책을 통해 내 삶은 어떤 모습인지 관조적인 자세로 살펴보고, 나아가 자신만의 소중한 것들과 삶에 대한 사색을 펼쳐보면 좋겠습니다.

도서 분야	현대 수필	관련 과목	문학, 사회와 문화	관련 학과	국어국문학과, 교육학과, 사회학과, 심리학과, 문예창작과, 철학과

▸ 유사한 작품 살펴보기

'쉘부르의 우산'은 자크 드미가 감독하고 카트린느 드뇌브와 니노 카스텔누오보가 주연한 1964년 프랑스의 뮤지컬 영화다. 영상미와 음악이 훌륭한 영화로 칸 영화제에서 그랑프리를 수상한 작품이기도 하다. 영화의 내용은 이렇다. 영국 해협에 있는 노르망디 지방의 항구 도시 쉘부르. 우산 가게의 딸 주느비에브는 주유소에서 근무하는 자동차 수리공 기와 사랑에 빠진다. 주변의 반대에도 불구하고 둘은 행복한 미래를 꿈꾸지만, 기는 알제리 전투에 참가하고 두 사람은 원치 않는 이별을 하게 된다. 이미 주느비에브의 몸에는 새 생명이 자라고 있었고, 카사로가 아기의 아버지가 되겠다고 한다. 두 사람이 결혼한 지 9개월 후, 절름발이가 되어 돌아온 기는 주느비에브의 결혼에 상심하지만 마들렌과 결혼해 주유소를 차린다. 3년 후 쥬느비에브는 우연히 기를 만난다. 두 사람은 서로 얼굴만 쳐다보다가 쥬느비에브가 옆에 있는 아이를 가리키며 "당신을 닮았어요."라고 말하고 두 모녀의 자동차는 멀어진다.

수필 '인연' 중 아사코와의 두 번째 만남에서 작가의 기억에 남았던 연두색 우산과 주느비에브의 우산 가게, 시간이 지나면서 서서히 옅어지는 인연의 모습 등에 초점을 맞춰 작품을 감상하기를 권한다.

▶ 수필 갈래의 특징 살펴보기

피천득은 '수필'에서 수필을 '청자연적', '난', '학', '청초하고 몸맵시 날렵한 여인'에 빗대어 설명한다. 수필이 그만큼 우아하고 고결하다는 의미일 것이다. 또한 수필은 에너지가 넘치는 젊은이들이 쓰는 글이 아니라 중년의 고개를 넘어선 사람이 쓰는 글로, 마음을 산책하는 것이라고 말한다. 수필은 글쓴이의 생각이나 감정, 경험 등을 자유롭고 창의적으로 표현한 문학 장르이다. 그것은 작가의 개인적인 관점과 세계관을 통해 독자에게 감동이나 공감을 불러일으킨다는 의미다. 수필을 쓰기 위해서는 먼저 주변 세계를 세밀하게 관찰하고 소재를 찾아야 한다. 이를 바탕으로 깊이 이해하고, 자연스럽게 자신의 생각과 감정을 전하며, 독자의 공감을 불러오는 능력이 필요하다. 그래서 수필은 다른 갈래에 비해 솔직하고 담백한 편이다.

현재에 적용하기

이 책에서 이야기하는 인연처럼 우리 주변에도 인연이었지만 점점 멀어졌거나 반대로 인연이 아니라고 생각했는데 인연이었던 경우를 생각하고 내용을 덧붙여 보자.

생기부 진로 활동 및 과세특 활용 예시

▸ 책의 내용을 진로 활동과 연관 지은 경우(희망 진로: 국어국문학과)

책 읽는 것을 좋아하고 우리 문화와 예술에 관심과 흥미가 있으며 자신의 생각을 글로 쓰는 것을 즐기는 학생임. '인연(피천득)'을 읽고 사람 간의 인연에 대해서 생각한 감상문을 작성함. 우리 주변에 존재하는 수많은 인연에 대한 감사함과 함께 그 인연이 영원하지 않고 한계가 있어 느끼는 아쉬움을 친구를 사귀고 친해졌다가 헤어졌던 자신의 경험과 연계해서 씀. 자신의 아픈 경험을 솔직하게 써서 글에 공감하게 만듦. 이 경험을 바탕으로 앞으로 사람들과 어떤 인연을 맺을 것인지에 대한 자신의 결심을 다지는 부분이 인상적임. 평소 다양한 영역의 독서를 즐기는 학생으로, 감상적인 언어를 사용하여 자신의 의견이나 감정을 표현하는 것에 능숙하고 상황에 적절한 단어를 잘 선택하여 글이 잘 읽히도록 씀. 특히 한국 문학에 대해 관심이 많아, 이를 통해 사회에 기여할 방법을 탐색하려고 노력하는 모습이 인상적임.

▶ 책의 내용을 화법 교과와 연관 지은 경우

'인연(피천득)'을 읽고 서로 좋은 인연을 맺기 위해서는 바람직한 의사소통이 중요하다는 내용의 설득하는 글을 발표함. 효율적인 관계를 위한 바람직한 의사소통 방법으로 '나-전달법'을 제시함. 긍정적인 '나-전달법'의 정의와 종류, 3요소를 표현할 때 주의할 점 등을 이해하기 쉽게 발표하는 면이 돋보임. '나-전달법'으로 말하는 것이 '너-전달법'으로 말하는 것보다 갈등 관계를 해소하고 인연을 이어가는 데 도움이 되는 이유에 대해 구체적인 자신의 사례를 들어 발표하며 공감을 받음. 또한 '인연'에서 두 사람이 세 번에 걸쳐 만나는 동안 점차 두 사람 사이에 대화가 줄어드는 것을 통해 심리적 거리도 점차 멀어졌음을 읽어냄. 특히, 마지막에 '나'와 아사꼬가 악수도 없이 절을 했다는 부분을 통해 사이가 멀어질수록 반언어적 표현, 비언어적 표현도 갈수록 줄어들고 있음에 주목함. '인연' 속 작가와 아사꼬뿐 아니라 모든 사람들이 친밀도에 따라 반언어적 표현이나 비언어적 표현이 달라진다는 것을 이야기하며, 의사소통의 중요성과 의사소통에서 비언어적 메시지와 반언어적 메시지의 중요성을 강조함.

후속 활동으로 나아가기

- ▸ 주변의 사람들을 대상으로 그들이 경험한 가장 의미 있는 인연에 대해 인터뷰하고, 인터뷰한 내용을 바탕으로 '인연'에 대한 자신의 생각을 정리하여 소감문을 작성해 보자.
- ▸ 작가의 다른 작품들을 읽고 작가의 세계관을 더 깊이 이해해 보자.
- ▸ 작가의 다른 작품들을 읽고, 작가가 주로 사용하는 언어나 주제의 공통점을 찾고 이를 비교하는 서평을 작성해 보자.
- ▸ 자신의 경험을 담아 나의 '인연'에 대한 에세이를 작성해 보자.
- ▸ 마음에 드는 수필을 한 편 골라 필사해 보자.

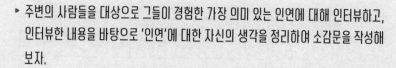

함께 읽으면 좋은 책

정찬주 《법정 스님 무소유, 산에서 만나다》 열림원, 2022.

피천득 《창밖은 오월인데》 민음사, 2018.

강철원 《나는 행복한 푸바오 할부지입니다》 시공사, 2024.

김지현 《우리의 정원》 사계절, 2022.

패트릭 브링리 《나는 메트로폴리탄 미술관의 경비원입니다》 웅진지식하우스, 2023.

이슬아 《일간 이슬아 수필집》 헤엄, 2018.

한국 현대희곡선

김우진, 김명순, 유치진, 함세덕, 오영진 외 5명 ▶ 문학과지성사

《한국 현대희곡선》은 한국 현대 희곡사의 시대정신과 연극 경향을 대표하는 희곡 10편이 수록된 책입니다. 시대별 대표 극작가들의 희곡 중에서도 작품성을 인정 받고 대중적인 지지를 얻은 희곡을 중심으로, 사실주의극과 비사실주의극이 균형 있게 담겨 있습니다. 유치진, 함세덕, 오영진, 차범석, 이근삼, 최인훈, 이강백, 이현화, 오태석, 이윤택 등 우리나라의 대표 극작가들의 작품을 통해 우리 희곡의 변천사까지 두루 살필 수 있는 작품집입니다.

《한국 현대희곡선》에는 유치진의 〈토막〉, 함세덕의 〈산허구리〉, 오영진의 〈살아 있는 이중생 각하〉, 차범석의 〈불모지〉, 이근삼의 〈국물있사옵니다〉, 최인훈의 〈옛날 옛적에 훠어이 훠이〉, 이현화의

〈카덴자〉, 이강백의 〈봄날〉, 이윤택의 〈오구_죽음의 형식〉, 오태석의 〈심청이는 왜 두 번 인당수에 몸을 던졌는가〉가 수록되어 있습니다.

한국의 신극은 1930년대 '극예술연구회'의 결성을 통해 확립되었습니다. 유치진, 이무영, 이서향, 함세덕 등은 초창기의 번역극과 소인극에서 탈피하고 창작극과 전문극을 적극 전개하여 근대 사실주의극이 성립되던 초기에 크게 기여했습니다. 7년간 기다린 아들이 유골로 돌아왔을 때 가족들의 분노와 초탈한 다짐을 다룬 유치진의 〈토막〉에서 드러났던 민족의 비애는 함세덕의 〈산허구리〉에서 일제 식민지하 바닷가 마을의 지독한 궁핍과 피폐한 삶의 모습으로 계승되어 나타납니다.

1940년대는 일제 강점기의 삶과 항일 투쟁 운동을 재구성하고 애국·애족 정신을 고취하는 작품들이 발표되는 한편, 오영진을 대표로 해방기와 전후 사회에 대한 풍자와 비판에 주력하기도 했습니다. 〈살아 있는 이중생 각하〉에서 오영진은 해방을 맞아 친일파에서 친미파로 변신하여 사회적 책임을 회피하고 기득권을 유지하고자 하는 기회주의자이자 반민족행위 부역자들의 탐욕성을 풍자하고 조롱하는 작품을 썼습니다.

이후 1950년대는 사실주의 경향을 띠면서 서구의 표현 기법을 다양하게 활용하며 발전해 나갑니다. 1950년대 중후반 차범석은 〈불모지〉를 통해 전후 현실의 모순을 사실적으로 재현하고 비판하는 데 주력하면서도 노동과 학업을 통해 미래를 준비하는 경운과 경재를 허황된 망상에 빠져 파멸한 경수, 경애와 대비시켜 미래에 대한 희망적인 전망을 제시했습니다.

1960년대는 근대 사실주의극에서 벗어나 다채로운 비사실주의극이 등장하는 전환기적 시기입니다. 당시는 연극계가 동인제 극단을 통해 부조리극, 서사극 등 다양한 형태의 탈사실주의극을 실험한 시대였습니다. 대표 작가는 이근삼이 있습니다. 그중 〈국물있사옵니다〉는 서사극 양식을 근간으로, 주인공이 관객 앞에 나서서 해설자의 역할을 합니다. 주인공은 자신뿐 아니라 대학교수를 버리고 초등학교 교사가 된 형과 열심히 노력해서 입사 시험에 합격한 동생 등 다른 등장인물을 소개합니다. 평범했으나 우연히 사장의 눈에 들어 수단과 방법을 가리지 않고 출세하게 된 자신의 극 중 상황을 형이나 동생의 모습과 대조하여 설명하며, 자신의 내면세계를 토로하기도 합니다. 이러한 연출은 당시로서는 매우 혁신적인 실험이었습니다.

이런 혁신적인 우화적 기법을 본격화한 극작가가 바로 이강백입니다. 이강백의 〈봄날〉은 모든 것을 가진 탐욕스러운 아버지와 거기에 불만으로 대응하는 7명의 아들들의 이야기인 '동녀 설화'라는 우화적 설정을 통해 아버지와 자식의 이야기를 동화처럼 설정하여 묘사하였습니다.

1970년대는 전통의 재창조와 실험 및 한국 연극의 정체성에 대한 자각이 일던 시기로, 현대 사회 및 정치 현실에 대한 비판, 분단 문제에 대한 관심, 전통의 현대적 재인식 등 다양한 주제를 다루었습니다. 최인훈의 〈옛날 옛적에 훠어이 훠이〉는 민중을 구하기 위한 아기 장수가 민중인 아버지의 손에 살해되는 비극적인 아이러니를 담아, 최인훈의 희곡 가운데 한국적 비극의 특징이 가장 잘 나타나는 작품으로 손꼽힙니다.

1970~1980년대 한국 연극계에서 전위적 연극실험에 가장 앞장선 극작가로는 이현화가 있습니다. 그는 극단적인 부조리성과 의사소통의 불가능성, 세계의 무자비한 폭력성 등에 대해 관심을 드러냈습니다. 그의 연극실험은 파격적이고 난해해 연극계에서 화제와 함께 논란의 대상이었습니다. 세조의 왕위 찬탈과 사육신의 항거를 통해 오늘날의 정치 현실에 대한 각성을 촉구하는 〈카덴자〉는 이현화의 대표작 중 하나입니다.

전통을 현대적으로 재창조하는 경향은 1990년대 말까지 이어집니다. 하지만 이제 비극성의 자리는 놀이와 신명이 차지합니다. 노모의 죽음과 장례 의식이라는 소재를 굿을 통해 신명의 현장으로 만든 이윤택의 〈오구_죽음의 형식〉, 고전 '심청전'을 모티브로 하여 현대 사회의 비극적 현실을 풍자하는 블랙코미디인 오태석의 〈심청이는 왜 두 번 인당수에 몸을 던졌는가〉 등을 통해 1990년대 연극의 특징을 확인할 수 있습니다.

이 책의 뒤쪽에는 한국 현대 희곡의 계보, 작가 연보 및 주요 작품 연보 등이 함께 수록되어 있으니 우리 한국 현대 희곡사의 전반을 두루 살펴보고 싶다면 참고하길 바랍니다.

희곡은 우리가 자주, 쉽게 접하는 장르가 아닙니다. 또 국어 수업 시간에 다른 갈래에 비해 깊이 있게 다루어지지도 않습니다. 하지만 희곡도 분명한 문학의 한 장르이고, 우리 사회의 모습을 담고 있는 문학 작품입니다. 희곡 한 편을 읽고, 그것이 실제화된 연극 공연을 보면서 희곡과 연극의 공통점과 차이점, 이 장르만의 특징도 생각해 보면 좋겠습니다.

도서 분야	현대 희곡	관련 과목	문학, 사회와 문화, 화법과 언어	관련 학과	국어국문학과, 교육학과, 사회학과, 음향공학과, 음향제작과, 전기공학과, 음악학과, 연극 영화과

고전 필독서 심화 탐구하기

▶ 희곡과 소설의 차이 살펴보기

희곡	소설
<ul><li>극 갈래</li><li>서술자가 없음</li><li>말과 동작으로 관객에게 보이기 위한 문학</li><li>객관적인 문학 형식</li><li>시간적, 공간적 제약 있음</li><li>등장인물의 수가 제한되고 인물의 성격 대립이 뚜렷함</li><li>흥미의 연속성에 제한 있음</li><li>대화(대사)로만 표현</li><li>현재 시제 사용</li></ul>	<ul><li>서사 갈래</li><li>서술자가 있음</li><li>독자에게 읽게 하기 위한 문학</li><li>주관과 객관을 겸한 문학 형식</li><li>시간적, 공간적 제약 없음</li><li>등장인물의 수나 성격에 제한 없음</li><li>길이에 제한 없음</li><li>서술, 묘사 및 대사로 표현</li><li>시제 제한 없음</li></ul>

▶ 희곡 갈래의 특징 살펴보기

희곡은 공연의 형태로 구현될 것을 염두에 두고 작성되는 예술의 한 분야다. 문자로 읽힐 때는 문학이지만, 무대 위에서 공연될 때는 예술의 한 부분으로 변모한다. 따라서 희곡은 문학성과 연극성이라는 두 가지 특성을 동시에 갖추고 있다. 희곡은 해설, 대사, 지문 등을 주요 요소로 하며, 주로 희극과 비극으로 구분된다. 희곡은 다른 문학 장르처럼 시대와 문화의 변화에 따라 다양한 양상을 보이며 발전해 왔다. 고전주의 희곡은 그리스와 로마 시대에 시작하여, 17세기 프랑스에서 주류를 이루었으며, 엄격한 제약이 특징이다. 낭만주의 희곡은 고전주의의 엄격한 제약에 반발하는 형태로 등장하였으며, 자유분방한 표현과 다양한 요소를 활용한 표현이 특징이다. 유럽에서 봉건제가 붕괴되고 소시민 사회가 형성되는 시기에는 낭만주의에 대한 반발로 사실주의가 등장했다. 사실주의는 평범한 서민을 주인공으로, 일상적인 대사를 사용하며, 우연이나 과장된 표현을 배제하는 것이 특징이다. 1차 세계대전 전후에는 인간의 내면에 초점을 맞춘 표현주의가 등장하였고, 이는 현대극의 시작으로 이어졌다.

현재에 적용하기

이 책에서 다루는 희곡 중 한 편을 실제 연극 공연으로 찾아보자.

생기부 진로 활동 및 과세특 활용 예시

‣ 책의 내용을 진로 활동과 연관 지은 경우(희망 진로: 음향제작과)

소리에 관심이 많고 소리에 세심한 주의를 기울이는 학생으로 '한국 현대희곡선 (김우진 외 9명)'을 읽고 연극 공연의 음향 효과를 총괄하는 음향 감독에 대해 조사하여 발표함. 음향 감독이 되기 위해서는 소리와 음악에 대한 감각과 더불어 극장의 음향 시스템에 대한 기술적 지식 및 오디오 공학에 대한 배경지식이 필요하다는 것을 강조함. 오디오는 효과적으로 듣기 위한 장치로 같은 음악이라도 오디오 부속품의 재료에 따라 음질이 다를 수 있음을 과학적으로 접근하며 설명함. 영화를 봐도 배경 음악에 따라 작품의 분위기가 달라지듯이 연극의 내용을 효과적으로 전하기 위해서는 배우의 연기도 중요하지만, 그것을 전달하는 음향의 역할이 크기 때문에 음향 감독의 역할이 특히 중요하다고 주장함. 자신의 장래 희망이 음향 감독으로, 대중적으로 음향 감독의 중요성이 부각되지 않는 것 같아 아쉽다며 앞으로는 영화를 보거나 연극을 관람할 때 음향 감독의 노고를 생각해 주면 좋겠다고 하여 학급 친구들에게 격려의 박수를 받음. 자신의 진로에 대해 진지하게 생각하고 탐구하는 모습이 인상적임.

▸ 책의 내용을 국어 교과와 연관 지은 경우

'한국 현대희곡선(김우진 외 9명)'을 읽고 책 속의 희곡 중 한 편을 실제로 읽어 나가는 연습을 함. 각자 역할을 맡아 상황을 상상하며 대본을 읽으면서 말의 어조나 빠르기, 크기 등에 따라 대사의 느낌이 달라지는 것을 느끼고, 이를 보고서로 작성함. 직접 대본을 읽어 본 경험이 없어서 처음에는 어색해했지만 막상 대본을 읽어 보니 재미있었고, 목소리를 내는 것에 자신감이 생겼다는 감상에서 진정성이 보임. 또, 다른 친구들의 감상을 들으면서 예술 작품이 사람들에게 어떤 영향을 주는지 생각하는 계기가 되었다는 소감문을 제출함. 대사를 잘 전달하려면 발음이 정확해야 한다는 것을 알고 표준 발음법 규정을 바탕으로 표준 발음을 연습함. 특히 단모음과 이중 모음을 구분하여 발음하던 중 단모음인 'ㅚ'와 'ㅟ'의 발음을 어떻게 해야 하는지, 연음은 어떻게 발음해야 하는지 등을 질문하며 진지하고 적극적인 자세로 희곡을 대하는 모습이 인상적임. 발음 연습을 한 뒤 대본을 읽을 때 대사 전달력이 향상됨. 이를 통해 올바른 발음을 하는 것의 중요성을 알고 앞으로도 올바른 발음을 통해서 의사 전달이 명확하게 되도록 하겠다고 결심함.

후속 활동으로 나아가기

▸ 실제로 연극 한 편을 보고 연극의 연출, 배우, 무대 디자인 등 다양한 연극의 요소를 살펴본 후 소감문을 작성해 보자. 친구들과 소감문을 공유하고 작품에 대해 서로 이야기 나누어 보자.

▸ 자신이 좋아하는 이야기나 상황을 바탕으로 연극을 상연한다고 생각하고 직접 희곡을 써 보자.

▸ 모둠별로 직접 쓴 희곡을 바탕으로 대본 작성, 감독, 배우, 무대 장치, 조명, 의상, 분장, 음향, 대도구 및 소도구 준비 등 각자 역할을 정해 실제 공연을 해 보자.

▸ 희곡과 소설이 어떻게 다른지 살펴보고, 희곡과 소설의 장단점에 대해 토론해 보자. 자신이 느낀 점을 바탕으로 희곡이라는 장르에 대해 소감문을 써 보자.

함께 읽으면 좋은 책

배삼식 《배삼식 희곡집》 민음사, 2015.
헨리크 입센 《인형의 집》 민음사, 2010.
윌리엄 셰익스피어 《햄릿》 민음사, 2001.
아서 밀러 《세일즈맨의 죽음》 민음사, 2009.

							이	근	삼	전	집

이근삼 ▸ 연극과인간

《이근삼 전집》은 우리 연극의 발판이 제대로 마련되지 못한 시기부터 연극을 정착시키기 위해 애써 온 희곡 작가 이근삼의 작품을 모은 것으로, 총 6권으로 이루어진 전집입니다.

작가 이근삼(1929~2003)은 극작가이자 영문학자입니다. 1957년 미국에서 영문 희곡 〈다리 밑Below the bridge〉, 〈끝없는 실마리The Eternai Thread〉로 극작가로 등단했고, 우리나라에서는 1960년 《사상계》에 단막극 〈원고지〉를 발표하며 등단했습니다. 〈원고지〉는 형식의 분방함과 풍자 및 비판의 대담성, 풍부한 상상력을 지닌 작품으로 평가받습니다. 그는 국내 연극계에서 거의 유일한 희극 작가이며, 동시에 한국 부조리극의 효시로 꼽히는 희곡 작가이기도 합니다. 주요 작품으로 〈원고지〉 이외 〈국물 있사옵니다〉, 〈아벨만의 재판〉 등이 있습니다.

이근삼은 사실주의 중심이던 우리 극drama문학에 기법적인 혁신을 꾀하여 전후 한국 연극계에 새로운 변화를 주도한 부조리연극의 대표 작가로 평가받습니다. 그는 작품마다 비상식적인 인물을 등장시켜 연극적인 재미를 추구하면서도 이근삼 특유의 풍자와 해학, 패러디 등을 사용해 사회 부조리와 현대인의 위선적인 삶을 파헤쳐 비판하는 작품을 주로 썼습니다. 특히 상투적이고 통념화되었던 연극의 시공간을 깨뜨려 시공간에 대한 개념을 확장시켰습니다. 그뿐 아니라 다양하고 극적인 제시 방법과 시간의 개념을 도입하기도 했습니다. 이러한 이유로 이근삼의 연극은 우리가 흔히 생각하는 연극의 모습과는 전혀 다른 모습을 보입니다.

그의 대표작 중 하나인 〈원고지〉에는 중압감에 시달리며 돈을 벌기 위해 원고를 번역하는 '교수', 교수가 번역한 원고를 돈으로 환산하는 일에만 열중하는 '교수의 처', 부모는 자신들에게 돈을 대주는 존재라고 생각하는 '장남'과 '장녀'가 등장합니다. 장녀가 이들을 관객들에게 소개하는 것으로 극이 시작되는데, 무대는 온통 원고지 무늬입니다. 교수는 허리에 쇠사슬을 매달고 원고 뭉치가 든 큼직한 가방을 들고 있습니다. 그는 중압감에 못 이겨 정신 착란 증세를 보이기도 합니다. 감독관이 나타나 교수에게 번역 원고 쓰기를 독촉하고, 아내는 원고지 한 장이 나올 때마다 그것을 돈으로 환산합니다. 그는 환상 속에서 젊은 날의 희망과 정열을 상징하는 천사를 만납니다. 교수는 꿈을 갈망하나 천사는 곧 사라져 버리고 감독관이 다시 나타납니다. 다시 나타난 감독관은 교수에게 번역하는 일을 독촉합니다. 교수는 또다시 기계적으로 번역합니다. 교수가 신문을 읽는데 그 내용이 과거와 똑같습니다. 교수는 번역하는 일에, 아내는 장녀와 장남에게 용돈을 주는 일에 쫓기는 가운데 감독관은 또다시 번역을 독촉합니다.

〈원고지〉는 겉으로 보기에는 평범한 대학교수와 가족의 이야기를 다루는 것 같습니다. 그러나 자세히 살펴보면 교수는 돈 버는 기계처럼 살아가고 가족들은 교수에게 돈을 벌어올 것을 강요하기만 합니다. 이런 이중성을 통해 작가는 삶의 의미를 상실한 채 무의미하게 살아가는 현대인의 일상과 현대 사회의 부조리한 현실을 드러냅니다.

이 작품은 대표적인 부조리극입니다. 갈등은 존재하나 그 갈등으로 인해 사건이 전개되는 것이 아니라 유사한 에피소드가 반복됩니다. 작품 속에서 시끄럽고 귀가 아픈 곡이 반복되거나 교수가 똑같은 내용의 신문을 보는 등 일상의 지루함과 무가치함을 나타내는 장면들은 그것들이 상징하는 의미를 전달하기 위해 희극적으로 과장됩니다. 이를 통해서 겉은 화려하지만 속은 불안한 현대인의 모습, 무의미한 일상이 반복되는 현대인의 삶을 보여주려한 것입니다. 거대한 조직 사회에서 개인의 의미는 점점 작아질 수밖에 없습니다.

〈원고지〉의 독특한 면은 또 있습니다. 원래 연극은 서술자가 없고 등장인물의 말과 행동을 통해 관객이 상황을 짐작하는 갈래입니다. 그런데 〈원고지〉에서는 장녀가 직접 관객에게 등장인물과 등장인물이 처한 상황을 설명합니다. 장녀가 서술자가 된 것입니다. 이것은 기존의 극에 없던 형태로, 등장인물이 직접 관객에서 설명하는 상황에서 관객은 자신이 보고 있는 극이 허구임을 인식하며 극의 내용에 몰입할 수 없게 됩니다. 작품을 보는 동안 내용에 푹 빠져서 감상해야 하는데, 누군가 계속 말을 거니 연극에 몰입하지 못하는 겁니다. 장녀가 말을 걸 때마다 관객들은 현실을 인식하게 됩니다. 이러한 작가의 의도적 장치로 관객들은 자신도 모르게 극의 상황에 거리를 두고 비판적으로 보게 되고, 연극과 실제 현실을 비교하게 됩니다.

연극평론가 유민영은 이근삼에 대해 과거의 리얼리즘적인 연극을 거부하고 무대 위에서 연극적 재미를 추구하는 작가라고 평합니다. 그의 작품은 셰익스피어나 몰리에르, 오영진 등의 과거 작품들과 다르며, 어떻게 보면 미국 희극 계열이면서도 우리 현실을 고발하는 연극을 보여준다고 말합니다.

이근삼의 희곡은 지나치게 연극적인 재미를 추구하며 현실을 풍자하여 일부 작위적인 면이 있고 다소 경박하다는 평을 받기도 했습니다. 그러나 1970년대에 들어서면서 관념적인 대사나 작위적인 부분들이 많이 줄고, 현실에 대한 풍자와 사회 문제를 바라보는 시선은 더욱 밀도 있고 날카로워집니다.

그가 우리 연극계에 남긴 가장 큰 업적은 한국 연극계의 상투적이고 통념화되었던 연극의 시공간을 깨뜨리고 새롭게 연극 공간의 개념을 확장시켰다는 점입니다. 특히 연극에 시간의 개념을 확대하고, 서사적 수법과 우화적 수법, 표현주의적 수법 등 다양한 극적 제시 방법을 도입한 점은 획기적으로 평가됩니다.

이 책을 통해 부조리극이 어떤 것인지 이해하고, 자신도 행동과 생각이 달라 모순되거나 스스로도 이해하기 어려운 상황에 놓인 적은 없는지 생각해 보면 좋겠습니다. 더 나아가 어떻게 사는 것이 옳은지에 대해 성찰하는 시간을 가지면 좋겠습니다.

도서 분야	현대 희곡	관련 과목	문학, 한국사, 화법과 언어, 문학과 영상	관련 학과	국어국문학과, 교육학과, 사회학과, 연극영화과, 사회복지과, 심리학과

고전 필독서 심화 탐구하기

▶ **희곡 속 소도구의 상징적 의미**

소도구	상징적 의미
원고지	무대의 배경과 교수의 옷을 꾸며 표준과 규격으로 정형화된 일상의 틀
철쇄	교수에게 가해지는 구속과 속박
쇠사슬과 굵은줄	교수의 허리를 감싸는 것으로, 현대인을 구속하는 과중한 업무와 책임감
회초리	현대인을 억압하고 규제하는 현대사회의 규율
시계	시간에 얽매인 교수의 구속된 삶
큰자루	교수 처의 탐욕
신문	비상식적인 일들로 반복되는 일상의 부조리함

▶ **부조리극 살펴보기**

부조리란 인생의 무의미, 무목적, 충동성 등을 총칭한 표현이다. '부조리극'은 1950년 대 현대 문명을 살아가는 인간 존재의 무목적성과 소통의 붕괴를 표현하는 연극 사조이 다. 부조리극은 사실주의극을 철저히 파괴해 반연극적 특성을 보여준다. 예를 들어 플롯 이나 스토리 개념의 부재, 자동인형과 같은 등장인물, 시작과 끝의 부재, 꿈과 악몽의 반 영, 논리적 맥락에서 벗어난 대상 등 연극 그 자체의 의미를 해체하여 부조리를 표현한다. 이러한 방법을 통해 현실의 부조리를 강조하는 것이다. 부조리극은 상황이 아무리 절망적이고 부조리하다 해도 인간은 결코 스스로의 존엄성과 실존을 잊어서는 안 된다는 의지를 강조한다. 이러한 부조리극의 특성은 상징주의, 표현주의, 초현실주의의 전통을 계승한 결과라 할 수 있다.

현재에 적용하기

이 책에서 등장인물들이 받는 억압이나 불공정함이 현대인의 삶과 어떻게 연계되는지 구체적인 현상이나 사례를 찾아 덧붙여 보자.

생기부 진로 활동 및 과세특 활용 예시

▸ **책의 내용을 진로 활동과 연관 지은 경우**(희망 진로: 사회복지학과)

이근삼의 희곡 '국물있사옵니다'를 읽고 감상문을 작성하여 발표함. 김상범의 출세기를 통해 배금주의, 출세주의와 진정한 성공의 관계에 대해 생각하고, 자신이 생각하는 진정한 성공의 의미를 사회복지학의 핵심 가치인 연대, 공동체 의식과 연계하여 설명함. 현재 우리 사회는 진정한 의미의 성공을 추구하기보다 김상범 같이 삐뚤어졌더라도 물질적으로 성공만 하면 된다는 생각이 만연한 것 같다며 여러 이유 중 하나로 과시와 소비 문화를 지목함. 이런 사회 요인이 개인의 가치와 행복을 왜곡하게 만들어 현대인들이 불안감과 스트레스가 커질 수 있다고 주장함. 이면에 소외된 사람들을 돌보고 사회 구성원들이 기본 욕구를 충족해서 정상적인 생활을 할 수 있는 사회에서 보다 많은 사람들이 자신의 삶에 행복을 느낄 수 있다며, 이러한 사회에서는 건전한 사회문화가 형성되어 과도한 과시나 소비 문화가 줄어들 것이라는 의견을 개진함. 진정한 성공은 사회적 연대와 공동체의 복지라고 강조하며 글을 마무리함. 자신의 생각을 논리적으로 펼치는 모습이 인상적임.

▸ 책의 내용을 국어 교과와 연관 지은 경우

'원고지(이근삼)'를 읽고 희곡을 분석하는 활동을 함. 처음에는 낯선 갈래의 작품을 분석하는 것을 어려워했지만 분석 도중 이해가 안 되는 부분은 교사와 친구들에게 질문하는 등 적극적으로 희곡을 분석함. 작품의 주제, 캐릭터, 플롯 등을 세밀하게 분석하여 자신만의 방법으로 작품을 해석함. 이 활동을 통해 희곡과 소설의 공통점과 차이점을 발견하고 희곡만의 특성을 이해함. 또 모둠원들과 각자 역할을 맡아 '원고지'의 대사를 연기하듯 읽으면서 등장인물들의 상황에 어울리지 않는 대사가 상징하는 의미에 대해 생각하는 시간을 가짐. 이를 통해 부조리극만의 특징도 파악하여 이근삼 작품만이 가진 특징을 찾아냄. 자주 접하지 않는 낯선 갈래의 작품으로 작품을 이해하는 것이 쉽지 않지만 포기하지 않고 끝까지 분석하는 모습을 통해 끈기를 엿볼 수 있었음.

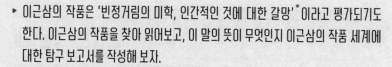

후속 활동으로 나아가기

▸ 이근삼의 작품은 '빈정거림의 미학, 인간적인 것에 대한 갈망'*이라고 평가되기도 한다. 이근삼의 작품을 찾아 읽어보고, 이 말의 뜻이 무엇인지 이근삼의 작품 세계에 대한 탐구 보고서를 작성해 보자.

▸ 영화 '모던 타임즈'를 보고, 이 영화에 등장하는 '찰리'와 '원고지'에 등장하는 '교수'의 공통점에 대해 생각하고, 비교하는 서평을 작성해 보자.

▸ 이근삼의 작품 중 한 편을 골라 읽고 그 작품에서 다루는 주제나 이슈가 자신의 삶과 어떻게 연결되는지 생각하여 감상문을 작성해 보자.

▸ 다른 부조리극 작품을 찾아보고, 작품의 주제를 중심으로 부조리극을 분석하는 보고서를 작성해 보자.

함께 읽으면 좋은 책

이근삼 《연극개론》 문학사상, 2004.

이근삼 《극작가 이근삼 교수의 연극이야기》 연극과인간, 2023.

박명진 《한국희곡의 근대성과 탈식민성》 연극과 인간, 2001.

배삼식 《배삼식 희곡집》 민음사, 2015.

배삼식 《3월의 눈》 민음사, 2021.

* 출처: 양승국, 〈이근삼론 – 빈정거림의 미학, 인간적인 것에의 갈망〉, 《문학사상》 1990, 1

							인	간	문	제

강경애 ▸ 문학과지성사

《인간 문제》는 1934년에 발표된 소설입니다. 일제 강점기 당시 한일 투쟁을 직접 다룰 수 없는 상황이었음에도 불구하고 농민 운동과 노동 쟁의의 문제를 정면으로 다루고 있는 작품입니다.

작가 강경애(1906~1944)은 여성 소설가이자 시인, 페미니스트, 노동운동가, 언론인입니다. 1931년 《조선일보》에 독자 투고 형식으로 소설 〈파금〉을 연재하였고, 잡지 《혜성》에 장편 소설 〈어머니와 딸〉을 발표하며 작가로 인정받았습니다. 어려운 살림살이와 병고, 그리고 간도에 살아 물리적으로 중앙 문단과 멀리 떨어져 있는 불리한 여건에도 불구하고 식민지 조선의 빈궁 문제에 관심을 기울이고 작품화하는 데 힘쓴 작가입니다. 자신이 어린 시절에 극심한 빈곤을 겪었기 때문인지 그의 소설은 빈민층의 현실을 그대로 묘사하되 군더더기나 미화가 없습니다.

강경애는 3학년 때 동맹휴학에 가담했다는 이유로 평양 숭의여학교에서 퇴학 처분을 받고 경성부 동덕여학교 4학년에 편입해 약 1년간 수학합니다. 그즈음 강경애는 와세다대 유학생이던 양주동과 만나 가까워지며 그와 연인 사이가 되었는데, 이때 문학적 자극을 받고 소양을 쌓게 됩니다.

"18세의 여학교 4년생으로 많은 문학사상 서류를 읽었다. 나의 권고로 근대문학십강을 졸업한 그녀는 다시 근대사상십육강을 흥미 있게 공부하더니 어떤 날 책점에서 다시 자본론과 맹자를 사 가지고 와서 나더러 가르쳐 달라고 졸라대었다. 엄청난 지식욕 탐구열이었다." 훗날 양주동이 강경애에 대해 이와 같이 떠올릴 정도로 그녀는 학문 탐구에 열정적이었습니다. 그의 주요 작품으로는 〈인간 문제〉, 〈지하촌〉이 있습니다.

소설 〈인간 문제〉의 주인공 선비는 용연 마을 소작농의 딸입니다. 선비는 자신의 아버지가 지주인 정덕호에게 죽은 사실도 모른 채, 덕호의 집에서 몸종으로 지냅니다. 정덕호는 선비의 미모를 탐내 서울로 공부 시켜주겠다는 등의 감언으로 선비의 순결을 빼앗습니다. 대학생 신철은 선비의 모습에 반하지만 고백하지 못합니다. 선비를 좋아하던 고향 청년 첫째는 타작마당에서 정덕호에게 반항하다가 소작인 자리를 빼앗기고 인천에 가서 부두 노동자가 됩니다.

선비 역시 서울에 올라와 간난이를 만나 인천의 방적 공장에 취직하여 새 삶을 시작합니다. 그러나 공장에서 고된 노동으로 혹사당한 선비는 폐병을 앓지만 계약이라는 멍에로 공장을 나올 수 없습니다. 자본가의 횡포와 노동자의 아픔을 극복하기 위해 비밀 작업을 추진하던 간난이는 선비에게 그 일을 맡기고 공장을 탈출합니다. 간난이가 나간 후 선비는 공장 감독의 유혹을 뿌리치며 일을 하다가 폐결핵이 악화되어 결국 죽고 맙니다.

신철은 정덕호의 딸 옥점과 결혼하라는 집안의 강권에 집을 나와 인천 부두에서 노동자 생활을 합니다. 인천 부두에서 첫째를 만난 신철은 부두 노동자 파업을 조직합니다. 검거된 신철은 감옥살이를 견디지 못하고 전향하고, 첫째는 '시커먼 주검'이 된 선비의 시체 앞에서 인간 문제는 신철 같은 지식인에게 구할 것이 아니라 노동자 스스로 해결해야 한다는 것을 느낍니다.

《인간 문제》는 1934년 6개월간 《동아일보》에 연재된 사회 고발적인 작품으로 작가는 "이 시대에 있어서 인간의 문제를 해결할 인간은 누구며, 그 인간으로 갈 바를 지적하려고 했다."고 밝혔습니다. 《인간 문제》는 1930년대 식민지 조선의 현실을 총체적으로 반영한 근대 소설사 최고의 리얼리즘 소설입니다. 항일 투쟁을 직접적으로 비판할 수 없는 시대였음에도 소설을 통해 농민 운동과 노동 쟁의 문제를 정면으로 다루었다는 점에서 의의가 큽니다.《인간 문제》는 한국소설의 약점이었던 소재의 빈약함을 극복했다는 점에서 높은 평가를 받는 반면, 소설 전반부의 배경인 농촌과 후반부의 배경인 공장의 연관성이 약해 글의 흐름이 작위적이라는 한계도 있습니다.

작가는 이 작품을 통해 1930년대 식민지 상황에서 인간으로서의 기본적인 생존권조차 확보할 수 없었던 한국의 참상을 가차 없이 고발하고 성토합니다. 작품의 전반부에는 정덕호 일가로 대표되는 착취계급과, 선량한 선비와 간난이, 첫째의 이야기를 대비해 친일 지주와 농민들 사이의 계급의 모순을 생생하게 묘사합니다. 작품의 후반부에는 주요 인물들이 인천이라는 공간으로 무대를 옮겨 일제를 상대로 한 노동 운동 이야기를 펼칩니다. 대동방적 공장 노동자로 일하는 간난이와 선비, 인천에서 부두 노동일을 하는 첫째, 노동자들의 의식을 조직화하는 신철 등의 모습을 통해 자본주의 사회의 모순을 그려냅니다.

대동방적은 실제로 1934년에 인천 만석정에 가동하기 시작한 동양방적을 모델로 삼았습니다. 동양방적은 현재 동일방적이라는 이름으로 운영되고 있습니다. 인천은 1930년대 이촌향도로 수많은 농민이 몰려들었던 곳입니다. 남자들은 일용직으로 부두에서 짐을 날랐고, 여자들은 방직공장에 들어가 일을 했습니다. 소설에는 그러한 1930년대 인천의 모습이 그대로 그려져 있습니다.

간난이와 선비가 방적 공장에서 노동하는 과정과 기숙사 생활, 노동을 착취하는 자본가의 술책, 공장 감독의 여공에 대한 성적 착취와 노동자 이간책, 노동 현장에서 느끼는 동지애 등에 대한 묘사는 작가가 그 장면을 직접 보지 않았다면 쓰기 어려울 정도로 자세합니다. 이러한 작가의 세심한 관심은 1970~1980년대 노동 문학의 효시가 되었다고 볼 수 있습니다.

요즘 세대를 연애, 결혼, 출산을 포기한 '삼포 세대'라고 말합니다. 《인간 문제》속 젊은이들의 삶의 모습도 오늘날과 크게 달라 보이지 않습니다. 소작할 밭조차 빼앗기고 가난을 증오하는 첫째, 교사의 아들로 살며 시대 모순을 해결하려 애쓰지만 이상과 다른 현실에 좌절하는 신철, 착하고 정직했던 선비. 이들의 모습은 과연 1930년대만의 모습일까요?

이 책을 통해 현 시대에 노동 문제가 어떻게 다루어지고 있는지 자료를 찾아보고, 자본주의 사회에서 노동자와 고용자 사이의 균형을 어떻게 유지할 수 있을지 성찰해 보면 좋겠습니다.

도서 분야	현대 소설	관련 과목	문학, 사회와 문화, 한국사, 현대사회와 윤리	관련 학과	국어국문학과, 교육학과, 사회학과, 법학과, 사회복지학과

▸ 제목의 상징적 의미 살펴보기

소설 '인간 문제'에서 '인간'은 인간 전체를 의미하는 것이 아니라 여주인공인 선비, 남주인공인 첫째, 여성 노동자인 간난이 등으로 대표되는 노동자들을 가리킨다. 이들은 지주나 공장 경영자로부터 온갖 박해를 받는 사람들이다. 이 소설은 이들 '인간'에게 어떤 문제가 있는지 들여다 보며 노동자인 인간의 문제는 결국 노동자 스스로 해결할 수밖에 없다고 말한다.

인간 문제의 근본 원인은 두 가지로 볼 수 있다. 첫째는 농촌 사회의 봉건적인 모순이다. 전반부에서 그려지고 있는 지주와 소작인 사이의 대립을 살펴보면 소작인들은 지주의 횡포에 대항할 힘이 없다. 그들은 횡포에 순응하거나 농촌을 떠날 수밖에 없다. 둘째는 자본주의 사회의 모순이다. 농촌을 떠나 도시의 노동자가 된 주인공들은 사회에 눈을 뜨며 주체적인 인간으로 변모한다. 그리고 현실의 모순을 의식한다. 인간이 문제를 해결하려면 스스로 나설 수밖에 없는 것이다.

▸ 시대적 배경 및 사회적 배경 살펴보기

1920년 회사령이 철폐되면서 조선에 일본 자본이 본격 침투하기 시작했다. 많은 공장이 설립되고, 노동자의 수도 늘어났다. 노동자들은 노동력을 착취당했는데, 특히 미성년자나 부녀자들의 경우 더 심하게 착취당했다. 이런 노동 조건을 극복하려는 노동자의 의지가 강해지고 사회주의 사상이 보급되면서 1923년부터 전국 각지에 직업별 노동조합이 본격 결성되기 시작하였고, 1930년대 전후로 노동 운동이 고조되었다.

1930년대는 남성 작가들의 활동이 주도적인 때로 일제의 검열이 삼엄하던 시기였다. 그 속에서 강경애는 부조리하고 비참한 당대의 현실을 사실적으로 형상화하며, 1930년대 문학사에서 여성 문학의 독보적인 위치를 확립한다. 당시 많은 작가가 현실을 외면하였으나 강경애는 그렇지 않았다. 농민의 비참한 실상을 고발하고 식민지 현실을 강하게 비판하였다. '인간 문제' 역시 당시의 농촌 문제, 노동 문제, 여성 문제 등을 총체적으로 다루고 있으며, 당대 최고의 리얼리즘 소설로 평가받고 있다.

현재에 적용하기

이 책에서 다루는 인간 문제가 현대에도 어떤 모습으로 나타나는지 구체적인 현상이나 사례를 찾아보고 덧붙여 보자.

생기부 진로 활동 및 과세특 활용 예시

▸ **책의 내용을 진로 활동과 연관 지은 경우**(희망 진로: 사회복지학과)

평소 사회에서 소외된 영역에 관심이 많고 다른 사람을 돕는 일에 보람을 느끼는 학생으로, '인간 문제(강경애)'를 읽고 그동안 소외받아 온 청소년 노동 문제가 주목해야 할 사회적 이슈라는 내용으로 보고서를 작성하여 발표함. 청소년 복지는 모든 청소년의 안녕과 복지 증진을 위해 중요하며 그중에서도 특히 청소년 노동은 청소년 복지의 사각지대에 놓여 있다고 지적함. 청소년 노동과 관련하여 최저임금 미지급 문제, 과도한 노동 시간, 위험한 노동 환경 등의 문제를 제기하며 청소년들도 노동자로 정당한 권리를 인정받아야 한다고 주장함. 이를 해결하기 위해 청소년들도 노동자로서 권리를 알아야 하며, 권리를 지키기 위한 노력과 사회적 지원 체계가 필요하다는 점을 강조함. 이러한 문화가 형성되어야 청소년들이 제대로 된 노동자로 성장할 수 있다고 강한 어조로 말함. 노동자로서 청소년의 권리 보호를 위해 청소년 보호법과 노동법의 규정을 설명하여 학급 친구들의 관심을 받음.

‣ 책의 내용을 경제 교과와 연관 지은 경우

'인간 문제(강경애)'를 읽고, 우리 사회에서 청소년들이 직면하는 다양한 청소년 노동권 침해 문제에 대해 고민하고 특히 청소년 아르바이트와 관련한 불공정 근로계약 사례에 대해 토의한 후 감상문을 제출함. 최저시급 및 근로 시간 미준수, 청소년 신분에 적합하지 못한 일자리와 같은 사례를 조사하고 해결 방법에 대해 경제적인 관점이 드러나게 서술함. 실제 아르바이트를 한다고 가정하고 근로기준법 중 청소년 근로자 보호 규정에 맞춰 근로계약서를 작성해 보며 노동시장에서 자신의 권리를 보호하는 방법과 노동 착취를 당했을 때 대응 방법에 대해 고민함. 해결 방안을 찾기 위해 교과서를 찾고 관련 법을 살펴보는 등 권리를 찾기 위해 적극적으로 탐색함. 노동 문제를 올바로 해결하기 위해서는 법률이나 제도를 보완하는 등 사회적 차원의 지원과 더불어 고용주 의식 함양과 청소년 스스로 노동에 대한 올바른 인식 개선 등 정부, 기업가, 노동자, 소비자가 모두 자신에게 주어진 책임을 다하고 바람직한 역할을 해야 한다는 결론을 내림. 또한 경제 활동과 노동자의 권리에 관심을 가지고 실제 생활에서 노동자들의 권리 보호가 이루어지도록 해야겠다는 내용으로 감상문을 마무리함.

후속 활동으로 나아가기

▸ 소설의 등장인물 중 가장 공감이 가는 인물을 선택하고 그 인물을 중심으로 감상문을 작성해 보자.

▸ 1930년대 식민지 시기 조선의 노동 상황에 대해 살펴보고 보고서를 작성해 보자.

▸ 현재 우리 노동 문제와 1930년대 노동 문제를 비교하여 공통점과 차이점을 중심으로 보고서를 작성해 보자.

▸ 인간의 문제가 계급의 문제라는 소설의 결말에 대해 비판적인 자세로 감상문을 작성해 보자.

▸ 선비의 모습을 통해 당시 여성 인권에 대해 생각해 보고, 현재의 여성 인권과 비교하여 여성 인권이 나아가야 할 방향에 대해 논설문을 작성해 보자.

함께 읽으면 좋은 책

전국국어교사모임 《강경애를 읽다》 휴머니스트, 2021.

존 스타인벡 《분노의 포도》 홍신문화사, 2012.

이문구 《장한몽》 랜덤하우스코리아, 2004.

조세희 《난장이가 쏘아 올린 작은 공》 이성과힘, 2024.

김진숙 《소금꽃나무》 후마니타스, 2007.

아네르스 포그 옌센, 데니스 뇌르카르크 《가짜 노동》 자음과모음, 2022.

조남주 《82년생 김지영》 민음사, 2016.

시용향악보

김명준 역 ▸ 지식을만드는지식

《시용향악보》는 조선 시대 궁중에서 편찬한 향악 악보입니다. 편찬 시기에 대해서는 여러 견해가 있으나 대략 연산군 10년(1504) 전후에 편찬된 것으로 추측합니다. 향악은 삼국 시대와 고려를 거쳐 조선 시대까지 전해 오던 우리의 전통 음악 체계로, 삼국 시대에 유입된 당나라의 '당악'이나 송나라의 '아악'과는 구별되는 우리 고유의 음악을 말합니다.

《시용향악보》는 《악장가사》, 《악학궤범》과 함께 우리의 대표적인 전통 음악서로 꼽힙니다. 모두 궁중의 제례 및 연향을 위한 목적으로 조선 시대에 한글로 편찬된 악보집입니다. 그중 《악학궤범》은 조선 성종 때 성현, 유자광 등이 왕명에 따라 펴낸 음악책으로 음악의 이론과 제도 및 법식을 주로 다룹니다. 《악장가사》는 고려 시대부터 조선 초기까지의 속악*과 가곡을 수록하였고, 《시용향악보》와는 달리 순수하게 가사만을 모아둔 책입니다. 가사는 한글로 표기하고 필요한 것만 한자로 두었습니다.

《시용향악보》는 조선 전기에 만든 향악보로, 음악의 곡조를 중심으로 정리되었습니다. 이 책에는 향악 총 26수가 수록되어 있는데, 특히 《악장가사》, 《악학궤범》에 들어 있지 않은 고려 가요가 상당수 수록되어 있어 한국 고전 전통 음악사 및 고전음 연구에 있어 그 가치가 매우 크다고 할 수 있습니다.

《시용향악보》에 수록된 악보는 모두 '세종실록 악보'와 마찬가지로 음의 높낮이와 음의 길이, 음의 세기와 음의 빛깔 네 가지를 기준으로 만든 악보인 육대강 십육 정간보를 채택하고 있습니다. 여기에 매 강을 4행으로 구분해 제1행에 음의 높낮이를 기록한 오음악보를, 제2행에 북이나 장구 등으로 박자를 치는 장고법을, 제3행에 손으로 박자를 치는 박법을, 제4행에 가사를 넣었습니다. 이는 어떤 악기를 어떤 박자로 쳐야 하는지까지 자세히 알 수 있게 한 것으로, 정간보에서 한 단계 발전한 악보 책이라고 할 수 있습니다.

---

* 당악이나 아악과 구분하여 우리 고유의 전통 궁중 음악을 이르는 말로, 고려 이후로는 '향악'과 같은 뜻으로도 쓰였다.

《시용향악보》에 수록된 곡에는 악장樂章, 사詞, 단가短歌, 가사歌詞, 창작가사創作歌詞, 민요民謠, 무가巫歌 등 다양한 갈래가 포함되어 있습니다. 이 가운데 몇 편을 제외하고는 가사는 초장만 제시되어 있으며 모두 국문으로 기록된 것이 특징입니다.

우리에게 많이 알려진 작품으로 태조 2년 정도전이 지은 것으로 태조의 무공과 조선의 창업을 찬양하는 〈납씨가〉, 자식을 위해 모든 것을 내어주는 어머니의 사랑을 노래하는 〈사모곡〉, 임을 떠나보내는 여인의 심정을 담은 〈서경별곡〉, 임과의 영원한 사랑에 대한 소망을 담은 〈정석가〉, 속세를 떠나 청산과 바닷가를 헤매며 인생의 비애를 노래하는 〈청산별곡〉, 임과 이별하는 애절한 마음을 나타내는 〈귀호곡〉 등이 있습니다.

이 중 문학성과 창작성이 뛰어난 고려 가요 중 하나인 〈서경별곡〉을 살펴보겠습니다. 〈서경별곡〉의 화자는 서경에 살고 있습니다. 서경은 지금의 평양입니다. 화자는 사랑하는 사람이 서경을 떠난다는 이야기를 듣고 자신이 아무리 서경을 사랑한다 해도 사랑하는 사람을 따라가겠다고 합니다. 길쌈하던 베를 버리고서라도 사랑하는 이를 따라가겠다고 하는 걸 보면 시적 화자는 아마 여성인 듯합니다. 그리고 무척이나 적극적이고 능동적으로 보입니다.

여인은 사랑하는 사람을 향해 다시 한번 사랑을 다짐합니다. 구슬이 바위에 떨어지면 구슬은 깨질지언정 구슬을 꿰고 있는 끈은 끊어지지 않는 것처럼 사랑하는 사람과 떨어져서 천 년을 살아도 사랑하는 사람에 대한 마음이 끊어지지 않을 것이라고 말합니다. 사랑하는 사람이 배를 타고 대동강을 건너 떠나려 하자 이번에는 화살을 사공에게로 돌려 사공에게 그의 아내가 바람이 날 거라며 괜한 화풀이를 합니다. 대동강을 건너면 다른 예쁜 여인들이 많을 텐데 사랑하는 사람이 자신을 버리고 다른 여인을 사랑할까봐 질투하는 마음과 원망을 드러내기도 합니다. 사랑하는 마음과 질투하는 마음이 복잡하나 이별을 되돌릴 수는 없습니다.

이렇듯 어쩔 수 없는 이별의 상황에서 복잡하고 속상한 마음을 '이별의 정한'이라고 합니다. 이 '이별의 정한'은 한국 문학에서 전통적으로 내려오는 정서입니다. 고대가요 〈황조가〉, 〈공무도하가〉부터 고려 가요 〈가시리〉, 〈서경별곡〉, 그리고 김소월의 〈진달래꽃〉에 이르기까지 사랑하는 사람과 헤어진 절절한 마음을 노래하는 이러한 '이별의 정한'은 한국 시가 문학에서 주요한 주제 중 하나입니다.

《시용향악보》에 수록된 노래들은 대부분 〈서경별곡〉처럼 남녀 간의 사랑을 다루거나 삶의 고뇌를 다룬 작품이 많습니다. 대부분 평민 사이에서 유행하던 노래가 궁중의 속악 가사로 수용되었던 것이라 평민들의 정서가 많이 나타납니다. 민요가 바탕이 되었기에 주로 민요와 비슷한 3음보의 율격을 지니고 있고, 민요가 짧아 여러 민요를 합하면서 이들을 각각 한 연으로 만들어 대부분은 연이 나누어져 있습니다. 또 이들 사이에 공통된 느낌을 주기 위해 같은 후렴구를 붙이는 경우가 많습니다. 〈서경별곡〉에 '위두어렁셩 두어렁셩 다링디리', 〈청산별곡〉에 '얄리얄리 얄라셩 얄라리 얄라' 등이 반복되는 후렴구입니다. 이는 흥을 돋우거나 운율을 맞추기 위해 의미 없이 붙인 소리로, 주로 울림소리로 이루어져 있습니다.

《시용향악보》는 다른 문헌에서 발견할 수 없었던 연향 악곡의 가사를 기록하고 있어 한국 문학과 음악사에 있어 귀중한 자료라 할 수 있습니다. 또 고려 시대 것이 많아 국문학과 민속학 연구에 매우 중요한 자료이기도 합니다. 이 책을 통해 우리 선조의 음악에 대해 이해하고, 이것이 현재 우리의 삶과 어떻게 연계되는지 성찰하는 시간을 가지면 좋겠습니다.

도서 분야	고전 시가	관련 과목	문학, 한국사	관련 학과	사학과, 국어국문학과, 교육학과, 사회학과, 국악학과, 음악학과, 문예창작학과, 문화콘텐츠학과

▶ 고려 시대의 궁중음악 살펴보기

고려 시대에 국가에서 관장하며 궁중에 전승되던 음악에는 아악, 당악, 속악(향악)의 세 가지가 있다. 이 음악들은 각각 다른 목적과 행사에 사용되었으며, 그 특성과 연주 방식에도 차이가 있다. 아악은 국가의 공식적인 행사나 왕가의 제사에서 사용하던 음악으로 매우 엄격하고 까다로운 절차에 따라 연주되었다. 아악은 국가의 중요한 의식에서만 연주되어 신성함과 권위를 나타냈다.

그에 반해 당악과 속악(향악)은 공식적이지 않은 행사 때 쓰이던 음악이다. 당악은 중국에서 들어온 음악을 칭하며, 속악(향악)은 국내에서 불리던 것을 궁중에 편입한 음악을 의미한다. 당악은 주로 악기 연주 중심으로 연주되었고, 속악(향악)은 당악과 대비되는 개념으로 비교적 자유로운 형식과 다양한 악기를 사용하여 연주되었다.

아악, 당악, 속악은 고려 시대 문화와 예술에서 중요한 역할을 하였다. 특히 당악은 중국과의 교류를 통해 문화적 수용과 창조적 계승을 이루었음을, 속악은 국내의 음악과 외래 음악이 조화를 이루었음을 보여준다. 즉, 고려 시대 음악은 중국의 문화적 영향을 자주적으로 수용하고 창조적으로 계승해 독자성을 구축해나갔음을 알 수 있다.

▶ 고전 시가 살펴보기

고전 시가는 시대에 따라 크게 고대가요, 향가, 고려 가요, 시조, 가사로 나누어서 살펴볼 수 있다. 고대가요는 고대 부족 국가 시대~삼국 시대 초기의 시가이다. 아직 음악과 춤 등의 예술이 분화되지 않은 원시 종합예술에서 발생한 노래로, 서사와 시가가 완전히 분리되지 않았다. 주로 집단 노동요나 의식요 위주의 노래(〈구지가〉)가 많았으며, 이후에 개인 서정 가요 위주(〈황조가〉)로 창작되었다. 고전 시가는 배경 설화가 함께 전해지며 구전되다가 후대에 한문으로 번역되었다. 향가는 신라 시대~고려 초기의 시가이다. 한자를 주체적으로 수용한 향찰로 표기되었으며 4구체(〈서동요〉), 8구체(〈모죽지랑가〉), 10구체(〈찬기파랑가〉, 〈제망매가〉 등)의 형식을 띠고 있고 이 중 가장 완결된 형태는 10구체이다. 10구체 향가는 이후 창작되는 시조의 기본 틀이 된다. 고려 가요는 고려 시대 평민들이 부르던 민요로 '고려속요', '여요'라고 부르기도 했다. 주로 남녀 간의 사랑이나 이별을 노래한다. 연이 나뉘고, 후렴구가 있는 것이 특징이다. 시조는 고려 말부터 발달했으며 정형시이고, 가사는 시가와 산문의 중간 형태로 길이에 제한이 없다.

현재에 적용하기

이 책에서 적용되는 우리 민족의 주체적인 의식이 현대에는 어떻게 나타나는지 구체적인 현상이나 사례를 찾아 덧붙여 보자.

생기부 진로 활동 및 과세특 활용 예시

▸ **책의 내용을 진로 활동과 연관 지은 경우**(희망 진로: 문예창작과)

평소 감수성과 상상력이 풍부한 학생으로, 자신의 생각을 글로 표현하고 이야기로 만드는 것에 관심이 많음. '시용향악보'을 읽고 전통 음악에 대해 살펴보고 이를 바탕으로 비슷한 형식의 모방시 쓰는 활동을 함. 어떤 작품의 모방시를 쓸 것인지 작품을 정하고, 그것과 어울리는 주제를 선정하기 위한 모둠활동을 하며 자신의 생각을 조리있게 정리해서 이야기를 나눔. 전통 음악에 맞는 말의 리듬을 만들기 위해서 국어사전을 찾는 등 적극적인 태도로 가사를 만들고 다듬은 후 모둠원들과의 피드백을 통해 작품의 수준을 높여감. 기발한 아이디어와 감수성으로 인상적인 모방시를 써서 모둠별로 시를 낭송하며 발표할 때 가장 큰 박수를 받음. 모둠원들과 다양한 아이디어를 주고받으며 창의적으로 음악을 만드는 과정이 즐거웠으며, 고전 작품도 생각보다 재미있었다는 소감 글을 작성함. 적극적으로 모둠 활동에 참여하는 모습이 돋보임.

▶ 책의 내용을 수학 교과와 연관 지은 경우

'시용향악보'을 읽고 악보 속에 숨겨진 수학적 원리를 탐구하는 활동을 함. 음악 속의 음계, 리듬 등은 일정한 규칙성을 가지고 있어서 수학과 밀접한 관계가 있음을 주장하며 수학자이자 철학자인 '피타고라스'의 예를 듦. 피타고라스와 그의 제자들이 수학을 이용해 '도레미파솔라시'의 기초가 되는 '피타고라스 음계'를 만들기도 했으며 악기에 달린 현의 길이와 진동수 사이에도 일정한 수학적 관계가 있다는 것을 발견했다는 내용을 설명함. 베토벤, 쇼팽 등 음악의 거장 중에서 음악을 만들면서 피보나치 수열을 응용한 경우가 있으며, 음악을 연주하기 위해 사용하는 악기마다 파형과 파동의 세기, 주파수 등이 달라 작곡을 잘 하려면 음악만이 아니라 수학적 감각도 있어야 한다고 주장함. 음악과 수학은 떼려야 뗄 수 없는 관계이며 수학은 단순히 숫자와 공식에 한정된 학문이 아니라 체계적인 사고를 배우고 문제를 해결하는 능력을 키우며, 예술적 창의력을 발휘하는 데 기반이 되는 학문이라고 강조함. '음악은 감성의 수학'이라고 말해 학급 친구들에게 깊은 인상을 남김.

후속 활동으로 나아가기

- ▸ '시용향악보'에 있는 노래 중 하나를 골라 모방 시를 작성해 보자.
- ▸ '시용향악보'에 있는 작품 중 하나를 선정해 노랫말의 내용을 분석해 보자.
- ▸ 고려 시대와 조선 시대의 운문 문학의 흐름에 대해 찾아보고 보고서를 작성해 보자.
- ▸ 한국 문학사를 다룬 책을 읽고 '시용향악보'의 위상을 찾아본 후 감상문을 작성해 보자.

함께 읽으면 좋은 책

하태준 《이토록 친절한 문학 교과서 작품 읽기》 다산에듀, 2018.
류수열 《청소년을 위한 고전소설 에세이》 해냄, 2020.
강태형 《교과서가 쉬워지는 이야기 한국사 : 고대 - 고려》 유아이북스, 2024.

호질 양반전 허생전

박지원 ▸ 범우사

《호질 양반전 허생전》은 조선 후기 양반들의 부조리한 모습을 풍자한 박지원의 한문 소설을 모은 책입니다. 〈호질〉은 범의 입을 통해, 〈양반전〉은 부자의 입을 통해, 〈허생전〉은 허생의 입을 통해 각각 당대 사회에 대한 작가의 비판적 의식을 드러내고 있습니다.

이 소설을 쓴 이는 앞서 《열하일기》에서 소개한 연암 박지원 (1737~1805)입니다. 그는 실학자이면서 소설가이기도 했습니다. 문학을 통해 양반들의 탁상공론을 비판하는 한편, 독창적인 사실적 문체와 비판적인 시각으로 자신만의 문학 세계를 확립했습니다. 그는 실학뿐만이 아니라 문학 작품을 통해서도 부조리한 현실을 풍자하며 시대의 변화를 촉구했습니다.

소설 〈호질〉의 내용은 다음과 같습니다. 어느 고을에 학자로 존경받는 북곽 선생이라는 선비가 있었습니다. 어느 날 동리자라는 과부와 밀회를 즐기고 있었는데, 성이 다른 과부의 다섯 아들들이 북곽 선생을 천 년 묵은 여우로 의심하여 방으로 쳐들어오고 북곽 선생은 도망치다가 똥구덩이에 빠지고 맙니다. 때마침 마을에 내려온 범이 북곽 선생의 위선적인 모습과 인간들의 파렴치한 행동 등을 꾸짖고 사라집니다. 이에 북곽 선생은 머리를 조아리며 목숨을 애걸하는데, 새벽에 일하러 나온 농부가 이 모습을 보고 의아하게 생각하며 북곽 선생에게 연유를 묻습니다. 북곽 선생은 범이 사라진 것을 알고 또다시 위선적인 선비의 모습으로 자기변명을 합니다.

〈호질〉은 북곽 선생과 동리자의 이중적인 행동과 의인화된 존재인 '범'의 말을 통해 당시 양반 계층의 부패한 도덕 관념과 허위의식, 짐승보다 못한 인간의 부도덕성을 풍자합니다. 명망 높은 유학자로 존경받는 북곽 선생과 열녀로 추앙받는 동리자의 위선적인 행동을 통해 당시 사대부 계층의 부패를 신랄하게 비판한 것입니다. 북곽 선생이 범 앞에서 보이는 비굴한 모습과 농부 앞에서 보이는 위선적인 모습을 통해 끝까지 위선과 허세를 버리지 못하는 이중성도 꼬집습니다. 동시에 범이라는 의인화된 대상을 통해 북곽 선생을 꾸짖는데, 이때 범은 성리학적 이념만을 중시하는 사대부의 관념성과 부도덕성을 비판해 온 연암을 대변합니다.

〈양반전〉은 정선군에 사는 어질고 학식이 풍부한 한 양반의 이야기입니다. 이 양반은 해마다 관가에서 환곡(조선 시대에 각 고을에서 백성에게 꾸어 주던 곡식)을 타다 먹었는데, 그것이 천 석에 달했습니다. 강원도 감사가 이 사실을 알고 노하여 그 양반을 잡아들이라 명하고, 이를 갚을 도리가 없는 양반은 밤낮 울기만 합니다. 이때 자신의 신분을 한탄하던 부자 평민이 양반의 환곡을 대신 갚아주고 양반 신분을 사겠다고 나섭니다. 군수는 부자를 칭송하며 이 거래의 증서를 써주겠다고 합니다.

군민들이 모인 자리에서 군수는 양반이 지켜야 할 사항을 하나하나 읊으며 매매 증서를 작성합니다. 양반은 돈을 만지지도 말고, 더워도 버선을 벗지 말고, 추워도 견뎌야 한다며 양반의 의무에 관해 이야기하자, 부자는 자신의 기대와 다른 내용에 불만을 표합니다. 이번에는 군수가 양반들의 권리를 열거하며 양반은 농사도 안 짓고, 장사도 안 하며, 남의 소를 뺏어 먼저 땅을 갈 수 있다고 하자, 이를 들은 부자는 결국 양반의 삶이 도둑의 모습과 다르지 않다며 양반이 되기를 포기합니다.

〈양반전〉은 조선 후기 양반 사회를 신랄하게 풍자한 단편 소설로, 연암의 작가 의식을 잘 드러낸 작품입니다. 연암은 양반 신분을 사고파는 모습을 통해 무능력하고 무위도식하면서 평민들에게 횡포를 부리는 양반들의 실체를 통렬하게 비판합니다. 동시에 양반의

생기부 고전 필독서 30 한국문학 편

특권 의식을 선망해 신분 상승을 노리는 평민 계급에 대한 비판 의식도 드러냅니다. 이 소설에는 양반 계층이 몰락하고 신분 질서가 흔들리던 당시 사회상과 함께 양반들의 참모습을 찾고자 하는 작가의 절박한 심정도 담겨 있습니다.

〈허생전〉은 남산 아래 묵적골에 살며 책 읽기만 즐겨하던 허생의 이야기입니다. 허생은 생활고를 견디지 못한 아내의 질책을 듣고 장안의 부자인 변 씨를 찾아갑니다. 그에게 빌린 만 냥으로 과일과 말총을 매점매석하여 큰돈을 법니다. 이후 허생은 도적의 소굴로 찾아가 도적들을 설득한 뒤, 이들을 이끌고 빈 섬으로 들어가 농사를 지으며 살게 합니다. 이곳에서 농사와 무역으로 부를 축적한 허생은 자신의 이상국 건설 실험을 마치고 변 씨의 돈을 갚습니다. 변 씨의 이야기를 들은 이완 대장이 허생의 사람됨을 알고 찾아와 인재를 구할 방법을 묻습니다. 이에 허생은 여러 계책을 제시하지만 이완 대장은 모두 불가능하다고 합니다. 허생은 지배층의 허례허식을 비판하며 이완을 내쫓고 다음 날 자취를 감춥니다.

〈허생전〉은 허생이라는 비범한 인물을 통해 당대의 경제적, 사회적 제도의 취약점과 모순, 지배 계층인 사대부의 무능과 허위의식을 풍자한 작품입니다. 허생의 행위는 크게 세 가지로 나누어 볼 수 있습니다. 첫째, 매점매석을 통한 상행위입니다. 허생이 매점매석을 통해 많은 돈을 버는 모습을 통해 그 당시 나라의 취약한 경제 구조와 허례허식에 치우친 양반들을 풍자합니다. 둘째, 도적떼를 이끌고 빈 섬으로 들어가는 모습을 통해 지배층의 무능으로 양민이 도둑이 될 수밖에 없는 사회 현실을 비판하고 빈민을 구제하기 위해 이용후생의 실천을 강조합니다. 마지막으로, 이완 대장과 만나 대화하는 장면에서 허생은 인재 등용, 명나라 후예와의 결탁, 유학과 무역을 통한 청나라와의 교류라는 세 가지 대책을 제안하나 이완은 모두 불가능하다고 합니다. 이를 통해 연암은 의미 없는 북벌론만을 내세우는 무능한 양반 계층을 비판합니다. 허생이라는 대리인을 내세워 현실에 대한 작가의 비판 의식을 드러낸 것입니다.

조선 시대의 사회적 모순을 비판적으로 바라본 박지원의 시각에 대해 생각해 보고, 우리가 살고 있는 이 사회의 모순은 무엇이며 어떻게 바라봐야 하는지 성찰하는 시간을 가지면 좋겠습니다.

도서 분야	고전 소설	관련 과목	문학, 사회와 문화	관련 학과	국어국문학과, 교육학과, 사회학과, 한국사학과, 경제학과, 문화인류학과

▸ 작가의 사상적 배경 살펴보기

연암 박지원은 홍대용, 이덕무, 박제가 등과 함께 실학사상 중에서도 북학파로 불린 이용후생학파의 대표적 인물이다. 그는 명분을 내세우는 유학의 이론에 반기를 들고 낙후된 조선의 현실을 극복하기 위해 청에서 선진 기술을 배울 것을 주장했다. 이에 따라 벽돌의 사용, 수레의 통용, 적극적 통상 등을 제시하며 백성의 궁핍한 삶을 개선하고자 노력하였다. 이러한 그의 북학 사상은 '허생전'에도 잘 드러나 있는데, 이완 대장과의 대화 장면에서 집권층의 현실성 없는 북벌론을 비판하며 진정한 북벌은 뚜렷한 주체 의식으로 청나라의 선진 문물과 제도를 도입하여 이루어야 함을 역설하는 내용이 이에 해당한다고 할 수 있다.

▸ 시대적 배경 및 사회적 배경 살펴보기

박지원이 살았던 조선 후기는 세도 정치가 득세하고 나라의 재정도 좋지 않아 백성들의 피해가 막심했던 시기였다. 경제적 피폐와 사회 구조적인 모순으로 평민들은 기본적인 생계조차 꾸리기 어려웠으며 도둑이 되는 경우도 많았다. 그뿐 아니라 신분과 상관 없이 돈을 벌어서 부자가 되는 사람들도 생겨났다. 이러한 사회상은 농업 기술과 상공의 발달에 따른 것이었다. 이를 통해 새롭게 부를 축적한 부농층, 신흥 상공인 계층이 대거 등장했고, 이들이 경제적으로 높은 지위를 차지하자 신분 상승을 꾀하기도 했다. 이에 반해 임진왜란과 병자호란을 거치면서 양반 계층은 경제적으로 몰락하는 경우가 발생했다. 나라에서는 부족한 국가 재정을 마련하기 위해 새롭게 성장한 신흥 부자들에게 돈을 받고 양반으로 신분을 올려주기도 했다.

경제적으로 성장한 평민들의 의식 수준이 높아지며 지배층의 무능함과 허위가 드러나고 자연스럽게 지배층인 양반이 비판과 풍자의 대상이 되기 시작했다. 이런 시대적 배경 속에서 현실 개혁을 위해 실사구시와 이용후생으로 구세제민을 주장하는 실학사상이 대두되었다.

현재에 적용하기

이 책에서 드러난 연암의 사회 비판적인 시각을 통해 현재 우리 사회를 날카롭게 분석해 보자.

생기부 진로 활동 및 과세특 활용 예시

▶ **책의 내용을 진로 활동과 연관 지은 경우**(희망 진로: 사회학과)

'허생전(박지원)'을 읽고 저자가 살았던 시대의 사회적 배경을 중심으로 소설의 내용을 분석하여 보고서를 작성함. 작가는 소설의 전반부에서 허생이 매점매석하는 장면을 통해 조선의 폐쇄적인 경제의 문제점을 지적하고, 후반부에서 허생과 이완의 대화 장면을 통해 집권층의 무능과 위선을 비판하고 있으며, 이로써 그 당시의 사회 모순을 꼬집으며 당시 천하게 여기던 상공업의 발전을 통한 사회 변화를 주장했다는 결론을 내림. 또한 이러한 문제는 오늘 우리 사회에도 적용될 수 있다며, 당시 사회 변화를 요구했던 박지원의 시각을 현대 사회로 가져와 우리의 모습과 연결시킴. 특히 '허생전'의 내용에서 발견한 독과점의 문제, 경제 격차 문제 등을 언급하며 이를 우리 사회의 문제와 발전 방향에 대입하여 논리적으로 설명함. 자신이 이해한 바를 효과적으로 표현하는 글쓰기 능력이 우수하고 필자의 숨겨진 의도를 찾아내고 사회·문화적 흐름을 파악하고 분석하는 능력이 뛰어남. 자신의 관심사와 연계하여 날카로운 시각으로 사회 문제를 지적하고, 자신의 생활에 적용하는 모습이 돋보임.

▸ 책의 내용을 경제 교과와 연관 지은 경우

'허생전(박지원)'을 읽고, 허생의 매점매석을 경제의 독점과 연결해서 독점이 사회적 책임 경영에 주는 악영향에 초점을 두고 해석함. 허생은 시장을 독점하여 가격을 자의적으로 조절하며 과일, 말총 등의 물가를 폭등시켰으며, 이러한 매점매석은 독점의 문제를 보여주는 대표적인 사례라고 지적함. 독점은 시장을 지배하여 이윤을 극대화할 수 있으나 소비자 후생을 감소시키거나 사회적 가치 창출에 소홀해지는 등 시장경제에 부정적인 영향을 미치므로 정부가 시장에 개입해 조절할 필요가 있음을 주장함. 그러나 '허생전'의 배경이 되는 조선 사회는 무역활동이 활발하지 않고 경제 관련 법규가 갖춰지지 않아 정부의 시장 개입이 어려운 상황이었다며 조선의 경제 구조가 취약했음을 강조함. 불안한 조선의 경제 구조에서 백성이 가장 고통을 받았을 것이며 박지원은 실학자로서 유통과 무역을 활발히 하여 백성의 고통을 덜어주고자 한 것이라고 정리함. 현대 사회에서는 시장 실패가 발생하면 이를 해결하기 위해 정부가 시장에 대한 규제, 외부 효과 개선, 공공재 생산 등 다양한 방법을 사용하여 개입하기도 하나, 오히려 그것이 악화되어 정부 실패가 발생하는 경우도 있기에 균형을 유지하는 것이 중요하다는 결론을 내림.

후속 활동으로 나아가기

▸ 등장인물 중 가장 공감이 가는 인물을 선택하고 그 인물을 중심으로 감상문을 작성해 보자.

▸ 책 내용 중 인상 깊은 부분을 쓰고, 그 이유를 이야기해 보자.

▸ 작가의 다른 작품들을 읽고, 작가가 주로 사용하는 언어나 주제 등의 공통점을 찾아 이를 비교하는 서평을 작성해 보자.

▸ 작가가 쓴 '열하일기'와 세 작품 중 한 작품을 읽고, 박지원의 실학사상이 다른 갈래에서 어떻게 드러나는지 비교해 보고, 그 내용을 바탕으로 보고서를 작성해 보자.

함께 읽으면 좋은 책

안국선 《고정욱 선생님과 함께 읽는 금수회의록》 산하, 2022.

전국국어교사모임 《배비장전》 휴머니스트, 2013.

박지원 《열하일기》 보리, 2010.

박종채 《나의 아버지 박지원》 돌베개, 1998.

금오신화

김시습 ▸ 민음사

《금오신화》는 〈만복사저포기〉, 〈이생규장전〉, 〈취유부벽정기〉, 〈남염부주지〉, 〈용궁부연록〉 다섯 편의 작품을 묶은 한문 소설입니다.

작가 김시습(1435~1493)은 조선 전기의 학자로, 호는 매월당, 동봉입니다. 생육신의 한 사람으로, 어릴 때부터 시와 경서에 능통하여 천재로 불렸으나 세조가 단종을 폐위하고 왕위를 찬탈한 것을 보고 비분강개하여 승려가 되어 전국을 떠돌며 일생을 보냈습니다. 시문집으로 《매월당집》이 있으며, 경주 금오산에서 소설집 《금오신화》를 남겼습니다.

《금오신화》 속 작품들은 모두 초현실적 요소를 지닌 전기 소설로, 현세에 살고 있는 인물이 직접 천상계나 저승으로 가거나 용궁의 신, 죽은 여신의 환신이나 여자 귀신과 만나는 이야기입니다. 다섯 편 모두 현실의 인간 세계와 초현실의 세계가 상호 출입한다는 설정하에 사건이 전개됩니다. 현실 세계와 초현실 세계가 나뉘어 있지만 내부 이야기와 외부 이야기의 사건이 독립적으로 전개되는 액자 구성과는 다릅니다. 대체로 주인공이 불행한 현실에서 행복한 초현실의 세계에 있다가 현실로 돌아와 절망하다가 마지막에 초현실로 상승하는 구조로 이루어집니다.

〈만복사저포기〉의 내용은 다음과 같습니다. 전라도 남원에 홀로 살던 양생이 만복사 부처님과 저포놀이에서 이겨 아름다운 여인을 만납니다. 두 사람은 조촐한 상을 차리고 술잔을 기울이며 시를 주고받습니다. 날이 새자 여인이 양생을 자신의 거처로 데려가 머물게 합니다. 사흘 후 여인은 양생에게 이별의 시간이 되었다며 그를 보냅니다. 양생에게 은그릇을 주며 절로 가는 길목에서 자신을 기다리라고 합니다. 양생은 그녀가 가르쳐준 곳에서 기다리다가 여인의 부모를 만나고, 그 여인이 왜구의 난리 때 죽은 처녀 귀신임을 알게 됩니다. 양생은 자신의 재산을 모두 팔아 여인의 명복을 빌고 지리산에 들어가 약초를 캐며 살았는데 그가 어떻게 죽었는지 아무도 모릅니다.

〈이생규장전〉의 주인공은 개성에 사는 이생입니다. 이생이 최랑과 사랑에 빠져 부모의 반대를 극복하고 혼인합니다. 홍건적이 쳐들어오자 가족들은 흩어지고 최랑은 죽습니다. 홀로 난을 피했던 이생에게 죽은 아내의 환신이 나타납니다. 두 사람은 한동안 행복하게 살다가 아내는 저승으로 돌아갑니다. 이생은 아내를 그리워하다가 병들어 죽습니다.

〈취유부벽정기〉의 주인공 홍생은 평양의 부벽정에서 취흥에 겨워 시를 읊던 중, 기자 조선 시대에 죽어 선녀가 된 기씨녀를 만납니다. 홍생은 선녀와 시를 주고받으며 하룻밤을 즐겁게 지냅니다. 날이 새자 선녀는 승천하고 홍생은 마음의 병이 들어 죽습니다. 그 역시 신선이 되어 하늘로 올라갑니다.

〈남염부주지〉의 주인공은 경주에 사는 박생으로, 그는 유교에 심취하여 불교와 무속, 귀신 등을 부인합니다. 어느 날 꿈에서 남염부주라는 지옥에 가 염왕을 만나 귀신, 왕도, 불도 등에 관해 묻고 답합니다. 염왕은 그의 박식함에 감동하여 왕위를 물려줍니다. 그 후 박생은 죽어서 남염부주의 왕이 됩니다.

〈용궁부연록〉은 글재주에 능한 고려 시대 개성의 한생이 주인공입니다. 한생이 꿈속에서 용궁에 초대되어 신충 별궁의 상량문을 지어주고 극진한 환대를 받고 많은 선물을 받고 돌아옵니다.

《금오신화》는 한문 소설이며 우리 역사상 최초의 소설이라는 문학사적 의의가 있습니다. 그 이전의 설화에 비해 작가의 창의성과 소설적 형식이 더해져 소설로서의 발전을 보여줍니다.

《금오신화》의 '신화新話'는 우리가 흔히 쓰는 '신화神話'와 한자가 다릅니다. '신新'은 '새로울 신'으로 새로운 이야기, 참신한 이야기라는 뜻을 담고 있습니다. 작가가 의도한 것인지 알 수 없지만 우리나라 '최초의 소설'이라는 점과 통하는 제목입니다. 《금오신화》는 중국 구우(1347~1433)의 《전등신화》*의 영향을 받았으나 그것을 그대로 모방하지 않고 작가가 독창성을 발휘하여 《전등신화》의 수준을 크게 능가하는 문학적 성취를 이루었습니다.

《금오신화》의 특징을 살펴보면 다음과 같습니다. 첫째, 우리나라를 배경으로 하고 우리나라 사람을 등장인물로 하여 한국인의 풍속, 사상, 감정을 표현합니다. 둘째, 소재와 주제가 특이하고 비현실적인 내용을 담고 있습니다. 귀신, 염왕, 용왕, 용궁 등의 비현실적인 소재를 이용하여 현실의 의미를 더욱 생생하게 표현해 주제를 효과적으로 부각시킵니다. 셋째, 등장인물들은 하나같이 세상을 등지며 비극적인 결말을 맞이합니다. 대부분 고전 소설이 행복한 결말로 끝나는 것에 반해 《금오신화》의 결말은 이와 정반대입니다. 그러나 주인공이 세상을 등지는 모습은 현실에서의 패배가 아니라 그릇된 질서를 받아들이지 않겠다는 비장함으로 읽힙니다. 넷째, 작

---

* 1378년경에 중국 명나라 구우가 당나라 전기 소설을 본떠 고금의 괴담과 기문을 엮어 쓴 전기체(傳奇體) 형식의 단편 소설집

품 중간중간 다양한 시가 삽입되어 등장인물의 심리와 분위기를 비유적이고 압축적으로 드러냅니다. 아직 심리를 묘사하는 소설이라는 갈래가 발달하지 않았기에 정서를 드러내기 위해서 시를 삽입한 것입니다. 그 덕분에 다른 작품과 차별되는 효과도 있습니다. 다섯째, 김시습은 학문적 능력이 탁월했으나 현실과의 갈등으로 불우한 삶을 살았는데《금오신화》는 그의 그러한 삶과 밀접하게 연관되어 있습니다.

　우리나라 최초의 소설이니만큼 한계점도 있습니다. 현대 소설에 비해 인물들의 관계가 단순해 갈등이 약하고, 플롯이나 구성이 단순한 편입니다. 또 전기 소설의 초현실주의적 수법을 주로 사용하여 소설보다는 설화에 가깝다는 평도 있습니다. 그럼에도 최초의 소설로서 문학사적 가치가 상당하다는 것에는 이의가 없습니다.

　《금오신화》에 담겨 있는 인간 내면의 심리와 윤리적 고민을 김시습의 삶과 연계해서 생각해 보고, 어떻게 사는 것이 옳은 것인지 성찰하는 시간을 가지면 좋겠습니다.

도서 분야	고전 소설	관련 과목	문학, 한국사, 사회와 문화	관련 학과	사학과, 국어국문학과, 교육학과, 사회학과, 역사학과, 예술사학과, 철학과, 문화학과

▶ 우리나라 최초의 소설 살펴보기

작품	의의
금오신화(김시습)	최초의 한문 소설
설공찬전(채수)	최초의 국문 번역 소설
홍길동전(허균)	최초의 한글 소설
혈의 누(이인직)	최초의 신소설
무정(이광수)	최초의 근대소설

▶ 시대적 배경 및 사회적 배경 살펴보기

문종이 재위한 지 2년 만에 병사하고 단종이 즉위하였으나 단종의 나이가 어려 김종서 일파가 정국을 운영하게 되었다. 이에 수양대군이 김종서와 대신들을 제거한 이른바 '계유정난'을 벌이고 왕위에 오른다. 이에 반하여 단종의 복귀를 꾀하다가 발각되어 세조에게 죽임을 당한 여섯 명의 신하인 성삼문, 박팽년, 이개, 하위지, 유성원, 유응부를 사육신이라고 한다. 이들은 명의 사신이 와서 창덕궁에서 잔치가 열리자 왕의 호위를 담당하던 신하들에게 부탁해 세조와 덕종, 예종 삼부자를 척살할 계획을 세웠으나 거사 동조자 중 김질이 장인의 설득으로 거사를 폭로하면서 실패하였고, 관련자 대부분은

처형 및 학살되었다. 사육신의 정신을 이어받아 세조에게 등을 돌리고 단종에 대한 충
성심과 의리를 지키고 평생을 살았던 김시습, 원호, 조려, 성담수, 남효온, 이맹전을 생육
신이라고 한다. 세조가 무서워 아무도 사육신의 버려진 시신을 수습하지 못했으나 김시
습이 몰래 시신을 수습하여 지금의 노량진에 안장하였다고 한다. 김시습은 단종에 대한
의리를 지켜 끝까지 관직에 나가지 않았으며, 나중에는 미친 척하고 전국을 떠돌았다.

현재에 적용하기

소설 속 주인공들이 비현실적 세계에서 소망을 이룬 것처럼, 현실이 힘들어 엉뚱한 생
각을 했던 경험을 떠올려 보고 그때의 심정을 작품에 대입해 보자.

▸ 책의 내용을 진로 활동과 연관 지은 경우(희망 진로: 역사학과)

'금오신화(김시습)'를 읽고 김시습의 삶에 대해 자료를 조사하여 보고서를 작성하고 발표함. 김시습의 어린 시절의 이야기를 통해 김시습의 세종과 단종을 향한 충성심과 김시습이 자신의 신념을 지키기 위해서 어떻게 살았는지에 대해 구체적인 자료를 활용하여 보고서를 작성함. 마무리 단계에서 김시습뿐 아니라 자신의 신념을 지킨 다른 역사적 인물들의 예를 들어 신념을 끝까지 지키는 삶의 중요성에 대해 힘주어 말함. 역사 공부는 어떻게 살아야 할지 삶의 방향을 정할 수 있게 해주고 삶에 대한 신념을 갖게 한다며, 역사를 공부하는 것의 중요성에 대해 강조함. PPT 자료와 영상 자료의 내용이 명료하고 구체적이며, 발표 시 청중을 바라보는 여유 있는 시선 처리와 호소력 있는 목소리가 돋보임.

▸ 책의 내용을 국어 교과와 연관 지은 경우

'금오신화(김시습)'가 최초의 소설이라는 점에 주목하여 최초의 한글 소설인 '홍길동전(허균)'과 비교하여 살펴보는 모둠활동을 함. '최초'라는 말이 갖는 의미에 중점을 두고 최초의 문학 갈래가 나오게 된 사회·문화적 배경과 그 영향에 대해 살핌. '금오신화'는 아직 소설이라는 갈래가 완전히 정착되지 않은 시기에 쓰인 소설이기에 소설로서 부족한 부분이 있지만 '금오신화'의 등장으로 이후의 소설이 쓰이는 계기가 되었다는점에서 중요한 의미를 갖는다며 그 의의를 강조함. 모둠원들과 한국 문학에서 '최초'라는 의의가 있는 작품들을 찾아보고 이 작품들이 이후 등장하는 작품들에 어떤 영향을 주었는지를 표로 만들어 한국 문학의 흐름을 한눈에 알아보기 쉽게 나타냄. '최초'의 작품들을 분석하면서 '최초'로 무언가를 한다는 것은 쉬운 일이 아니며 이를 위해서는 많은 노력을 기울여야 한다는 소감문을 작성함.

후속 활동으로 나아가기

▸ 등장인물 중 가장 공감이 가는 인물을 선택하고 그 인물을 중심으로 감상문을 작성해 보자.

▸ 책 내용 중 인상 깊은 부분을 쓰고, 그 이유를 이야기해 보자.

▸ '금오신화' 속 주요 인물들의 성격과 행동에 대해 살펴보고, 그들의 삶의 태도와 자신의 삶을 태도를 비교해 보자.

▸ '금오신화' 속 이야기에 김시습의 삶이 드러난 부분이 있는지 살펴보고, 김시습의 생애와 연계하여 금오신화를 분석하는 보고서를 써 보자.

함께 읽으면 좋은 책

박은진, 서명희, 정보미 외 5명 《쉽게 읽는 고전소설 세트》 천재교육, 2022.

전국국어교사모임 《장화홍련전》 휴머니스트, 2012.

우리가 꼭 알아야 할 우리 옛시조

황진이 외 · 마술연필 편 · 네버엔딩스토리

《우리가 꼭 알아야 할 우리 옛시조》는 초중고 국어 교과서와 문학 교과서에 수록된 옛시조 중 가장 많은 교과서에 수록된 옛시조 65편과 그에 대한 해설이 수록된 작품집입니다.

고등학교에 들어와서 첫 국어 시험을 본 아이들이 당황하는 것 중 하나가 바로 시조입니다. 수업 시간에 배우지도 않은 시조가 시험 문제 선지로 제시되곤 하기 때문입니다. 그러나 개념을 적용하는 문제라면 꼭 배우지 않았더라도 선지로 출제될 수 있습니다.

시조는 선지로 출제하기에 좋은 장르입니다. 우선 세 줄밖에 되지 않아 선지로 출제하더라도 분량의 부담이 적습니다. 국어는 시험 문제 출제시 지문을 많이 필요로 하는 과목입니다. 문학 문제를 출제할 때도, 비문학 문제를 출제할 때도 반드시 지문이 필요합니다. 다른 과목에 비해 국어 과목의 시험지 장수가 제일 많지요. 시조는 지문의 분량에 대한 선생님들의 고민을 해결해 주는 훌륭한 선지입니다. 아이들에게도 마찬가지입니다. 지나치게 긴 다른 작품보다 비교적 짧은 시조를 선지로 만나는 것이 읽고 이해하기 한결 수월합니다. 선지를 읽는 시간이 단축되기 때문입니다. 그러니 시조는 고등학생이 되기 전에 익혀 두는 것이 좋습니다.

그렇다고 시조를 암기하거나 분석하며 공부 해야 한다는 뜻은 아닙니다. 자주 보면서 눈으로 익히는 것만으로도 효과가 있습니다. 물론 고등학생이 되면 시조 작품 하나하나를 다시 꼼꼼히 보는 과정이 필요하지만, 중학교 때까지는 시조를 눈에 익히고, 그 시조가 어떤 뜻인지 전반적인 해설만 알고 있어도 좋습니다. 고전 작품은 주제가 단순하기에 시조를 꾸준히 눈에 익히는 것만으로도 낯선 시조를 만날 때 당황하지 않고 읽을 수 있습니다.

이 책은 각각 비슷한 주제의 시조를 20편씩 묶어 5부로 나누어 구성했습니다. 1부 '충심, 꺾이지 않는 강인함', 2부 '예의와 도리, 올곧은 가르침', 3부 '자연, 아름다운 벗', 4부 '사랑, 애절함과 아름다움', 5부 '풍자와 해학, 익살스러움'을 각각의 주제로 하여 시조를 담고 있습니다. 같은 주제의 작품들을 여럿 읽다 보면 나중에는 이런 작품은 이런 뜻을 지니고 있구나 하고 자연스럽게 떠올릴 수 있게 될 겁니다.

이 책은 옛시조를 처음 접하거나 '시험을 위한 문학'만 생각해 시조를 어렵게 생각하는 아이들도 쉽게 작품을 이해할 수 있도록 그 속에 숨겨진 뜻과 시대적 배경을 알기 쉽게 풀어서 설명합니다. 또 고문헌에서 쉽게 찾을 수 없는 당시 백성의 생활상을 함께 담아 작품에 대한 이해도를 높입니다.

이런들 엇더하며

이방원

이런들 엇더하며 저런들 엇더하료.
만수산 드렁츩이 얼거진들 엇더하리.
우리도 이갓치 얼거져 백 년까지 누리리라.

이렇게 산들 어떠하며 저렇게 산들 어떠하리오.
송악산의 칡덩굴이 서로 읽힌 것처럼 살아간들 어떠하리오.
우리도 이와 같이 얽혀 한평생을 누리리라.

'하여가何如歌'라고도 불리는 이 시조는 이방원이 고려의 충신 정몽주를 설득하기 위해 지어 부른 시조입니다. 이방원은 아버지인 이성계를 도와 조선을 건국한 인물로, 그는 시조를 통해서 고려의 충신이었던 정몽주에게 고려에 대한 절개를 지키기보다 송악산의 칡덩굴이 얽힌 것처럼 살자고 이야기하며 회유합니다. 그러나 정몽주는 단호했습니다. 이방원의 시조에 정몽주는 '단심가丹心歌'로 답합니다. 설사 죽는 한이 있더라도 고려에 대한 충성심을 버리지 않겠다고 답한 것입니다. 정몽주는 '단심가'를 부르고 집으로 돌아가던 길에 이방원에게 죽임을 당합니다.

이 몸이 주거 주거

정몽주

이 몸이 주거 주거 일백 번 고쳐 주거,
백골이 진토되어 넉시라도 잇고 없고,
님 향한 일편단심이야 가실 줄이 이시랴.

이 몸이 죽고 죽어 일백 번이나 다시 죽어
백골이 흙과 티끌이 되어 넋이라도 있건 없건
임을 향한 일편단심이야 없어질 수 있으랴.

이 책은 이렇게 시조를 제시하고, 시조와 관련된 배경을 공감할 수 있는 인물을 예로 들어 설명합니다. 이해를 돕기 위해 현대어 해석도 덧붙이고, 이 시조와 연계된 시조가 있다면 연계 작품도 함께 안내합니다. 현대어 해석은 초등학생들도 이해할 정도로 쉬워 시조를 더 친숙하게 느낄 수 있습니다.

시조를 읽다 보면 옛 사람들의 삶도 오늘날 우리의 삶과 크게 다르지 않다는 생각을 하게 됩니다. 그들도 삶에 대해 고민하고, 도리와 예의를 가르치기 위해 노력하고, 사랑 앞에서 갈등했습니다. 이 책에 실린 65편의 시조를 읽는 동안 옛 사람들의 삶에 서서히 공감하게 될 것입니다.

이 책을 통해 시조를 마냥 어렵거나 거부감이 드는 대상이 아닌 당시 사람들의 삶을 담은 노래라고 이해하며 친숙하게 느끼면 좋겠습니다.

도서 분야	고전 시가	관련 과목	문학, 한국사	관련 학과	국어국문학과, 교육학과, 사회학과, 심리학과, 문화콘텐츠학과, 역사학과

고전 필독서 심화 탐구하기

▸ **시조의 주제와 형식의 변화**

시기		주제	형식
고려 중엽 ~ 조선 초기	양반 사대부	유교적 이념(충, 효) 자연에 대한 예찬	정형시* (3장 6구 45나 내외, 평시조)
	기녀	남녀 간의 사랑	
조선 후기	평민까지 확대	주제 다양(충, 효, 자연에 대한 예찬, 남녀 간의 사랑, 삶의 고달픔, 양반에 대한 비판과 풍자 등)	사설 시조**

▸ **시조의 특징 살펴보기**

시조는 고려 중엽에 한시와 향가의 영향을 받아 발생한 한국 전통 시 양식의 하나이며 조선 시대에 유행했다. 고려 중엽 사대부 문학으로 발생했으나 이후 향유층이 확대되어 귀족 문학과 평민 문학을 모두 아우르는 문학이 되었다. 시조는 조선 시대에 들어와 훈민정음이 창제되자 더욱 발달하였다.

* 형식이 정해져 있는 운문 문학
** 평시조의 기본은 지키면서 각 장을 길게 늘여 쓰거나 초장은 그대로 두고 중장이나 종장을 확장한 시조

기본 형식은(평시조의 경우) 3장 6구 45자 내외로, 종장의 첫 음보는 3음절로 고정되어 있다. 조선 후기에 이르러 시조가 생활의 일부로 자리잡으며 내용이 다양해지고 형식도 자유로워졌다. 시조의 향유 계층도 사대부에서 평민으로 확대되었다. 더불어 다양한 현실적인 삶을 다룬 작품들이 창작되었다. 조선 후기에는 서민 의식의 성장으로 사설시조가 등장하였는데, 사설시조는 세태에 대한 풍자와 서민들의 솔직한 감정 표현을 담고 있어 문학사적 가치가 크다.

현재에 적용하기

이 책에 담긴 작품 중 가장 인상적인 작품을 골라 작품이 창작된 배경을 더 알아보자.

생기부 진로 활동 및 과세특 활용 예시

▸ **책의 내용을 진로 활동과 연관 지은 경우**(희망 진로: 문화콘텐츠학과)

'우리가 꼭 알아야 할 우리 옛시조(황진이 외)'를 읽고 고전 시조와 현대 문화를 연결하는 활동을 하고 소감을 발표함. 여러 시조 중에서 황진이의 시조를 선택해 황진이가 사랑하는 사람에 대해 느끼는 다양한 감정이 현대 사람들이 연애할 때 느끼는 감정과 매우 흡사하며, 황진이가 자신의 감정을 적극적으로 전달하는 것 역시 현대 문화와 연계된다고 주장함. 시대가 변하더라도 사랑에 대한 감정은 변하지 않으며 옛것이라고 해서 무조건 배척할 것이 아니라 현대 문화와의 연결점을 찾는다면 훌륭한 문화 콘텐츠가 될 수 있다고 발표함. 시조와 현대 문화의 고리를 발견해서 자신의 생각을 명확하고 효과적으로 전달했으며, 또래들의 가장 큰 관심사인 사랑을 주제로 발표하여 학급 친구들의 관심과 주목을 받음.

▸ 책의 내용을 사회 교과와 연관 지은 경우

'우리가 꼭 알아야 할 우리 옛시조(황진이 외)'를 읽고 조선 시대 여성이 처한 상황에 대해 조사하여 발표함. 우선 조선 시대 여성의 사회적 경제적 역할과 지위, 여성의 교육 상황 등을 조사하여 시조를 분석함. 특히 많은 시조를 남긴 여성 작가 황진이와 관련된 일화나 다른 여성 작가가 쓴 시조들을 살펴보며, 옛시조 속에 제한된 여성의 사회적 경제적 지위를 짐작할 수 있는 상징적인 내용이 포함되어 있음을 주장함. 마무리 부분에서 현대 사회 여성의 삶도 완전히 자유롭지 않다고 주장하며 조선 시대 여성과 현대 여성의 상황을 비교함. 조선 시대에 비해 많이 개선되기는 했으나 아직도 여성 차별이 존재하며 이를 개선하기 위해 사회적으로 많은 노력이 필요하다며, 청소년으로서 여성 차별을 줄이기 위해 할 수 있는 일을 제시함. 새롭게 배운 지식과 기존에 학습된 지식의 연결고리를 찾아내어 보다 깊이 있게 이해하는 모습이 인상적임.

후속 활동으로 나아가기

- ▸ 시조 한 편을 골라 분석하고, 그 시조의 주제와 내용에 대해서 토의해 보자.
- ▸ 시조의 형식을 이해하고 자신만의 시조를 창작해 보자.
- ▸ 시조에 등장하는 단어 중 오늘날에는 사용하지 않는 단어를 찾아보고, 그 단어의 뜻을 이해한 뒤 해당 단어를 활용해서 문장을 만들어 보자.
- ▸ 가장 인상 깊은 시조를 한 편 선택하여 그 이유를 설명하고 소감문을 작성해 보자.

함께 읽으면 좋은 책

윤선도 외 《어린이와 청소년을 위한 우리 옛시조》 보물창고, 2014.

배유안 《구멍난 벼루》 토토북, 2016.

유정호 《조선 왕 연대기》 블랙피쉬, 2024.

차경호, 송치중 《영화와 함께 하는 한국사》 해냄에듀, 2021.

김태완 《고전의 숲》 포레스트북스, 2023

| | | | | | | | | | | 춘 | 향 | 전 |

작자 미상 ▸ 송성욱 편역 ▸ 민음사

《춘향전》은 봉건 사회에서 신분을 초월한 남녀 간의 사랑을 그리는 판소리계 소설입니다. 소재의 현실성, 배경의 향토성, 표현의 사실성, 성격의 창조성, 주제의 저항성이라는 측면에서 국문 소설의 최고봉이라 평가할 수 있습니다.

《춘향전》의 이야기는 이미 널리 알려져 있습니다. 남원 고장에 성 참판과 퇴기 월매 사이에서 태어난 춘향은 뛰어난 미모와 재주를 지녔습니다. 남원 부사의 아들 이몽룡이 광한루에 나왔다가 그네를 타는 춘향을 보고 한눈에 반해서 그날 밤 춘향의 집에 찾아갑니다. 이몽룡은 춘향의 어머니인 월매에게 춘향과의 백년가약을 맹세하고 둘은 밤마다 사랑에 빠집니다. 그런데 이몽룡의 아버지가 서울로 영전하게 되며 두 사람은 어쩔 수 없이 이별합니다. 새로 부임한 변 사또는 춘향에게 수청 들 것을 강요합니다. 춘향은 죽음을 무릅쓰고 정절을 지키고, 형장을 맞고 하옥됩니다. 한편 서울로 올라간 이몽룡은 과거에 급제하여 전라도 암행어사가 되어 내려와 거지꼴로 변장하여 춘향의 집에 찾아갑니다. 월매는 거지꼴의 이몽룡을 푸대접하고 몽룡의 모습을 본 옥중의 춘향도 절망에 빠져 자기가 죽으면 장사를 잘 지내달라는 유언을 남깁니다. 어사또는 변 사또의 생일 잔치 때 각 읍 수령이 모인 틈을 타 어사출두를 단행하고 변 사또를 봉고파직합니다. 어사또는 춘향을 데리고 상경하여 부귀영화를 누리고 잘 삽니다.

《춘향전》은 판소리로 불리다가 소설로 정착된 판소리계 소설로 이본이 120여 종에 이를 정도로 최고 인기를 누렸던 작품입니다. 경판본京板本은 서울에서 인쇄한 책이고, 완판본完板本은 전주의 옛 이름인 완산에서 인쇄한 책을 말하는데, 이 경판본과 완판본의 내용이 조금 다릅니다. 서울은 지배 계층이 더 많았기에 경판본에는 지배 계층의 욕망이 반영되어 이몽룡에게 이야기의 초점이 맞춰져 있습니다. 이에 반해 지방은 피지배 계층이 더 많았기에 완판본에는 피지배층의 욕망이 반영되어 춘향에게 이야기의 초점이 맞춰져 있습니다.

판소리계 소설은 입에서 입으로 계승되어 왔기 때문에 작가를 알 수 없습니다. 한 사람이 이야기를 창작해서 만든 것이 아니라 입으로 전하면서 항간에 알려진 설화들을 모아서 재미있게 각색하여 새로운 이야기로 만든 것입니다. 처음에는 이것을 노래인 판소리로 부르다가 후에 소설 형식으로 묶게 되는데, 그것이 판소리계 소설입니다.

그렇다면 춘향전은 어떻게 만들어졌을까요? 《춘향전》은 양반 자녀와 기녀의 사랑을 다룬 염정 설화(성세창 설화), 여자가 고난을 이겨내고 정절을 지키는 열녀 설화(지리산녀 설화), 임금이나 관리가 백성의 부인을 빼앗는 관탈 민녀 설화(도미 설화, 우렁각시 설화), 억울한 일을 당한 사람의 원한을 풀어주는 신원 설화(남원 추녀 설화, 박색녀 설화, 아랑 설화), 암행어사가 억울함을 풀어주는 암행어사 설화(박문수 설화, 성이성 설화, 노진 설화) 등 다양한 설화를 바탕으로 만들어졌습니다. 이런 설화들을 《춘향전》의 근원 설화라고 합니다. 춘향전뿐 아니라 다른 판소리계 소설들도 이와 비슷한 과정을 거쳐 소설이 되었습니다.

노래이기 때문에 '~가'로 끝나는 판소리와 달리 판소리계 소설은 '~전'으로 끝납니다. 예를 들어 '춘향가'는 판소리이고 '춘향전'은 판소리계 소설입니다. 이러한 판소리계 소설로는 〈춘향전〉을 비롯하여 〈흥부전〉, 〈심청전〉, 〈토끼전〉 등이 있습니다.

실제로 판소리계 소설은 판소리의 특성을 많이 갖고 있습니다.

산문이지만 작품 속에서 반복, 대구, 열거, 음수율 등 운문적인 요소들이 많이 보입니다. 특히 살아 숨쉬는 듯한 생생한 느낌의 의성어나 의태어를 사용해 우리말만이 갖고 있는 묘미를 느낄 수도 있습니다. 또한 판소리는 공연으로, 관객 바로 앞에서 하는 것이기에 관객의 욕구를 충족시키는 것이 중요합니다. 관객에는 양반도 있고, 평민도 있었을 겁니다. 이 관객을 모두 만족시켜야 하는 겁니다. 이를 위해 양반의 욕구를 충족시키는 한자나 고사성어 등도 많이 사용하고, 동시에 평민의 욕구를 충족시키는 비속어나 고유어도 많이 사용하였습니다.

또한 판소리계 소설에는 판소리에서 창자가 하던 역할이 드러나기도 합니다. 예를 들어 판소리에서는 노래를 하던 창자가 갑자기 인물의 행위나 상황에 대해 직접 설명하거나, 가치판단을 하여 평가하거나, 현재까지의 줄거리를 요약하기도 하고, 미래에 일어날 일을 제시하기도 합니다. 이러한 모습이 판소리계 소설에도 마치 편집자적 논평처럼 담겨 있습니다.

한 가지 더, 판소리계 소설의 중요한 특징은 표면적 주제와 이면적 주제가 다르다는 점입니다. 대체로 양반들의 욕구를 충족시키는 주제를 표면에 내세우고, 평민들의 욕구를 충족시키는 주제는 이면으로 숨겼습니다.《춘향전》에도 이 같은 주제의 이중성이 보입니다. 표면적 주제는 이몽룡과 춘향의 신분을 뛰어넘는 사랑이지만,

이면에는 신분의 제약을 벗어난 인간의 해방과 불의한 지배 계층에 대한 서민들의 항거 정신이 담겨 있습니다. 춘향은 사랑을 지키기 위해 신분 제도의 제약을 벗어나려 합니다. 기존 질서에 저항하는 이러한 태도는 민중의 사회 비판 의식이 반영되어 있음을 보여줍니다. 언어 면에서, 또 주제 의식 면에서 판소리의 이중적인 특성이 판소리계 소설에도 드러남을 알 수 있습니다.

　이 책을 통해 판소리계 소설의 특징을 이해하고, 나아가 다른 작품을 찾아 읽어 보며 판소리계 소설에 대해 제대로 이해하고 즐길 수 있으면 좋겠습니다.

도서 분야	고전 소설	관련 과목	문학, 사회와 문화	관련 학과	사학과, 국어국문학과, 교육학과, 사회학과, 정치외교학과, 언론정보학과, 행정학과, 법학과

고전 필독서 심화 탐구하기

▸ 작품 속 갈등의 양상과 사회상 살펴보기

갈등 관계	상징적 의미	사회상
춘향 ↔ 사회	신분 제약과 신분 상승에 대한 욕구	신분 차이가 있는 남녀의 사랑은 인정받기 어려움 신분 상승의 요구
춘향 ↔ 변학도	수청 요구와 수절	권력자가 백성을 핍박함
이몽룡 ↔ 변학도	탐관오리의 횡포와 암행어사의 징벌	약한 권력자는 영화를 누리고 선량한 백성은 생활고에 시달림

▸ 판소리의 특징 살펴보기

판소리는 '판'과 '소리'의 합성어로 '판'은 여러 사람이 모인 곳이나 상황, 장면을 뜻하고, '소리'는 음악을 뜻한다. 소리꾼(노래하는 사람)이 고수(북을 치는 사람)의 장단에 맞추어 창(노래), 아니리(말), 발림(몸짓)을 섞어 가며 긴 이야기를 연기하면, 고수나 관객이 그에 맞추어 흥을 돋우는 반응(추임새)을 하는 한국의 전통적 음악의 갈래다. 춘향가, 심청가, 흥보가, 적벽가, 수궁가의 다섯 마당으로 구성되어 있으며 판소리를 구성하는 배경, 등장인물, 상황 등은 조선 시대의 가치관을 담고 있다. 판소리는 1964년에 국가무형문화재로 지정되었으며 2003년에는 유네스코 인류무형문화유산으로 선정되었다.

이런 판소리가 글로 정착된 것이 판소리계 소설이다. 판소리계 소설은 오랜 시간 여러 사람이 향유하다가 정착된 것으로 이본(세부적인 내용이 다른 작품)이 많다. 향유 계층에 양반과 서민이 섞여 있었기에 양반층의 한자와 서민층의 비속어가 혼재된 문체의 이중성도 나타난다. 원래 노래로 불렸기에 4(3)·4조 중심의 운문체로 구성되어 있으며, 관객이 관심을 보이는 대목을 집중적으로 이야기함으로써 장면의 극대화가 드러나기도 한다.

현재에 적용하기

이 책에서 다루고 있는 교훈을 생각해 보고, 그것을 내 삶과 어떻게 연계할 수 있을지 생각하고 이를 적용해 보자.

생기부 진로 활동 및 과세특 활용 예시

▸ **책의 내용을 진로 활동과 연관 지은 경우**(희망 진로: 법학과)

평소 사회 현상이나 사회 문제에 관심이 많아 신문이나 뉴스를 자주 챙겨보는 학생임. '춘향전'을 읽고 탐관오리인 변학도의 모습에서 조선 시대 지방 수령의 모습과 오늘날 공직자의 모습을 비교함. 이를 통해 공직자들이 가져야 할 지침을 제시하고, 그 이유를 설명함. 특히 고위 공직자 자녀들의 입시 특혜나 취업 특혜 등에 관한 뉴스를 예로 들며, 정의로운 사회를 위해 필요한 것이 무엇인지 법률적인 면에 초점을 두고 보고서를 작성함. 자신이 이해한 법의 원리와 체계를 정의로운 사회를 위해 어떻게 활용해야 하는지 진지하게 고찰하는 태도가 돋보임. 사회의 부조리한 면이나 부정적인 면을 법을 통해 해결하겠다는 자세도 보기 좋음. 모둠활동 과정에서 모르는 부분은 모둠원들과 협력하여 답을 찾아가는 모습이 보기 좋으며, 매사 긍정적인 태도로 학급 친구들에게 긍정적인 영향을 줌.

▶ 책의 내용을 문학 교과와 연관 지은 경우

문학 발표 수업 시간에 '춘향전'을 선택해 작품을 분석하고 발표함. 비범한 능력을 지닌 주인공이 등장하는 기존의 고전 소설과 달리 구전되던 판소리가 소설화되면서 생활 속에서 살아 숨 쉬는 현실적인 인간형들이 소설에 반영되었다는 특징을 찾아내고, 이를 조선 후기 민중의 삶과 연계하여 발표 자료를 만듦. 또한 양반층과 평민층이 동시에 향유하던 판소리의 특성상 표면적 주제와 이면적 주제, 한자어와 고유어가 동시에 드러나는 갈래의 특징을 보이며, 공연 문학 특유의 리듬감, 언어유희 장면의 극대화 등 판소리의 특성을 함께 보인다는 점을 판소리계 소설의 특성으로 설명함. 발표 중간에 '춘향가'의 한 소절을 불러 판소리의 특징을 쉽게 이해할 수 있도록 하고, '춘향전'뿐 아니라 다른 판소리계 소설을 함께 소개하며 다양한 작품을 통해 학급 친구들의 이해를 도움. 현실적인 인물의 삶을 이해하고 고전 소설의 본질과 가치를 이해하는 문학적 소양이 돋보임.

후속 활동으로 나아가기

▸ 등장인물 중 가장 공감이 가는 인물을 선택하고 그 인물을 중심으로 감상문을 작성해 보자.

▸ 책 내용 중 인상 깊은 부분을 쓰고, 그 이유를 이야기해 보자.

▸ '춘향전'을 읽고 주인공들에게서 배울 만한 가치나 교훈에 대해 에세이를 써 보자.

▸ '춘향전'을 읽고 조선 후기의 사회문화적 상황을 조사하여 보고서를 써 보자.

▸ 다른 판소리계 소설을 읽고 공통점과 차이점을 분석하는 서평을 작성해 보자.

함께 읽으면 좋은 책

김시습, 김만중 등 《한국고전소설·신화·설화·수필·가전체64》 북앤북, 2016.

전국국어교사모임 《옥단춘전》 휴머니스트, 2016.

유정호 《조선 왕 연대기》 블랙피쉬, 2024.

차경호, 송치중 《영화와 함께 하는 한국사》 해냄에듀, 2021.

김태완 《고전의 숲》 포레스트북스, 2023.

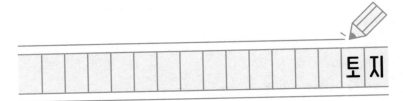

토 지

박경리 ▸ 다산책방

《토지》는 총 5부로 이루어진 대하소설로, 하동 평사리 지주 가문의 후손인 최서희와 그 주변 인물, 민중들의 삶을 통해 구한말에서부터 근현대사까지 근 한 세기의 역사를 형상화하고 있는 작품입니다.

작가 박경리(1926~2008)는 1955년 《현대문학》에 단편 소설 〈계산〉을 발표하며 작가로서 본격적으로 작품 활동을 시작하였으며, 주로 사회의식이 강한 문제작들을 썼습니다. 《토지》는 작가가 1969년부터 집필을 시작하여 1994년 완간한 대하소설로 장장 26년 동안 집필된 작품입니다. 이 작품은 200자 원고지 기준 4만여 장에 이를 정도로 그 분량 또한 방대합니다. 《토지》는 서사의 방대함과 문학성으로 한국 문학사의 큰 획을 그은 작품으로 평가받습니다. 작가의 주요 작품으로는 〈불신시대〉, 〈김약국의 딸들〉, 〈시장과 전장〉 등이 있습니다.

소설 《토지》의 이야기는 한말이던 1897년 시작합니다. 경상도 하동 평사리에는 지주 집안인 최 참판 댁과 마을 소작인들이 함께 어울려 살고 있습니다. 어느 날 하녀라는 신분에 불만을 품고 있던 귀녀는 최 참판 댁의 씨를 얻으려 최치수에게 접근합니다. 그러나 최치수는 아이를 낳을 수 없는 몸입니다. 자신의 뜻대로 되지 않자 귀녀는 김평산을 시켜 최치수를 살해하고 칠성의 아이를 최치수의 아이인 척하며 집안의 대를 이으려 합니다. 그러나 윤 씨 부인이 이를 눈치채고, 귀녀, 김평산, 칠성은 죽음으로 죄값을 치릅니다. 혼란스러운 상황에서 윤 씨 부인의 친정 친척인 조준구가 최 참판 집안의 재산을 노리고 계략을 꾸밉니다.

조준구에게 집안의 재산을 모두 빼앗긴 손녀 서희는 가문을 되찾으려는 일념으로 간도로 이주합니다. 서희는 그곳에서 공 노인, 길상의 도움을 받아 토지 거래를 통해 큰 재산을 모읍니다. 서희는 자신의 재산을 위해 길상과 혼인하고, 길상은 김환을 만나 독립운동에 투신합니다. 귀향 후 진주에 정착한 서희는 공 노인을 내세워 조준구에게 접근해 빼앗긴 재산과 토지 문서를 되찾습니다. 그러나 알 수 없는 상실감에 시달립니다.

3·1운동이 일어나자, 서희의 두 아들 환국과 윤국은 자신들의 풍족한 처지와 현실 사이에서 갈등하고, 윤국은 시위에 참가했다가 무기정학 처분을 받습니다. 서희는 아들들을 대견하게 생각하면서도 집안의 재산을 부담스러워하는 아들들을 보며 공허감을 느낍니다.

길상은 서의돈과 함께 계명회 사건에 연루되어 사상범으로 투옥됩니다. 길상은 어느새 중요해진 자신의 위치를 종종 낯설어하고, 가족의 사랑 속에서도 외로움을 느낍니다. 출옥한 길상은 도솔암에서 관음보살의 탱화 제작을 결심하고 화려함, 외로움, 슬픔이 어우러진 걸작을 남깁니다.

한편, 일본 히로시마에 원자 폭탄이 투하되고, 조선의 해방이 멀지 않은 가운데 서희는 가족들을 데리고 길상이 사상범 예비 검거령에 의해 옥살이하고 있는 서울로 올라갈 것을 결심합니다. 상심해 있는 서희를 위해 장에 가던 양현은 일본 천황이 항복했다는 소식을 듣습니다.

소설 《토지》는 구한말부터 1945년 해방에 이르기까지를 시간적 배경으로 하며, 진주 부근 하동 평사리에서 만주, 그리고 다시 한반도로 이어지는 광범위한 공간을 공간적 배경으로 삼고 있습니다. 등장인물만 600여 명이 넘는 장대한 규모의 대하소설입니다.

	시간적 배경	공간적 배경
1부	한말 전후 10년간	경남 하동군 평사리
2부	1910년대	간도의 용정
3부	1920년대	진주, 서울, 평사리
4부	1930년대	서울, 동경, 상해
5부	1940년대	통영, 평사리

1부에서 5부까지 작품 전체에 걸쳐 소설《토지》는 빼앗김과 되찾음, 가치관의 충돌, 남녀 간의 애정이라는 세 가지 갈등이 반복되며 변주됩니다. 1부의 내용만 보아도, 최 참판 집안의 재산 빼앗김과 되찾음, 봉건적 가치와 근대적 가치, 김개주와 윤 씨, 용이와 월선 등의 애정 갈등이 중점적으로 드러납니다. 특히 서희의 할머니인 윤 씨 부인이 동학당 장수인 김개주에게 겁탈당해 낳은 사생아 김환(구천)을 등장시켜 최치수와의 갈등을 형성하기도 합니다. 이러한 갈등은 등장인물들의 행위의 원동력인 동시에, 독자들에게 소설의 재미와 흥미를 유발하는 요소로 소설의 긴장감을 높이고 서사 전개의 일관성을 확보하는 역할을 합니다.

《토지》에는 윤 씨 부인, 별당 아씨, 서희로 이어지는 삼대에 걸친 가족사 이야기 외에도 개화기, 일제강점기, 3.1운동, 독립 투쟁 등 한국 근대사에 대한 작가의 치열한 역사의식이 담겨 있습니다. 작가는《토지》의 배경이 되는 풍속, 역사, 사회 등에 대해 철저히 취재하여 소설 속에서 당대 민중들의 삶의 실상을 사실적이면서도 극적으로 제시했습니다. 이는 이 작품이 갖는 중요한 의의이기도 합니다. 특히, 전반부에 해당하는 평사리 마을 이야기에서 후반부의 국내외 이야기로 점차 확대되는 전편에는 토속어의 활용과 생생하고 개성 넘치는 인물의 성격 등이 잘 담겨 있습니다.

한 중심인물, 한 시대의 사회상, 또는 몇 세대에 걸친 한 집안의 내력을 다룬다는 점에서,《토지》는 황석영의《장길산》, 김주영의《객주》, 조정래의《태백산맥》등과 같은 대하소설과 맥을 같이 합니다. 이 소설들은 분량이 많을 뿐 아니라 수많은 인물이 등장하여 여러 사건을 엮어가는 특징을 보입니다.

《토지》는 분량이 방대하다 보니 읽기가 만만치 않습니다. 자음과모음 출판사에서 청소년을 위한《청소년 토지》, 마로니에북스 출판사에서 만화로 만든《만화 토지 보급판》이 출간되어 있으니 이들 책을 먼저 본 후《토지》를 읽으면 이해가 한결 수월할 것입니다.

도서분야	현대 소설	관련과목	문학, 한국사, 세계사	관련학과	사회학과, 국어국문과, 역사학과, 문화콘텐츠학과, 교육학과, 철학과

▶ 제목의 상징적 의미 살펴보기

소설 '토지'의 제목은 다양한 의미를 갖고 있다. 첫째, 토지는 민족적 삶의 원형을 뜻한다. 전통적으로 농경 민족인 우리 민족에게 토지는 모든 생산과 경제 활동의 핵심이었다. 이러한 토지는 평사리 마을 사람들에게 보존되어야 할 중요한 삶의 터전인 것이다. 둘째, 토지는 삶의 현장을 의미한다. 토지는 농민들이 삶을 이루는 공간이며, 최씨 집안 이야기를 중심으로 볼 때 토지의 상실과 회복은 작품 전체를 이끄는 이야기의 주요한 전개 방향이기도 하다. 서희가 조준구에게서 토지를 되찾으려는 것도 결국 삶의 터전을 회복하려는 것이다. 셋째, 토지는 국토를 상징한다. 국권의 상실은 정치적인 여러 의미도 있지만 우리 민족이 발 딛고 있는 땅의 상실로도 볼 수 있다. 서희 일가가 토지를 잃고 만주로 이주하는 것은 국권의 상실을 상징적으로 보여주는 것이기도 하다. 이처럼 '토지'는 다양한 의미와 상징을 통해 우리 민족의 삶과 역사를 드러내고 있다.

▶ 시대적 배경 및 사회적 배경 살펴보기

'토지'는 5부에 걸쳐 우리나라의 역사 변천을 보여준다. 제1부는 1897년 한가위에서부터 1908년 5월까지로, 일제에 의한 국권 침탈, 봉건 가부장제와 신분 질서의 붕괴, 농업 중심 경제에서 화폐경제로의 전환 등이 이루어지는 한말 사회의 혼란과 변동을 생생하게 묘사한다. 제2부는 1911년 5월 간도 용정촌의 대화재부터 1917년 여름까지로, 간도 한인사회의 삶과 문화를 이야기한다. 특히 최씨 일가를 중심으로 전개되는 독립운동의 양상이 폭넓게 나타난다. 제3부는 1919년 3·1운동 이후 1929년 원산총파업과 광주학생사건까지를 배경으로, 1920년대 도시에서 일어난 일제의 식민자본주의화 과정을 중심으로 이야기를 전개한다. 제4부는 1930년부터 1937년 중일전쟁과 1938년 남경학살에 이르는 시기로, 서울·동경·만주에서 하동·진주·지리산까지 이야기가 확대된다. 마지막으로 제5부는 1940년부터 1945년 8·15광복까지를 배경으로 광복을 기다리는 우리 민족의 삶과 희망, 그리고 고뇌가 펼쳐진다. 이처럼 '토지'는 시대별로 중요한 사건과 변화하는 상황을 배경으로 우리 역사와 삶을 생생하게 그려낸다.

현재에 적용하기

이 책에서 드러난 역사 이야기를 우리의 삶에 어떻게 적용할 수 있을지 구체적인 현상이나 사례를 찾아보자.

생기부 진로 활동 및 과세특 활용 예시

▸ 책의 내용을 진로 활동과 연관 지은 경우 (희망 진로: 국어국문학과)

수업에 대한 집중력이 높고 바른 학습 태도를 보이며 생각의 깊이가 깊어 자신의 생각을 글로 표현하는 학습에서 높은 학업 능력을 보이는 학생임. '토지(박경리)'를 읽고 '토지'에 드러난 사투리, 속담 등 다양하고 풍부한 언어를 통한 언어 예술적 가치와 몇 세대에 걸쳐 펼쳐진 역사의 기록을 통한 역사적 가치에 초점을 두고 광범위한 '토지'의 내용을 정리하기 위해 모둠활동을 함. 주어진 과제를 해결하기 위해 자신만의 시각으로 작품을 이해하고 분석하는 등 최선을 다하는 자세를 보이고 모둠활동에 적극적으로 참여해서 활동을 이끎. 내용이 많아 산만한 분위기가 될 수 있었으나 모둠원들에게 끊임없이 과제를 상기시켜 활동에 집중하도록 함. 학업에 대한 열정과 자기 주도적인 태도로 주어진 과제를 완수하기 위해 노력하고 최선을 다하는 모습을 보이며, 수업에 적극적으로 참여하여 성과를 거두는 모습이 인상적임.

▸ 책의 내용을 사회 교과와 연관 지은 경우

'토지(박경리)'를 읽고 서희가 평산리에서 간도로 간 부분을 통해 국제 관계에 관심을 갖고 한반도의 지정학적 위치를 분석하는 활동을 함. 인간이 살아가는 환경은 자신을 둘러싼 자연 환경과 인문 환경을 이해하고, 자신이 살아가는 장소인 지역의 위치나 형태에 관한 공간 정보까지 파악해야 함을 염두에 두고, 소설의 내용, 당시의 시대적 상황 등을 반영하여 지도를 그림. 이후 이와 관련하여 영토 분쟁, 역사 왜곡 등의 문제에 대해 모둠원과 토론 활동을 함. 이 과정에서 우리나라 주변의 국가 사이에 일본의 독도에 대한 왜곡된 주장이나 중국의 동북공정을 통한 역사 왜곡, 그 외 일본군 위안부 문제나 야스쿠니 신사 참배 등 다양한 '역사적 현안'이 있음을 찾아내고 우리나라의 지정학적 위치의 의의에 대해 모둠원들의 의견을 종합함. 그 내용을 바탕으로 한반도는 지정학적, 경제적, 역사적, 전략적으로 중요한 가치를 지니고 있으며 역사를 철저히 공부하여 우리의 '토지'를 잘 지켜야 한다는 내용의 보고서를 작성함.

후속 활동으로 나아가기

- ▸ 주요 등장인물 간의 관계를 생각하며 인물 관계도를 그려 보자.
- ▸ 등장인물 중 가장 공감이 가는 인물을 선택하고, 그 인물을 중심으로 감상문을 작성해 보자.
- ▸ 작가의 다른 작품을 읽고, 작가가 주로 사용하는 언어나 주제 등의 공통점을 찾고 이를 비교하는 서평을 작성해 보자.
- ▸ 작품 속에 나오는 사투리를 찾아 그 뜻을 알아보자.
- ▸ 토지 속 인물들의 삶과 현재 우리의 삶에 어떤 차이가 있는지 토의해 보자.
- ▸ 소설의 전개 과정에서 일어난 우리나라의 주요 역사적 사건이 무엇인지 찾고, 당시 우리나라의 국제적 상황에 대한 보고서를 작성해 보자.
- ▸ '토지'의 배경인 통영과 하동으로 문학 기행을 떠나 보자.

함께 읽으면 좋은 책

김정한 《사하촌》 사피엔스21, 2013.
조정래 《태백산맥》 해냄, 2020.
이상진 《토지 인물 사전》 마로니에북스, 2012.
토지학회 《토지 인물열전》 마로니에북스, 2019.

명문대 입학을 위해 반드시 읽어야 할

생기부 고전 필독서 30 | 한국문학 편 |

초판 1쇄 발행 2024년 5월 30일
초판 3쇄 발행 2024년 7월 25일

지은이 배혜림
펴낸이 민혜영
펴낸곳 데이스타
주소 서울시 마포구 월드컵로 14길 56, 3~5층
전화 02-303-5580 | **팩스** 02-2179-8768
홈페이지 www.cassiopeiabook.com | **전자우편** editor@cassiopeiabook.com
출판등록 2012년 12월 27일 제2014-000277호

ⓒ 배혜림, 2024
ISBN 979-11-6827-193-7 (43800)

• 데이스타는 (주)카시오페아 출판사의 어린이·청소년 브랜드입니다.
• 잘못된 책은 구입하신 곳에서 바꿔 드립니다.
• 책값은 뒤표지에 있습니다.